SV

Louis Begley

Mistlers Abschied

Roman

Aus dem Amerikanischen
von Christa Krüger

Suhrkamp

Die Originalausgabe
erschien unter dem Titel *Mistler's Exit* 1998
bei Alfred A. Knopf, New York

Zweite Auflage 1998

Druck: Pößneck GmbH, Pößneck
Printed in Germany

Für Anka, immer

Ce que les hommes vont perdre, tant pis; ils ne s'en apercevront pas; tout finit bien puisque tout finit.

Chardonne, *Demi-Jour*

I

Ich verstehe, sagte Mistler.

Hektische Eile war bei diesem Gespräch wirklich nicht nötig. Im Wartezimmer saß niemand mehr. Seit fünfzehn Jahren war Bill Hurley Mistlers Hausarzt; damals hatte er die Praxis eines Onkels übernommen, der auf dem Tennisplatz an einer Aneurismaruptur gestorben war, als ihm während des Turniers um die Clubmeisterschaft im Seniorendoppel im vierten Spiel des vierten Satzes beim Stand von 40:0 ein Doppelfehler unterlief. Mittlerweile war Bill auch ein Freund. Die Sekretärin hatte Mistler ausdrücklich gebeten, erst gegen Ende des Nachmittags vorbeizukommen, wenn die anderen Patienten abgefertigt wären. Kaum war Mistler jedoch da, begann sie sich zu entschuldigen, daß der Doktor sich verspätet habe.

Keine Sorge, beruhigte er sie. Diesmal ist mir das Warten ganz lieb.

Das war die Wahrheit. Er hatte den Eindruck, eine leere Zwischenzeit sei dem, was folgen würde, bei weitem vorzuziehen. Dann war es soweit: Mistler legte widerstrebend die zwei Jahre alte Ausgabe der Illustrierten *Glamour* weg und fand sich in Hurleys Sprechzimmer ein, dem Raum, in dem Hurley befragte und verordnete, nachdem in der Untersuchungskabine nebenan – dort standen eine Liege und eine zuverlässige Waage, das einzige Stück von Hurleys

Einrichtung, das Mistler gefiel – das widerstrebende Fleisch bis zur Preisgabe seiner Geheimnisse gepiekt und geknetet worden war. Wenn er überhaupt einen Grund zur Eile hatte, dann den, daß das Zimmer so häßlich war. Die Stapel von braunen Umschlägen – sie enthielten, so vermutete Mistler, Röntgenaufnahmen und EKG-Aufzeichnungen und sahen aus, als wären sie seit dem Tod von Hurleys Onkel nicht mehr angefaßt worden (wenn der Onkel oder der Neffe sie überhaupt je genauer betrachtet hatten, was Mistler keineswegs für selbstverständlich hielt) –; der pseudoantike Schreibtisch, klein genug für ein Schlafzimmer im Studentenwohnheim, vollgestellt mit Kinkerlitzchen der Pharmaindustrie; die Wände bepflastert mit Entenbildern nebst Zeugnissen und Diplomen, einer vollständigen Dokumentation von Hurleys Aufstieg, angefangen von seiner Internatszeit in New Jersey bis hin zur jüngsten Urkunde der Ärztekammer; die gesamte Einrichtung verriet Gleichgültigkeit und Knauserigkeit. So etwas hätte man in keinem anderen vergleichbar kostspieligen Dienstleistungsbetrieb hingenommen. Kamen Ärzte wohl je auf die Idee, Gespräche, die dem Patienten das Herz brachen, wenigstens außerhalb der Praxis zu führen, bei einer Tasse Kaffee oder einem Drink zum Beispiel, wenn sie schon nicht bereit waren, Geld für Möbel auszugeben? Mit einem Minimum an Geschick konnte man sich doch wohl vom Patienten einladen lassen oder die Ausgabe als Position in der Rechnung aufführen, beispielsweise als Stuhluntersuchung oder dergleichen. Die meisten Rechtsanwälte, mit denen Mistler zu tun hatte, würden das eine wie das andere für selbstverständlich halten.

Mehr wollte Bill Hurley offenbar nicht sagen, ohne eigens aufgefordert zu werden. Die Entscheidung überließ er Mistler.

Na gut. Wieviel Zeit bleibt mir?

Wofür?

Bis ich sterbe, natürlich. Was denn sonst?

Bis wir uns an die Arbeit machen, zum Beispiel. Mel Klein hat dir erklärt, daß wir dieses Ding operativ angehen können. Und zwar sofort. Es ist ein Primärtumor. Das ist die günstige Nachricht. Und wenn alles gutgeht, wirst du vielleicht nachbehandelt werden. Das muß Mel entscheiden. Letzten Endes mußt du dann auf ein Spenderorgan warten. Die gibt es.

Aber er hat mir auch gesagt, daß Dr. Steele sich von einer Operation dieser Art nicht viel verspricht. Habt ihr, du oder Dr. Klein oder Dr. Steele, euch anders besonnen?

Nein. Das Gewächs ist groß, und es kann gestreut haben. Das weiß Dr. Steele erst, wenn er dich aufmacht.

Und wenn es gestreut hat?

Dann näht er dich wieder zu, und wir tun, was wir können, um dir das Leben zu erleichtern.

Im Krankenhaus?

Zuerst. Und wahrscheinlich auch zum Schluß. Hurleys Gesicht blieb fröhlich.

Ich glaube, da mach ich nicht mit. Was schätzt du, wieviel Zeit ich noch habe, wenn ich gar nichts tue? Außerdem möchte ich wissen, wie schlimm es wird.

Das hängt ganz davon ab, was wirklich in deinen inneren Organen vorgeht. Wenn das Problem noch lokal begrenzt ist, du jedoch keine Behandlung bekommst, nicht mal Bestrahlungen zur Verkleinerung des Tumors, dann hast du vielleicht noch ein halbes Jahr. Vielleicht auch weniger. Die nächsten Monate werden nur unangenehm sein. Nicht schlimmer als jetzt. Du wirst müder und anämischer werden und abnehmen. Später wirst du kämpfen müssen wie ein Löwe, besonders wenn Absiedlungen an anderen Organen entstehen. Die Wahrscheinlichkeit dafür wächst mit jedem Tag. Durch Bestrahlung und Chemotherapie könntest du auch ohne Operation Zeit gewinnen. Das solltest du mit Mel besprechen. Wenn aber schon der ganze Körper betroffen ist, kann ich für gar nichts garantieren. Diese Dinge richten sich nicht nach Fahrplan wie Mussolini-Züge. Hä! Hä! Du weißt das.

Aber du wirst doch dafür sorgen, daß ich nicht dahin komme, wo ich – wie hast du gesagt? – kämpfen muß wie ein Löwe. Ich baue darauf.

Wenn du mir damit nahelegen willst, daß ich dich umbringen soll, dann kann ich dir gleich sagen, das werde ich nicht tun. Ich bin hier, um Patienten zu behandeln. Selbstverständlich hast du das Recht, eine Behandlung abzulehnen. Wir werden dir jedes Schmerzmittel geben, das du brauchst, aber mach dir nichts vor. Der Zeitpunkt wird kommen, da Medikamente nichts mehr nützen.

Ist das schlimmer als das, was passieren wird, wenn ich Operation und Nachbehandlung über mich ergehen lasse?

Du hast eine Chance, daß der Tumor noch nicht gestreut hat und herausgenommen werden kann. Und mit Nachbehandlung und Glück kannst du dann ein normales Leben führen – vor allem, wenn du ein Spenderorgan bekommst. Im anderen Fall wird es ziemlich auf dasselbe hinauslaufen, da hast du recht.

Bis darauf, daß ich die Operation und Nachbehandlung und alles, was dranhängt, noch zusätzlich mitgemacht hätte. Ich glaube, ich lasse es, wie es ist. Wenn du mir nur verschreibst, was du für das beste hältst: Vitamine, Ginseng, Stärkungsmittel – irgendwas, das mir Kraft gibt. Das muß doch möglich sein.

Hurley kritzelte eifrig. Hier, sagte er, dies tut dir vielleicht gut, schaden wird es jedenfalls nicht. Dann bedachte er Mistler mit dem mannhaft herzlichen Blick, den er sonst nur zeigte, wenn er dem Freund dringend riet, den Genuß von Rotwein und Meeresfrüchten und natürlich auch den Zigarrenkonsum einzuschränken, falls er den nächsten Gichtanfall vermeiden wolle, und fuhr fort: Du solltest nichts entscheiden, bevor du mit Clara und Sam gesprochen hast. Wenn du den Kampf aufnehmen willst und sie mithelfen läßt, wird es ihnen leichter fallen, das Ergebnis zu akzeptieren. Es ist extrem schwer, zusehen zu müssen, wie ein Ehemann und Vater dahinschwindet – besonders dann, wenn es vielleicht früher geschieht als nötig, weil er beschlossen hat zu sterben, ohne sich von seinen Ärzten behandeln zu lassen.

Aber ich habe es mir doch nicht ausgesucht, so und jetzt schon zu sterben – viel früher als gedacht. Die Entscheidung trifft seine Majestät, der Körper von Mistler. Ich entscheide nur, wie ich die nächsten paar Monate zubringen will. Alles, nur kein Krankenhausbett auf Rollen, nur nicht an Maschinen angeschlossen, die Geräusche machen wie Geräte aus einem Science-Fiction-Film. Ich kann auch nicht glauben, daß Clara oder Sam das gern sähen.

Da wäre ich mir nicht so sicher. Alle Welt, auch deine Familie, liebt Kämpfernaturen.

Ich habe mein Soll an Kämpfen erfüllt, Bill. Glaub mir. Vielleicht weiß ich deshalb so genau, daß ich jetzt kapitulieren muß. Bedingungslos!

Du hast versprochen, nichts ohne Clara zu entscheiden.

Mistler registrierte Hurleys wachsenden Unwillen.

Daran halte ich mich auch. Gib mir nur etwas Zeit. Gönne ihr ein paar sorglose Wochen. Schließlich gibt es doch jetzt nichts, das sie mittragen müßte, jedenfalls nicht sofort.

Danach rang er sich ein freundliches Lächeln ab und schüttelte Hurley die Hand.

Schon sechs Uhr? Sein Fahrer wartete in der 71st Street, sah ihn kommen, stieg aus und stellte sich neben die Wagentür.

Danke, Vince. Ich fahre nicht mehr ins Büro, und ich gehe zu Fuß nach Hause. Rufen Sie bitte Miss Tuck an und sagen Sie ihr Bescheid, daß sie nicht auf mich warten soll. Und holen Sie mich doch bitte um acht Uhr zu Hause ab. Ich gehe zum Essen aus.

Der Frühling hatte Mistler überrascht, es war plötzlich so lange hell, daß er noch einmal ungläubig auf die Uhr sah. Er ging nach Westen, auf den Park zu, vorbei an den Fachgeschäften mit Hilfsmitteln für Bettlägerige und Lahme, und vorbei an den Bars, die sich im Lauf des Abends mit dienstfreien Krankenschwestern, Medizinstudenten und Assistenzärzten füllen würden. Erstaunlich, wie sauber die Stadt aussah. In der Seitenstraße hatten die Hunde die Einfassungen aus Fleißigen Lieschen und Stiefmütterchen rings um die Ginkgobäume respektiert. Auf der Insel, die die Park Avenue teilt, standen makellose hohe Tulpen in leuchtendem Gelb. Als er zum Central Park kam, nahmen ihm die blühenden Kirsch- und Pflaumenbäume den Atem. Ein Jammer, daß sie so viele Wochenenden auf dem Land verpaßt hatten. Man verlor die Natur ganz aus dem Blick, sogar die Mondphasen. Der Frühling kam dort draußen später, aber die Tulpen und Forsythien in Crow Hill standen jetzt sicher in voller Blüte. Nächstes Jahr sollte Clara ihre gesellschaftlichen Verpflichtungen in der Stadt besser einteilen, und er würde dann langsamer treten. Es war wirklich nicht nötig, sich auf Sitzungstermine an Samstagen oder Sonntagen einzulassen, und wenn sie nicht zu verschieben waren, würde er jedenfalls nicht selbst hingehen. Andere Leute konnten ihn vertreten. Dann fiel ihm Bill Hurleys Prognose wieder ein. Es war klar, daß ihn das Problem, Zeit für Crow Hill zu finden, nicht mehr lange beschäftigen würde. Ganz widersinnig überfiel ihn plötzlich und unverkennbar eine große Freude. Der Horizont würde nicht länger in unbestimmter Ferne verschwimmen. Was ihm an Raum und Zeit noch blieb, war klar umrissen – eine Befreiung für ihn.

Befreiung wovon? Die Frage, die er sich sofort stellte, zog beunruhigende Kreise, da Mistler sich eigentlich für einen rundum glücklichen Mann hielt. Bei den großen Ehemaligentreffen hatte er sich in Interviews und in vorbereiteten Ansprachen zu der Überzeugung bekannt, sein Leben gut genutzt zu haben. Er fühlte sich zu dieser Einschätzung berechtigt, obwohl sie auf einer Voraussetzung beruhte, die er geheimhielt, um sich nicht zum Gespött zu machen. Er verstand sich als Selfmademan und sah seine Erfolge weitgehend unabhängig von dem ansonsten ganz angenehmen Umstand, daß er vor gut sechzig Jahren in dem Krankenhaus neben Bill Hurleys Praxis mit einem silbernen Löffel im Mund geboren worden war. Nein, es gab nichts, wovor er hätte fliehen wollen. In seiner Ehe herrschte seit langer Zeit Frieden. Er liebte seinen einzigen Sohn. Im Gegensatz zu Peter Berry, dem Vetter und ehemals besten Freund, den er aus der Firma Mistler, Berry & Lovett hinausgedrängt hatte – eine häßliche Angelegenheit, die er fast bedauerte, auch wenn sie längst überfällig gewesen war und für Peter letzten Endes kein Unglück bedeutete, da er wahrscheinlich ganz froh war, seine Morgan-Pferdezucht nun vollberuflich betreiben zu können –, machte ihm seine Arbeit so viel Spaß wie eh und je. Peter und er hatten Mistler Berry gegründet, als sie kaum dreißig waren; sie gaben die Stellen auf, die sie gleich nach dem Militärdienst in der damals größten New Yorker

Werbeagentur bekommen hatten; diese war nach den Maßstäben der Zeit ein Riesenunternehmen und dermaßen gewinnbringend und einflußreich, daß Leute, die in solchen Dingen nicht ganz so penibel waren wie Mistlers Vater, eine Anstellung dort durchaus für achtbar hielten. Dieser Herr allerdings, der leitende Seniorpartner einer Wall Street Investmentbank, deren Anfänge sich bis ins Philadelphia des 18. Jahrhunderts zurückverfolgen ließen, hielt jedwede Werbung und Öffentlichkeitsarbeit für eine unsolide Tätigkeit, passend für Banausen und die schmarotzenden Söhne seiner weniger angenehmen Bekannten. Mr. Mistler senior trug sogar eine gewisse Verantwortung dafür, daß sein eigener ansonsten ganz untadeliger Sohn sich ausgerechnet für diesen Arbeitsbereich entschieden hatte. Dessen Entscheidung war nämlich die Reaktion auf die stichelnden Bemerkungen des Vaters, der sich über die jungen Herren mit Schreibhemmungen mokierte, die, von väterlichen Überweisungen lebend, in Paris oder auf einer griechischen Insel versackten. Ihm gehe es nicht ums Geld, sondern ums Prinzip, pflegte er zu sagen: Die Trusts der Familie Mistler, über die der Vater mit unbeschränkter Vollmacht verfügen konnte, seien nicht eingerichtet worden, um Dilettanten oder Möchtegern-Literaten, die auf Inspiration warteten, über Wasser zu halten. Wenn sein Sohn Thomas nachts kritzeln wolle, dann sei das seine Sache, aber bis er sich einen Namen gemacht habe, könne er sich doch wohl tagsüber einer erkennbaren Beschäftigung und Disziplin unterwerfen. Er wies gern darauf hin, daß Wallace Stevens, den der ältere

Mr. Mistler zu seinen Freunden zählte, seine Stellung bei einer Versicherungsgesellschaft nie aufgegeben habe. Diese Gespräche wurden stets in ruhigem Ton geführt, und weder Vater noch Sohn fanden es angebracht, darauf aufmerksam zu machen, daß dem Jüngeren von mütterlicher Seite genug Geld zufließe, um ihm genau die Existenz zu ermöglichen, die der ältere Mr. Mistler so mißbilligte. Thomas hatte genug eigene Gründe, sich davor zu fürchten, daß er herumsitzen und auf den Kuß der Muse warten müsse. In der Wall Street zu arbeiten kam für ihn nicht in Frage, das fand er einfach albern, es sei denn, er nahm die Stellung in seines Vaters Bank ein, die ihm nach Geburtsrecht zustand. Daß er über sie verfügen könne, hatte man ihm deutlich gemacht. Aber er wollte nicht für seinen Vater arbeiten. Die Aussicht, in einem Verlag die Manuskripte anderer Leute zu korrigieren, war freilich noch weniger einladend.

Ein Mann namens Barney Fine, Student im selben Semester wie Mistler, aber mehrere Jahre älter, weil er im Krieg gewesen war – Mistler hatte ihn in der Redaktion des *Harvard Advocate* kennengelernt –, arbeitete als Texter in einer Werbeagentur. Barney behauptete, das sei der beste Job in der Stadt: Er bekomme ziemlich viel Geld dafür, daß er tagsüber Reklamesprüche für Seife verfasse. Die Sprüche verstopften ihm nicht das Hirn und kämen ihm nachts nicht beim Dichten in die Quere. Außerdem könne, wer gut sei, sich ohne Schwierigkeiten beurlauben lassen. Mistler solle es doch genauso machen. Er wolle ihn gern empfehlen. Das war ein guter Plan: Mistler hatte das Gefühl, Texte über die Vorzüge von Handcreme und Abführmittel mindestens so gut wie jeder beliebige Teilzeitästhet verfassen zu können. Schreiben wollte er dann nach Feierabend, an den Wochenenden würde er sich in dem Häuschen verkriechen, das ihm sein Vater zum Examen geschenkt hatte – es lag unmittelbar neben dem Rasenplatz von Crow Hill, wo eine ganze Menge Mistlers und Abthorps begraben waren –, und seine Ferien oder in Gottes Namen diese fabelhaften Beurlaubungen würde er in einem weißgekalkten Haus auf einem Felsen in der Ägäis zubringen. Er fragte Barney, ob man Peter Berry vielleicht auch noch unterbringen könne, da sich Peter seinen Lebensunterhalt wirklich verdienen mußte.

Mistler war selbst am meisten überrascht, als er sofort feststellte, daß Werbung ihm Spaß machte. Drei Jahre später zog er das Fazit, daß ihm die Sache noch mehr Spaß machen würde, wenn er sein eigener Arbeitgeber wäre. Dem stand eigentlich nichts im Wege; er hatte inzwischen anderweitig unter Beweis gestellt, daß er ein ausgezeichneter Unternehmer sein konnte. Er überredete Peter Berry und Harry Lovett zum Mitmachen, Harry war wichtig, da man zur Beruhigung potentieller Kunden dringend einen Mann in seinem reifen Alter und mit seiner Erfahrung brauchte. Harry war der Vizepräsident der großen Agentur, hatte aber, wie die meisten Vizepräsidenten früher oder später, einsehen müssen, daß er es nie bis zum Präsidenten bringen würde, und das kränkte ihn. Wie Mistler hatte auch er Geld; er war sogar besser gestellt, da sein Geld nicht in Trusts festlag. Peter schloß sich an. Das ergab sich ganz von selbst. Ein Neu-England-Zigeuner – so hatte Mistler eine nach dem Modell Peters erfundene Figur in dem Roman genannt, den er im Jahr zuvor veröffentlicht hatte; diese Romangestalt war ein junger Mann ohne die trockene Bedachtsamkeit der Hauptperson, willens, alles oder auch nichts zu tun. Mistler und Harry waren entschlossen, die Agentur fünf Jahre lang in Gang zu halten, auch wenn sie dabei von Wasser und Brot leben müßten. Als das fünfte Jahr anbrach, hatte die Firma mehr als vierzig Angestellte und eine Filiale in London, aber Harry Lovett war inzwischen an einem Herzanfall gestorben, in seiner Loge in der Metropolitan Opera, während des zweiten Akts der »Walküre«.

Besonders nah verwandt waren Peter Berry und Mistler nicht, Peter war nur der Sohn einer Kusine von Mistlers Mutter. Sie hatten sich im College angefreundet und sich beide um den Platz für Erstsemester in der Redaktion des *Advocate* beworben. Vom folgenden Jahr an wohnten sie zusammen. Beide nahmen sich vor, den nächsten großen amerikanischen Roman zu schreiben. Auch wenn der ältere Mr. Mistler vom Gegenteil überzeugt war, ist nicht auszuschließen, daß der Literatur mit einem Gammelleben in Paris und Athen besser gedient gewesen wäre. Peter hatte im College angefangen, Kurzgeschichten zu schreiben, und bei der Navy weiter daran gearbeitet. Sie blieben in ihrer Keksdose aus Blech liegen. Mistler brachte seinen Roman zu Ende, wie er sich vorgenommen hatte, das Buch wurde aber in Rezensionen nur am Rande erwähnt: »noch eine Geschichte von Unordnung und frühem Leid in einem neuenglischen Internat«. Mistler konnte den Rezensenten eigentlich nicht unrecht geben. Seinem Roman fehlte es an Ehrgeiz und Energie. Und doch hatte er gehofft, daß ein oder zwei Freunde aus dem College, deren Erstlingswerke auch gerade erschienen und besser besprochen worden waren, ihm Mut machten und Sympathie bekundeten. Statt dessen kamen Kollegen in der Agentur und farblose Bekannte mit der Bitte um eine Widmung zu ihm und versprachen, das »großartige Buch« ganz bestimmt in den nächsten Ferien zu lesen. Halb so schlimm: Das Schicksal hatte ihn nicht dazu verurteilt, schreibend sich zu verzehren.

Als Harry Lovett starb, beschlossen Mistler und Peter Berry, den Firmennamen beizubehalten; sie wollten als Duumvirat agieren. Sehr bald stellte sich heraus, daß es aussichtslos war, sich auf einer Stufe mit Mistler halten zu wollen, aber Peter forderte ihn weder heraus, noch ging er. Und so wurde Mistler, noch bevor er fünfunddreißig war, der Autokrat der Agentur; und dabei blieb es, nicht weil er so viele Firmenanteile besaß, sondern weil er ohne jeden Zweifel weit besser und belastbarer war als alle anderen. Peter Berry leider nicht ausgenommen. Das lag nicht einfach an Mistlers Begabung für einnehmende Worte, Bilder, Werbekampagnen. Er verstand es, auch hartgesottene Kunden zu bezaubern oder einzuschüchtern, und er wählte den richtigen Zeitpunkt für die Expansion der Firma in den Vereinigten Staaten und in Übersee, ohne den Charakter ihrer Arbeit zu ändern. Die Presse sprach mehr und mehr von dem kaum faßbaren Mistler-Element, einem Werbestil, den er erfunden habe. Das Wunderkind aus der Madison Avenue hatte sich zum internationalen Star gemausert.

Warum nur dieses freudige Hochgefühl beim Gedanken an das rechteckige Loch, das schon in wenigen Monaten in dem saftigen Boden von Crow Hill zur Rechten seines Vaters und seiner Mutter für ihn ausgehoben würde? Es gab wohl keine Erklärung dafür. Wenn unbedingt eine sein mußte, dann fand Mistler Gefallen an der Vorstellung, daß sein Unbewußtes, vielleicht vorauseilend oder durch einen ahnungsvollen Kristallisationsprozeß, ausgelöst durch die Eröffnung des Onkologen Dr. Klein, die auf dem Ultraschallbild seiner Leber sichtbare Aktivität gefalle ihm nicht, eine Bestandsaufnahme der Situation gemacht hatte und zu dem Ergebnis gekommen sein mochte, daß, falls Kleins Vermutung sich bestätigte, die meisten Probleme, denen er soviel Aufmerksamkeit und Anstrengung gewidmet hatte, nun nicht mehr so wichtig waren – nicht mehr für ihn. Daraus ergab sich nicht nur ein Nachlassen der Anspannung; seine Erleichterung glich der Gleichgültigkeit, gefolgt von Heiterkeit, die er immer zu Beginn langer Flüge empfand, wenn er allein, zum Beispiel nach Japan, reiste. Er nahm dann seinen Platz ein – das Reisebüro hatte Anweisung, ihm einen Sitz in der ersten Reihe der ersten Klasse zu reservieren, wo er nur die Kanzel vor sich hatte, und möglichst dafür zu sorgen, daß der Nachbarsitz leer blieb. Dann hatte er vierzehn Stunden vor sich, in denen nichts geschah. Keine Störung, nur das gedämpfte Dröhnen des Flugzeugs und die bedeutungslosen Durchsagen der Crew, aber keine Möglichkeit zum Handeln. Draußen ein Himmel, der nicht dunkel werden wollte. Schon beim Start schlief Mistler so fest ein, daß der Steward gar nicht erst versuchte, ihm das Essen zu servieren. Wenn er später aufwachte, war seine Hochstimmung gemischt mit einer Prise Sentimentalität, Dankbarkeit für alles, was während der vergangenen Woche gutgegangen war, und mit Gedanken an seinen Sohn Sam. Im Augenblick jedoch überkam ihn keine Nostalgie, nichts, das auch nur im entferntesten sentimental gewesen wäre. Wie lange konnte er in diesem Zustand der Gnade verharren? Die Regenbogenpresse läßt uns wissen, daß hinter jedem Busch an der Ramble des Central Parks ein gewaltsamer Tod lauern kann, auf der Straße, die man nimmt, um im Bogen zurück zur Park Avenue zu gehen, in den Augen des Halbwüchsigen, der dein Geld will. Der Tod gewinnt erst nach verzweifelter Gegenwehr die Oberhand. Diesmal fand er zur Abwechslung ein williges Opfer. Warum mußte das wilde Wuchern in dessen durcheinandergeratenen Zellen immer weitergehen? Aber was war der Krebs schon! Nur ein besonders häßliches Detail, nur eine Bestätigung dessen, was Mistler jeden Tag erblickte, wenn er sich umsah und bemerkte, was aus den Zeitgenossen seiner Jugend, einst Jüngling und Jungfer goldgehaart, geworden war. Ein beschissenes Jahrzehnt lag vor ihm, ganz gleich was geschah. Ein Enkelkind, falls Sam sich je entschloß, für Nachwuchs zu sorgen, das war das einzig Erfreuliche, was die Zukunft noch bieten mochte, aber sonst war nichts Gutes mehr zu erwarten.

Seit letztem Herbst hatte er noch härter als sonst gearbeitet. Überall wollten die Kunden weniger Geld ausgeben. Wie die Agentur, in der sie angefangen hatten und deren Einzugsbereich ihnen damals so unglaublich groß vorgekommen war, so zählten auch Mistler, Berry & Lovett eine Fluggesellschaft und einen ausländischen Autohersteller zu ihren Kunden. Als deren Aufträge zur Revision anstanden, bekam Mistler im voraus eine vertrauliche Mitteilung: Verstehen Sie dies als eine notwendige Maßnahme zur Beruhigung des Aufsichtsrates, daß jede Möglichkeit, den Gürtel enger zu schnallen, in Betracht gezogen wurde. Von Unzufriedenheit mit der Arbeit seiner Firma könnte keine Rede sein. Aber wieweit durfte man sich darauf verlassen? Er leitete die Präsentationen vor den Revisionsausschüssen seiner Kunden selbst; die Aufträge blieben bei seiner Agentur, und die Verbindung zu den Kunden schien so fest geknüpft wie eh und je. Man mußte nur noch die finanziellen Probleme unter Kontrolle bringen, die mit Peters erzwungenem Ausscheiden aus der Firma verbunden waren, insbesondere die Konsequenzen aus dem Rückkauf seiner Anteile, und diese Arbeit hatte Mistler so schnell wie möglich erledigen wollen, damit es in der Firma nicht zu Rissen und Brüchen kam und das Ereignis nicht dramatisiert wurde. Im Januar machte dann Jock Burns, Präsident von Omnium, der einzigen Werbeagentur außer seiner eigenen, die Mistler ehrlich bewunderte – aber sie war fast viermal so groß –, ihm bei einem Arbeitsessen ein zwar verschleiertes und doch für ihn klares Angebot, die Firma Mistler Berry zu kaufen. Im Gegenzug nannte Mistler einen absurd hohen Multiplikator der Firmeneinnahmen und erklärte Jock, daraus könne man den Kaufpreis für eine Agentur dieser Art ableiten. Darauf hörte er Jock zustimmend murmeln. Nur mit Mühe bewahrte er einen neutralen Gesichtsausdruck und schnitt das unangenehme Problem der Kundenkonflikte an: Neuere Abschlüsse waren fehlgeschlagen. Jock hatte seine Hausaufgaben gemacht. Seiner Meinung nach konnte man mit den Schwierigkeiten fertig werden, und er erläuterte seinen Plan; im Grunde kaufe er sowieso das »Mistler-Element«. In den Monaten danach handelte Mistler, mit Hilfe des Firmenanwalts Mike Voorhis, die Einzelheiten des Kaufvertrags so diskret aus, daß außer zwei Vorstandsmitgliedern niemand in der Agentur davon erfuhr; erst am Wochenende vor Ostern, nachdem er den gesamten Vorstand unter dem Vorwand einer Tagung zur Revision der Gesamtstrategie nach Bermuda geholt hatte, gab er den geplanten Verkauf bekannt. Er hatte mit der Möglichkeit gerechnet, daß der Vorstand ihm die Zustimmung verweigerte. Nichts davon. Es hatte ihm über alle Erwartungen gut getan zu hören, wie sie nach Luft schnappten, als er am Samstagmorgen die Sitzung mit den Worten eröffnete, er empfehle den Verkauf der Firma, und wie sie noch einmal und noch ungläubiger ächzten, als er den Preis nannte.

Natürlich mußte der Preis exorbitant sein, erklärte

er ihnen. Sonst würde ich doch gar nicht daran denken zu verkaufen.

Am nächsten Tag beim Abschlußessen erhoben sie sich alle, tranken auf seine Gesundheit und sangen zweimal »Hoch soll er leben«, bevor er sich Gehör verschaffen konnte und seine Kollegen daran erinnerte, daß es bei der gegenwärtigen Instabilität der Wirtschaftslage nur klug sei, zu verkaufen und Geld auf die hohe Kante zu legen.

Am Abend, als er wieder in New York war, sagte er Clara nach dem Essen in ihrem italienischen Stammlokal gleich nebenan, er würde gern sofort schlafen gehen.

Gott sei Dank! Sie hatte ihr Bad schon vor dem Ausgehen genommen und wartete nun lesend im Bett, während er in der Wanne lag. Für ihn war dies ganz selbstverständlich ein Abend für Sex, sehr spontan, so wie es nur noch selten vorkam. Aber als er den Arm nach ihr ausstreckte, wendete sie sich ab und schob seine Hand auf ihre Brust. Nicht willens, die Gelegenheit vorbeigehen zu lassen, streichelte er sie weiter, bis sie ihn ganz wegstieß und sagte, sie sollten beide lieber schlafen.

Darauf erwiderte er nichts, weil er annahm, sie habe bemerkt, wie schnell sein Impuls wieder verflogen war. Aber kurz danach sprach sie.

Hast du dich im Badezimmerspiegel betrachtet? Du siehst nicht bloß müde aus. Krank siehst du aus. Das ist mein Ernst. Nimm's bitte nicht auf die leichte Schulter. Ich möchte, daß du dir gleich morgen früh einen Termin bei Bill Hurley geben läßt.

Das war das Eröffnungsfeuer. Nach dem Arztbesuch erzählte er ihr notgedrungen, daß Hurley Tests angeordnet habe, aber ihre Fragen, was für Tests das seien, überhörte er. Sie hatte längst gelernt, daß es keinen Sinn hatte zu insistieren, wenn er nicht reden wollte. Dann wurde er nur mürrisch. Als die Computertomographie und alles andere, was photographische und elektronische Tests offenbaren konnten, schließlich ausgewertet war und als Klein und Hurley beide sagten, eine Biopsie sei notwendig, blickte er in sein Notizbuch und teilte Hurley mit, diese Untersuchung könne am letzten Montag im April gemacht werden; Clara werde dann die ganze Woche verreist sein. Andernfalls wolle er den Eingriff außerhalb der Stadt, zum Beispiel in Boston, vornehmen lassen.

Ich trage keinen Schlafanzug, wenn ich mit meiner Frau ins Bett gehe. Solange sie verreist ist, kann sie nicht mit der Hand über Verbände und genähte Stellen streichen und mich fragen, was passiert ist.

Du darfst ihr so etwas doch nicht verschweigen, sagte Hurley. Das ist wirklich nicht richtig.

Das will ich auch nicht – wenn ich erst einmal weiß, was dieses Ding ist und was man dagegen unternehmen kann, werde ich es ihr natürlich erzählen. Ich werde auch zusehen, daß sie mit dir und Dr. Steele und Dr. Klein spricht.

Dir ist klar, daß die Wunde nicht in einer Woche verheilt.

Ja, aber der Verband ist dann kleiner, und wenn es nicht anders geht, erzähle ich ihr eine harmlose Lüge: daß ich endlich die Warze losgeworden sei, derentwegen du mir immer in den Ohren liegst. Übrigens können wir doch Dr. Steele bitten, das Ding wegzuschneiden, wenn er sowieso in der Gegend arbeitet. Die Ergebnisse der Biopsie habt ihr doch mit aller Wahrscheinlichkeit, wenn Clara wiederkommt.

Jetzt aber mußte er auf nichts mehr warten; er hatte alle Ergebnisse, die er oder sonst jemand brauchte. Es war Dienstag. Die Aufsichtsratsitzung der zoologischen Gesellschaft endete am Donnerstag, damit das Wochenende frei blieb. Sie konnte am Freitag wieder in New York sein, rechtzeitig für einen gemeinsamen Aufbruch nach Crow Hill. Aber dazu fühlte er sich noch nicht imstande. Es war wohl besser, wenn er sie anrief, sobald er von Anna Williams' Dinner zurück war, und ihr zuredete, übers Wochenende bei Sam zu bleiben. Warum nicht die günstige Gelegenheit nutzen, Sam in Stanford zu besuchen, wenn sie schon bis nach San Diego gereist war? Sie konnten doch einen Ausflug machen und eine der Weinstraßen im Napa Valley entlangfahren. Praktisch alles war besser als ein Wochenende, an dem sie sich auf Mistlers Krebs einstellen müßte. Wenn sie es erst später von ihm hörte, hätte sie die noch frischen Bilder einer sorglos schönen Zeit vor Augen – Bilder, auf denen er nicht im Vordergrund stand; das würde ihr helfen. Und diese Frist, solange er noch am Rand des Niemandslandes, noch vor der Abkommandierung zur Krebspatrouille stand, konnte auch für ihn eine Gelegenheit sein, sich etwas Besonderes zu gönnen. Etwas ganz Köstliches mußte es sein, das lange vorhielt, damit er in den kommenden Monaten oder Wochen davon zehren konnte. Den guten Nachgeschmack von Köstlichem würde er brauchen.

Als er Rick Vernhagen ein paar Tage vor dessen Tod zum letzten Mal im Krankenhaus besucht hatte, zeigte Vernhagen ihm einen kleinen konischen Gegenstand, der an den Venentropf angeschlossen und mit einem Klebeband am Bettlaken befestigt war. Mistler hatte ihn nicht bemerkt, da Vernhagens Hand darüber lag. Unglaublich schwach sah Vernhagen aus. Der Drainageschlauch, der dunkelbraune Flüssigkeit in zähen Tropfen aus seinem Magen zog, war ihm durch ein Nasenloch und den Kehlkopf gelegt worden und hatte die Stimmbänder wundgescheuert. Mistler rückte seinen Stuhl so nah wie möglich an die Kissen, auf denen Vernhagens Kopf lag, und gab sich Mühe, ihn zu verstehen.

Sieh mal hier, krächzte Vernhagen aufgeregt und schob einen Gegenstand hin und her, an dessen Ende ein weißer Plastikknopf saß. Wundervoll, wundervoll! Du drückst auf den Knopf, wie beim Zimmerservice, und das Nirwana kommt. Mußt nicht mit dem Kellner reden und kein Trinkgeld geben!

Die Privatpflegerin bemerkte, daß Mistler nicht verstand, und erklärte ihm, dies sei eine neue Technik, mit dem Schmerz umzugehen. Wenn der Patient den Schmerz nicht ertrug, konnte er drücken, und Morphin wurde freigesetzt. Es mischte sich mit der Nährlösung und floß direkt in die Vene.

Sie würden sich über die Burschen wundern, fuhr sie fort. Keiner machts einfach, um high zu werden, das habe ich noch nie erlebt.

Nun ja, jetzt würde er bald selbst erfahren, wie sich Erinnerungen an ein glückliches Leben im Vergleich mit Morphin und Demerol ausnahmen. Wenn Clara ihn bat, nachzukommen und sich mit ihr und Sam zu treffen, würde er sagen, Hurley habe ihm Ruhe verordnet. Ein verlängertes Wochenende mit Clara und Sam, nein, das war nicht das Besondere, das er jetzt brauchte. Für solche Wochenenden blieb immer noch Zeit, vielleicht sogar für Ferien, sobald das Semester in Stanford zu Ende war, falls Sam es schaffte, seine Zeit nicht mit Examensprüfungen und Semesterarbeiten zu vertun, und falls er, Mistler, bestimmte organisatorische Dinge in der Agentur erledigt und sich Gewißheit verschafft hatte, daß der Abschluß mit Omnium gesichert war. Pluto sollte ihm zum Lohn für seine Frömmigkeit bescheidene zehn Tage gelassener Leere gewähren. Er wollte nach Venedig fahren. Das war der einzige Ort auf der Erde, an dem nichts ihn störte. Dazu benötigte er weder Erkundung noch Planung. Er wußte, in welchem Hotel er wohnen und welches Zimmer er bestellen wollte; er wußte ebenfalls, wie man die taubenfütternden Touristen auf dem Markusplatz umging und auch die Horden, die wie ein häßliches Schiff im Schlepptau des Lotsen einem geschwätzigen, polyglotten Menschen mit grellbuntem aufgespannten Regenschirm folgen. Er brauchte kein schlechtes Gewissen zu haben, wenn er dieses oder jenes Gemälde oder Monument von entscheidender Bedeutung nicht betrachtete. *Vedi Napoli e mori!* Ein Meisterwerk konnte man schließlich nicht auf der Netzhaut festhalten und gleichsam als Grabbeigabe mit in die Grube nehmen wie ein Pharao. Er hatte Venedig schon als Collegeschüler gründlich besichtigt, und ob er nun einen bestimmten Tizian oder Bellini noch einmal betrachtete oder nicht, war nur die Entscheidung zwischen einem förmlichen Abschied und grußlosem Verschwinden. Jemand, der sich zu sehr einmischt – wie die meisten Freunde, die ein Ehepaar hat – mochte meinen, Mistlers Reise ohne Clara sei unfair. Er wußte es besser. Außerdem konnte sie immer noch mit Sam wiederkommen, wenn Clara ihre Verärgerung zu erkennen gab. Es war für ihn selbstverständlich, daß Familienferien, und seien sie noch so anstrengend und schwierig, doch ein Ritual waren, das vollzogen werden mußte, und zwar bevor er das Stadium erreichte, in dem er wie ein Löwe würde kämpfen müssen. Venedig würde dann immer noch dasein und auf Mutter, Vater und Sohn warten. Und vielleicht auch auf die Zukünftige des Sohnes und deren Kind. Niemand sollte sich ausgeschlossen fühlen.

Es war leicht, seine Flucht zu inszenieren. Er konnte Sonntag spätabends abreisen, bevor Clara von der Westküste wiederkam – vorausgesetzt, sie folgte seinem Rat und verabredete sich mit Sam. Und falls sie ihn bat dazuzukommen, war eine Italienreise ein unverfänglicher Grund zur Ablehnung. An Vorwänden dafür fehlte es nicht: Das Mailänder Mode-Imperium, das er so aufmerksam umworben hatte – die Agentur hatte auch schon Aufträge bekommen –, habe ihn nun ganz ohne Vorankündigung zu einer Sitzung gebeten. Er konnte schlecht ablehnen und wolle sie auch gar nicht erst bitten mitzukommen;

diese Mailänder Stippvisite sei der Inbegriff dessen, was sie mit gutem Grund am Geschäftsleben hasse: Mistler den ganzen Tag in Sitzungen, und sie an die Ehefrau des Geschäftsführers der Kundenfirma gekettet. Am Abend dann müßten sie beide wie Marionetten das übliche Small-talk-Repertoire durchspielen: Über Kinder, typische Kulturmerkmale und die wunderbaren *funghi porcini* oder sonstige einheimische Spezialitäten obenan auf der Speisekarte des pompösen Restaurants, in das sie geführt würden. Sie spielte bei solchen Anlässen ihre Rolle korrekt. Im allgemeinen haßte sie Menschen nicht so sehr wie er. Aber daß sie Mailand dankbar schwänzen würde, wenn er ihr sagte, sie werde nicht ausdrücklich erwartet, stand außer Zweifel. Den Umweg nach Venedig, nun ja, den würde sie entweder als neues Beispiel für sein scheußliches Benehmen auffassen, oder sie würde froh sein, daß er Bill Hurleys Mahnung beherzigte und langsamer trat; das hing ganz davon ab, wann und wie er ihr davon erzählte.

Mistler war entsetzt, daß er, obwohl die Ewigkeit ihm die Augen blendete wie eine Wüste, noch immer mühelos die Lügen planen konnte, die er auftischen wollte. In der Tat: Übung macht den Meister. Wenn er schon einmal dabei war, sich im Schnellverfahren von Plänen und Verpflichtungen zu befreien, konnte er doch gleich auch Anna anrufen und absagen. Halb acht. Um zu prüfen, wie aufmerksam die Haushälterin war, klingelte er, statt seinen Schlüssel zu benutzen. Madame Marie öffnete umgehend und erinnerte ihn daran, daß er eingeladen sei und bald aufbrechen müsse. So sollte es sein. Sehr beruhigend, diese Perle zur Haushälterin zu haben, eine gutaussehende und gutausgebildete Frau – natürlich hatte nicht Clara sie ausgebildet, dazu war sie im Umgang mit dem Personal zu egalitär. Sie hatten die Frau vom belgischen Generalkonsul übernommen, der zum Botschafter in Schweden ernannt worden war. Mistler hoffte, daß Clara die Haushälterin und die Wohnung nicht aufgäbe. Überhaupt würde der Gedanke, daß alles beim alten blieb, ihm den Abschied erleichtern. Kontinuität. Ein Video von Mistlers glücklichem Leben, das ohne Mistler weiterging. Wie die Bilder im Familienalbum: Kaum eines, auf dem er auszumachen war, aus dem einfachen Grund, daß normalerweise er die Aufnahmen machte. Er war schon fast entschlossen, Annas Nummer zu wählen, da überlegte er sich, daß die mustergültige Madame Marie enttäuscht wäre, wenn er eine von langer Hand getroffene Verabredung nicht einhielte und wenn er die freundliche Mrs. Williams zwänge, ihre Tischordnung zu ändern, und von ihr, Marie, verlangte, aus dem Stegreif ein Essen für Monsieur zu zaubern. Die Dienstboten darf man nicht in Verwirrung bringen, flüsterte eine Stimme in Mistlers Ohr, er kannte sie: Es war die Stimme seiner Mutter. Deshalb bedankte er sich bei Madame Marie und ging, *Freude schöner Götterfunken* summend, die Treppe hinauf, um sich umzuziehen.

Zur West Side. Annas Apartmenthaus lag gegenüber vom Museum of Natural History. Mistler bestellte seinen Fahrer auf halb elf zum Abholen. Es sollte kein langer Abend werden.

Ein riesiger Mond, der wie eine durchgeschnittene spanische Orange aussah, hing freundlich und verdutzt über der East Side. Er verharrte, um den Anblick zu genießen. Vince wartete auch, mit der Mütze in der Hand, um sich zu vergewissern, daß Mistler heil ins Foyer kam, wo die Zuständigkeit für den Schutz seiner Person dann in andere Hände überginge. Ein sympathisch aussehender junger Mann in Jeans und offenem weißen Hemd blieb neben Mistler stehen, zeigte auf den Himmel und grinste.

Gar nicht schlecht! Er sprach mit Akzent, vielleicht australisch.

Mistler stimmte ihm zu und bedeutete Vince, er könne nun wirklich fahren. Der junge Mann betrat mit ihm zusammen das Foyer und dann den Fahrstuhl und drückte den Knopf für Annas Stockwerk. Wieder schmunzelte er und sagte: Da wollen wir beide hin. Ich komme aus Neuseeland. Will mal die Lage in New York prüfen. Ich habe gehört, wie Sie dem Mann im Foyer Ihren Namen genannt haben. Ich bin Thomas.

So heiße ich auch.

Aha.

Annas Tür stand offen. Man konnte den Lärm der Gäste hören. Es war doch eine große Party, wahrscheinlich mit einem Buffet; sie hätte ihn gar nicht vermißt. Mistler klingelte und ging hinein; er erwartete, daß der junge Mann mitkommen würde. Das tat er aber nicht. Er machte eine kreisende Bewegung mit der Hand, an deren Fingern Mistler etliche Ringe sah, und öffnete dann mit einem Schlüssel die andere Tür, die vermutlich zu den Schlafzimmern im rückwärtigen Teil des Apartments führte. Ein kleines Geheimnis. War er der Sohn eines Freundes, der sich ungesehen hineinschmuggelte, weil er sich vor dem Essen noch einen Anzug anziehen wollte? Ein Boy, der nicht bei Tisch servieren mußte? Mistler war Mr. Williams nie begegnet; er meinte sich zu erinnern, daß Anna vor Jahren einmal bemerkt hatte, er baue Schwimmbäder in Hobe Sound. Die Ehe war eine jener früh geschlossenen mit kurzer Blütezeit gewesen, die manchen Leuten im Jahr ihres Umzugs nach New York passieren wie ein Autounfall nach dem College-Abschluß. Williams hatte verschiedene Nachfolger in der Rolle als Annas ständiger Begleiter gehabt; keiner von ihnen hatte sich eines dauerhaften Engagements erfreuen können. War dieser Strandläufer hier am Ende ein Sexobjekt, war er zu früh gekommen und wartete nun geduldig bei Fernsehen ohne Ton, bis der letzte Gast ging und Anna ins Schlafzimmer kam, sich genüßlich reckte und streckte und die Schuhe von den Füßen schleuderte? Mistler kannte die Bewegung. Er wollte allerdings doch meinen, daß Anna inzwischen derartige Gewohnheiten, sich nach dem Essen zu vergnügen, abgelegt habe.

Ein neues Gesicht fiel ihm im Wohnzimmer auf, eine junge Frau mit glattem braunem Haar und ohne Make-up – sonst dieselben Leute wie üblich, nur noch üblicher, hätte Mistlers Vater wohl gesagt. Da Phoebe Gansevoort nirgends zu sehen war, konnte die junge Frau entweder Tony Gansevoorts Begleiterin sein, oder Anna hatte sie eingeladen, damit das Zahlenverhältnis zwischen Männern und Frauen am Tisch ausgeglichen war. Hatten die Gansevoorts sich womöglich getrennt, ohne daß er oder Clara davon erfahren hatten? Er hatte Tony schon lange nicht mehr gesehen und fand ihn unvorteilhaft verändert: Das Haar, einst braun wie das der jungen Frau, jetzt schmutziggrau, war lang, vielleicht länger als ihres, und, ausgerechnet, zum Pferdeschwänzchen zusammengebunden. Bevor Gansevoort aufstand, um ihm die Hand zu schütteln, warf Mistler einen Blick auf seine übereinandergeschlagenen Beine und stellte fest, daß er schwarze belgische Lackslipper trug, Puffpantoffeln, hätte Mr. Mistler senior gesagt, ohne Strümpfe! Das mußte die Freizeitmode der Reichen sein, die ein paar Jahre zuvor unter Mistlers Altersgenossen um sich gegriffen hatte. Seine Aufmachung bestand außerdem in einem weiten, viel zu englischen blauen Blazer und hellbraunen Hosen. Was fiel dem alten Spinner eigentlich ein, sich an einem Dienstagabend in New York anzuziehen, als wäre er am Strand? Mistler konnte sich nicht vorstellen, daß Phoebe – die in Kleinigkeiten Prinzipien wahrte – ihn in diesem Aufzug, zurechtgemacht wie eine Figur aus einem Roman von Tom Wolfe, aus dem Haus gelassen hätte. Entweder besaß sie bei ihrem Ehemann gar keine Autorität mehr, oder eine Revolution in ihrem Eheleben hatte alles auf den Kopf gestellt.

Lina, meine Freundin. Kennt ihr euch? Wie geht's dir denn?

Gansevoort streckte seinen linken Arm lang aus und griff nach der Frau mit dem braunen Haar. Er zog sie an seine Seite.

Ich glaube nicht.

Die zweite Frage wollte er nicht beantworten. Gansevoort hatte einen Hang zur Ehrlichkeit: Die Antwort »ausgezeichnet« stellte ihn kaum zufrieden. Er würde nachhaken und wissen wollen, wie es Mistler wirklich ging.

Aber ich kenne Mr. Mistler. Von den Fotos im Fesselballon über Burgund. Und von der Werbekampagne für Love-Kosmetik! Die ist ja brillant! Anna hat mich neben Sie plaziert. Ich freue mich wahnsinnig!

Wie nett.

Mistler hätte lieber Anna oder am liebsten Phoebe Gansevoort zur Tischdame gehabt. Phoebe kannte er seit ewigen Zeiten. Ihm gefielen die Signale, die sie setzte: Achtung, ich bin ungemütlich, schrecke vor nichts zurück, ungezogen bin ich – genau die Signale, derentwegen er damals, als sie noch in dem Alter war, ihn in Versuchung zu führen, einen Sicherheitsabstand zu ihr eingehalten hatte. Vermutlich war er nicht Annas Tischherr, weil er ein alter Freund war. Oder sollte er zwischen Anna und dieser eindrucksvollen Lina sitzen, deren Nachnamen man ihm nicht verraten hatte?

Er hatte richtig vermutet: So hatte Anna es geplant, aber das änderte auch nichts mehr. Diese Tischordnung ließ ihm keine Chance, sich einer alten Freundin anzuvertrauen, mit ihr über Clara und Sam zu reden, es sei denn, er wartete, bis der letzte Gast gegangen war und bis klar wurde, daß der andere Thomas nicht ebenfalls wartete, zu Zwecken, die nur Anna angingen. Zu ihrer Rechten saß einer ihrer Autoren, Raymond Weiss, der an der Oberen West Side zum Inventar gehörte; sein neues Buch war gerade in ihrem Verlag erschienen und vom Kritiker der täglich erscheinenden *New York Times* als ein katastrophales Musterstück von geistiger Verwirrung und Talentmangel begrüßt worden; in der *Times Book Review* vom Sonntag dagegen hatte eine Autorenkollegin, die zur selben ethnischen Gruppe gehörte, praktisch dieselbe Adresse hatte und deren nächstes Buch im Herbst erscheinen sollte, das Problem dadurch gelöst, daß sie den Platz, der für ihren Artikel zur Verfügung stand, zum größten Teil mit Bemerkungen füllte, die sich ganz allgemein mit der Schwierigkeit befaßten, im Lauf einer langen Karriere die Spannung eines ehrgeizigen und vielleicht übermäßig nach innen gewandten Werkes aufrechtzuerhalten. Und wenn schon: Das Urteil der Leserschaft hatte das Buch von Weiss gerade auf den zweiten Platz der Bestsellerliste gehoben. Die Party war eine Veranstaltung zu seinen Ehren, und man konnte von Glück sagen und sich mitfreuen, daß Annas Ehre gerade noch rechtzeitig gerettet war. Wer wollte ihr übelnehmen, daß sie ihre Aufmerksamkeit auf das Pferd aus ihrem Stall konzentrierte, das soeben ein Rennen gewonnen hatte? Dann und wann richtete sie das Wort an Mistler, um ihn in die Unterhaltung mit Weiss einzubeziehen. Mistler verstand das Signal. Er sollte etwas über das neue Werk sagen, das er nicht gelesen hatte, und über dessen Vorläufer, die er genauso wenig kannte. Fehlende Kenntnis war aber kein Problem. Anna hatte ihn belehrt, daß ein Mr. Mistler, der literarische Meinungen in kritischem Ton äußere, und sei er noch so respektvoll, das letzte sei, was ein Autor in einer solchen Situation hören wolle. Es genüge vollkommen, zu sagen, er bewundere die Fähigkeit des Meisters, seinen Romanfiguren – im neuen Buch wie in allen seinen Büchern – Leben einzuhauchen. Er wandte Annas Regel an und konnte sehen, wie Weiss strahlte, grenzenlos gutgläubig und ohne alle Bescheidenheit zustimmend nickte. Genug. Gansevoort saß an der anderen Tischseite, neben Weiss' Agentin, die genauso alt und abgewrackt war wie er. Aber Gansevoort unterhielt sich anscheinend bestens. Gut für ihn.

So viele vertraute Gesichter unter den Lebenden, und zugleich fielen ihm überraschend viele Leute ein, die schon tot waren. Vater, Mutter, Tante Elisabeth und natürlich der alte Sam Abthorp. Sie waren eine Sippe, zusammen mit den Großeltern, obwohl die schon gestorben waren, als er noch zur Schule ging, und deshalb eigentlich nicht mitzählten. Dann Harry Lovett. Und die verwirrten Gespenster der Freunde von Vater und Mutter, die meist in Florida gestorben waren, äußerst diskret, so daß man von der Pflicht befreit war, ihrem Begräbnis beizuwohnen. Sears, sein bester Schulfreund, war tödlich verunglückt, als er mit seinem Auto auf dem Heimweg nach den üblichen Drinks im Golfclub gegen einen Baum fuhr. Sears Bruder hatte ihm die Nachricht am Telefon übermittelt. Er legte die Hand auf den Hörer und drehte sich zu Clara: Dick Sears; er hat mir gerade gesagt, daß George tot ist. Ein Autounfall. Was sonst, antwortete sie. Und Warren, ein Klassenkamerad im

College und später sein Nachbar, dessen Haus er sehen konnte, wenn er vom Rasen vor dem Haus in Crow Hill zur Narragansett Bay hinüber blickte. Er war an einer Herzattacke gestorben, vor kurzem erst. Er hatte seinem kleinen Sohn, dem Sprößling aus seiner dritten Ehe, beim Spielen im Sandkasten zugesehen, den Warren am selben Wochenende, den hundertfünfzig Jahre alten Rasen opfernd, aufgebaut und eingerichtet hatte. Es mußten noch viel mehr sein. Vielleicht sollte er die Klassenbücher von den Ehemaligentreffen aus dem College und der Law School vom vergangenen Jahr prüfen. Die Namenslisten waren irgendwo auf den letzten Seiten, *in memoriam*. Ließ Marquand nicht den seligen George Apley sagen, er habe keine Angst vor dem Sterben, denn er kenne so viele tote Bischöfe, daß er mit Sicherheit im Himmel in die besten Clubs kommen werde? Es lohnte nicht, das Zitat nachzuschlagen. Soweit er wußte, waren die drei Prälaten aus seinem Bekanntenkreis noch am Leben, aber die Idee hatte etwas für sich. Ein Pionier würde er nicht sein; der Pfad war gut ausgetreten. Er spürte, daß sein Gesicht sich versteinert hatte. Er zwang sich ein freundliches Lächeln ab.

Mr. Mistler. Mr. Mistler?

Das war die Freundin von Gansevoort.

Sie haben geträumt. Und ich hatte so gehofft, mit Ihnen reden zu können.

Wirklich? Das tut mir sehr leid. Ich habe der allgemeinen Unterhaltung gelauscht. Mein Arzt behauptet, ich könnte noch gut hören, aber es macht mir immer mehr Mühe, der Unterhaltung zu folgen, wenn nicht nur eine Person redet. Ich muß ja merkwürdig aussehen – wie eigentlich? Abgelenkt? Konzentriert?

Wie sind Sie darauf gekommen, im Ballon über Frankreich zu schweben, um kalifornischen Wein zu verkaufen? fragte sie. War das nicht sehr riskant, Leuten, denen Sie einen amerikanischen Cabernet verkaufen wollen, ausgerechnet französischen Wein in den Kopf zu setzen?

Riskant? Sie meinen, ich hätte ein Eigentor schießen können! Der Kunde hat das auch so gesehen, genau wie Sie. Aber ich glaube, die Konsumenten haben ohnehin französischen Wein im Kopf, also hat es keinen Sinn, die Augen vor dem Problem zu verschließen. Die Botschaft der Kampagne hatte ich mir so gedacht: Jawohl, in Frankreich machen sie hervorragenden Wein, und das schon seit den Zeiten der alten Römer, aber wir sind dort gewesen und haben ihnen ihre Geheimnisse abgeschaut. Und wir haben ihnen etwas voraus: die beste, modernste Ausrüstung, wissenschaftliche Handhabung des Reifeprozesses und ein zuverlässig gutes Klima. Erinnern Sie sich, wie bei jedem Schwenk zu dem kalifornischen Weingut der herrlich blaue Himmel zu sehen ist? Dann sieht man mich in meiner Ballongondel auf eine alte klapprige Kutsche hinunterschweben und vor einem Unwetter fliehen. Das Unwetter ist besonders wichtig. Die Botschaft zielt direkt auf das Unbewußte des Verbrauchers.

Entsetzlich, so viel zu reden.

Aber warum müssen Sie selber auftreten? Weil Sie so total gut aussehen?

Natürlich, und weil ich so total eitel bin.

Das hat Tony nie von Ihnen behauptet.

Das spricht für seine Loyalität und Diskretion.

Dann hat er Ihnen auch nicht erzählt, daß ich Ehen zerstöre?

Tun Sie das? Ehrlich gesagt, habe ich Tony schon lange nicht mehr gesehen.

Die Ehe ist geschieden. Aber nicht meinetwegen. Ich bin eher eine Neuanschaffung. Das mit dem Zerstören habe ich nur so dahergeredet; ich wollte mal sehen, was Sie dazu sagen.

Was soll ich denn sagen? Vielleicht: Tonys Beschaffungsausschuß muß ja stehend Beifall geklatscht haben!

Bei Licht besehen fand Mistler, daß der alte Bock keinen schlechten Griff getan hatte. Diese junge Frau hatte etwas Freundliches, Warmherziges an sich, ihre Haut war rein, und es war ganz richtig, daß sie sie nicht mit Schminke zuschmierte. Er hätte wetten mögen, daß sie so, wie sie war, gut roch.

Der Ausschuß hat viel zu tun. Sie wissen, daß er jede Menge Frauen hatte.

Ich weiß gar nichts. Tony und ich waren zusammen in der Schule und dann im College, und ich bin ihm und Phoebe immer mal zufällig auf Parties begegnet – so wie hier. Das war's dann schon.

Sie antwortete ohne Zusammenhang: Natürlich, ganz niedliche kleine Jungen in Schuluniformen mit Blazer und kurzen grauen Flanellhosen!

Sie verfolgte das Thema nicht weiter, sondern erklärte ihm, sie sei freiberufliche Fotografin und sozusagen auf dem Weg nach Europa. Sie habe einen Auftrag für Modefotografie in Mailand in der Tasche; das sei ihre erste Station. Dann erwähnte sie eine Arbeit zu einem späteren Termin; sie sollte in Paris für die *Vogue* ein Apartment fotografieren, das ein brasilianisches Paar hatte umbauen lassen. Ein Auftrag für die Zwischenzeit wäre ihr willkommen. Ob seine Agentur vielleicht wieder Gebrauch von ihr machen wolle? Hier einzuhaken, wäre nicht unelegant. Sie grinste. Offenbar gefiel ihr die Zweideutigkeit ihres Satzes. Er antwortete, er könne nachfragen, wenn sie ihm ihren Nachnamen sage und eine Adresse, unter der sie zu erreichen sei.

Die Tischkarte trug nur ihren Vornamen in Blockbuchstaben. Sie schrieb mit einem Filzstift, den sie aus ihrer Handtasche zog, den Namen Verano und darunter eine Telefonnummer.

Das ist in Brooklyn Heights, ließ sie ihn wissen, bevor er fragen konnte.

Hübsch, in dieser Jahreszeit so einen Namen zu haben – in jeder Jahreszeit eigentlich!

Mir gefällt er auch, entgegnete sie. Wenn ich nur öfter nach Italien kommen könnte, das wäre schön!

Die Arme. Ach, Unsinn, dem stand doch nichts im Weg. Gansevoort würde sich darum kümmern, oder seine Nachfolger, wenn die richtigen Aufträge sich nicht ergaben. Seine eigenen Aussichten für Italienreisen waren ungleich düsterer, auch wenn sie sich jetzt vermutlich vorstellte, wie angenehm es sein müßte, Mistlers Geld und Freiheit zu haben. Diese eine unangenehme Überlegung löste prompt die nächste aus:

Womöglich hatte er die Omnium Transaktion vermasselt. Er hatte wirklich keine Zeit, über Miss Verano oder weitere Gesprächsthemen mit ihr nachzudenken. Statt dessen platzte er heraus: Ich fahre auch nach Italien. Nächsten Montag bin ich in Venedig, meiner Lieblingsstadt!

Es war ein Fehler gewesen, zu glauben, er werde einfach weiterleben wie alle anderen auch und könne deshalb ruhig in Firmengesellschaften investieren, die weniger überbewertet waren als seine eigene Agentur oder Omnium. Unter dieser Voraussetzung hatte er darauf bestanden, daß Omnium den Preis für Mistler Berry bar bezahlte, und Jock Burns die Zustimmung abgerungen. Aber jetzt, da er mehr über sich wußte, erwies sich das hervorragende Verhandlungsergebnis als ganz verkehrt. Wenn die Transaktion abgeschlossen war, solange er noch lebte – und sie mußte unbedingt schnell zustande kommen, bevor er tot oder so krank war, daß man es merkte, denn wenn Jock überlegte, was die Agentur ohne Mistler, den Kopf des Ganzen, wert wäre, würde er womöglich einen Rückzieher machen –, dann würde er beim Verkauf der Anteile Steuern auf den Gewinn zahlen müssen, und zwar fast ein Drittel des erzielten Preises! Wenn er Jock dazu bringen konnte, auf sein ursprüngliches Angebot zurückzukommen, also mit Omnium-Aktien statt mit Bargeld zu zahlen, wäre das Ergebnis weit günstiger. Dann mußte der Verkauf nicht versteuert werden, Vermögenssteuer fiele auch nicht an, weil er fast alles Clara zum Nießbrauch vermachen würde – für Sam war durch den Familientrust gesorgt –, und vor allem würden die Omnium-Anteile, die in Claras Trust gingen, nach dem Marktwert versteuert. Wenn man sie schnell verkaufte – und das sollte so bald wie möglich geschehen –, bliebe die Transaktion frei von Kapitalgewinnsteuer. Eins war klar. Er mußte mit Voorhis und Voorhis' Partner für Steuerrecht sprechen.

Unterdessen redete Miss Verano immer weiter: Kollegen in New York und Europa, die Untermietszahlung in Brooklyn Heights, die sie verlängern wollte oder auch nicht, ihre Katze, die sie bei einer Freundin lassen konnte, die schwanger war und deshalb keine mit Reisen verbundene Arbeit annahm. Er tat weiter so, als höre er aufmerksam zu. Eine Frage brach den Bann.

Darf ich Sie in Venedig besuchen? Wenn Sie Zeit haben. Ich würde so gern auch Ihre Frau kennenlernen. Ich habe Bilder von ihr gesehen.

Natürlich.

Damit die Unterhaltung sich wieder automatisch abspulen konnte, fügte er hinzu: Erzählen Sie mir doch, was und für wen Sie noch gearbeitet haben.

Statt dessen bemerkte sie: Also sind Sie und Tony gar keine engen Freunde. Das tut mir leid.

In diesem Moment erhob sich Anna, und Mistler verzog sich schleunigst ins Wohnzimmer. Gansevoort kam ihm nach.

Wie findest du sie? Du warst ein Fan von Phoebe, stimmt's?

Ob ich Lina mag, meinst du? Charmant ist sie. Ich habe mich gefreut, sie kennenzulernen und dich wiederzusehen. Nimm's mir nicht übel, ich will Anna einen Kuß geben und verschwinden. Ich muß noch ein paar Leute anrufen, bevor sie schlafen gehen.

Auf dem Weg hinaus sagte er auch Lina auf Wiedersehen.

Danke, flüsterte sie. Vergessen Sie nicht: Venedig.

II

Als er seinen Kofferkuli am Flughafengebäude vorbei zum Landesteg für die Wassertaxis schob, überkam ihn ein Gefühl von Benommenheit, als hätte er zu lange an einer feuchten Zigarre gesogen. Fing er schon an, wie seine Mutter und gewisse alte Damen aus ihrem Bekanntenkreis, mit der Wachsamkeit von Grenzpolizisten auf plötzlich auftretende Schmerzen, Schwellungen und vorher nicht bemerkte Hautausschläge zu lauern? Oder warum sonst wollte er unbedingt wissen, ob diese Mischung aus Erschöpfung und Übelkeit eine ganz neue Formation in der Landschaft seiner Existenz war? Seit den Gesprächen mit den Ärzten wünschte er sich ein Stundenglas, das Sandkorn um Sandkorn das Verrinnen seiner Kraft anzeigte. Wahrscheinlich war kein Meßinstrument empfindlich genug, um die Auswirkungen einer Nacht im Flugzeug und der Wartezeit auf den Anschluß in Roissy zu unterscheiden von den Prozessen in diesem derangierten tauben Organ in seinem Inneren, aber daß er überzeugt war, keinen Schritt mehr gehen zu können, mußte zumindest teilweise ein Signal seiner Leber sein. Mistler hielt sich am Geländer fest, schloß die Augen, öffnete sie wieder und starrte auf das Wasser. Der Kofferkuli war kein Freund. Hätte er einen Gepäckträger gerufen, hätte er sich auf dessen Arm stützen können, und wenn die Geste noch so undelikat war. Er holte tief Luft, um Mund, Lungen und Hirn zu reinigen, und bat den Aufsichtsbeamten, ihm ein Taxi zu besorgen.

Leichter Nebel hing über dem Wasserspiegel der Lagune. Mistler stand achtern, wartete in Vorfreude und ohne Neugier auf das Auftauchen der Inseln. Gischt kühlte ihm das Gesicht. Er zündete sich eine Zigarre an, um den Geschmack seines Speichels zu übertönen, und warf sie schnell weg. Wenn Clara bei ihm gewesen wäre, hätte er ihre Hand gehalten. Sie hatte immer Kaugummi oder Pfefferminz in ihrer Handtasche. Hätte er sie doch lieber mitbringen sollen? Diese Reise, seine harmlose Lüge, die Sehnsucht, etwas nicht näher Bestimmbares zu finden, was sollte das Ganze? Eine Art Wette? Wenn ja, dann gewann und verlor er sie zugleich. Was erwartete er denn? Daß Handeln irgend etwas ändern konnte? In ein paar Wochen oder Monaten, wenn die Krankheit langsam unerträglicher wurde, würde er sehen, was diese Ferien wirklich waren – eine Farce, die er teuer zu bezahlen hatte, mit Krafteinheiten, einer Währung, die durch keine Summe Ruhe oder Schlaf wiederbeschafft werden konnte. War es dann soweit, daß er endlich lernen würde, sich treiben zu lassen, statt immer nur hart am Wind zu segeln und wie besessen darum zu kämpfen, den Kurs zu halten? Sie fuhren in den Kanal ein. Der Bootsmann öffnete die Drosselklappe, das Kielwasser breitete sich aus wie ein Fächer aus weißen Federn. Hier und dort zerrten einzelne Dingis an ihren Ankern. Waren das Aalfischer? Die Sonne blendete Mistler. Er setzte die dunkle Sonnenbrille auf, und als hätte diese Geste magische Kraft, wurden im selben Augenblick der Turm von Madonna dell'Orto und die Fondamenta Nuove sichtbar und rückten näher. San Michele lag vor ihnen. Das Boot fuhr langsamer. Mistler erkannte erst den Umriß von Santa Maria della Misericordia, dann I Gesuiti und die Einfahrt ins Arsenal. Er hätte das Boot gern zum Stillstand gebracht, um die Uferlinie im ganzen vor Augen zu haben und die Stadt stärker in sich aufzunehmen. Dazu hätte er aber nach vorn, durch die Kabine gehen, mit dem Bootsmann sprechen und mit dessen Verständnislosigkeit angesichts eines solchen, nicht im Fahrpreis inbegriffenen Wunsches fertig werden müssen; die Mühe war ihm zu groß. Er begnügte sich mit konzentriertem Hinsehen. Palastfassaden tauchten geheimnisvoll auf und verschwanden, als das Boot sich in die Seitenkanäle einfädelte. Sie kamen am Hotel Metropole vorbei. San Giorgio lag genau vor ihnen. Als sie in den Canal Grande einbogen, tauchte die Dogana und dann Santa Maria della Salute auf, im Glanz von Blau, Gold und Weiß. Das Boot fuhr rückwärts, ein Mann, der sein Leben lang nichts anderes getan hatte, fing das Tau, das der Bootsführer ihm zuwarf, und band es fest. Zum erstenmal in seinem Leben verspürte Mistler eine Art Seekrankheit; er ging an Land und in das Foyer des Hotels.

Signor Anselmo, der Hauptportier, und sein Helfer setzten sich in Bewegung, zwei Männer, die Mistler je nach Laune als Freunde oder Musterbeispiele für fragwürdige Investitionen zum Zweck der Steuerersparnis betrachtete, Investitionen, die keine Einkünfte brachten, aber ständig Bargeld verlangten; die beiden stürzten so eilig auf ihn zu, daß sie den stellvertretenden Hotelmanager abdrängten.

La signora ist schon da, murmelte Signor Anselmo.

War der Mann verrückt geworden? Erkannte er ihn nicht mehr? Was murmelte er da? Clara hatte unmittelbar vor seinem Aufbruch zum Flughafen angerufen und gesagt, sie sei in San Francisco. Falls dies hier ein Filmgag der vierziger Jahre sein sollte, dann konnte sie natürlich in Wahrheit vom Kennedy Airport aus angerufen und einen Alitalia Flug nach Mailand genommen haben, auf diese Weise wäre sie schneller als er mit seinem Flug über Paris in Venedig gewesen. Aber einen Hang zu grellen Überraschungen oder dummen Streichen kannte er nicht an ihr. Wenn dies ein, vielleicht gutgemeinter, Streich sein sollte, dann wäre er nicht nur unwillkommen, sondern über die Maßen ärgerlich, das konnte man ohne Übertreibung sagen. Mistler hatte nicht mehr genug Zeit, um geduldig hinzunehmen, daß Leute seine Pläne durchkreuzten, und komisch finden konnte er derlei schon gar nicht. Das wußte sie natürlich nicht.

La signora hat Blumen gebracht und ihr Gepäck unten gelassen. Soll ich es hinaufbringen lassen?

Selbstverständlich, mitsamt meinen Taschen. Ich brauche sie sofort.

Willkommen zu Hause in Venedig, Mr. Mistler. Sie haben dasselbe Apartment wie immer. Das war der Stellvertreter des Hotelmanagers.

Danke. Dann müssen Sie mich nicht begleiten. Ich brauche nur den Schlüssel.

La signora hat ihn.

Dann geben Sie mir bitte den Zweitschlüssel.

Er wehrte die Hand ab, die ihn von seinem Aktenkoffer befreit hätte. Er enthielt sein Adreßbuch. In New York war jetzt früher Morgen, die beste Zeit, Leute zu Hause zu erwischen, manche von ihnen, bevor sie aus dem Bett gefunden hatten. Und wenn es ihm noch so schlecht ging, jetzt war es Zeit für seine Anrufe.

Der Aufzug hielt im zweiten Stock. Er folgte dem blutroten Teppich bis zur Doppeltür am Ende des Flurs und öffnete sie. In dem kleinen Vorraum hing ein Regenmantel. Nicht der von Clara. Die beiden riesigen Fenster des Wohnzimmers mit Blick auf den Kanal standen offen. »I've got you under my skin«, peinlich akkurat gepfiffen, scholl ihm aus dem anderen, rechts davon liegenden Zimmer entgegen. Die Tür stand offen. Clara pfiff nicht, sie sang, immer Cole Porter, und immer falsch. Mistler stellte die Aktentasche auf das Sofa, klopfte und betrat das Zimmer, ohne auf Antwort zu warten. Es war immerhin seine Suite. Auf dem Bett, in einen weißen Frotteebademantel mit dem Namenszug des Hotels gehüllt, saß Lina Verano. Sie trocknete sich die Zehen einzeln mit einem kleinen Handtuch ab.

Mr. Mistler! Sie stand auf. Ihr Haar war naß und hing ihr strähnig über die vollkommen glatten Wangen. Sie sah jetzt hübscher aus als bei Anna, aber in dem harten Tageslicht wirkte sie nicht mehr so jung.

Entschuldigung! Ihr Flugzeug muß zu früh gelandet sein. Ich dachte, Sie kommen erst in einer Stunde, deshalb war ich in der Badewanne. Ich hätte alles wieder aufgeräumt, Sie hätten nichts gemerkt. Schauen Sie, die habe ich alle für Sie geholt.

Sie zeigte mit dem Finger. Auf dem Toilettentisch im Schlafzimmer und auf dem Teetisch und den Guéridons mit den Marmorplatten im Wohnzimmer standen Rosen und Päonien, weiß, rot und rosa.

Sind die nicht schön? Sagen Sie doch was, Mr. Mistler!

Mir fällt nur eins ein: Was machen Sie in meinem Hotelzimmer?

Jemand, wahrscheinlich der Hotelboy, klopfte an die Außentür. Mistler brüllte: *Avanti!* Sein Gepäck. Einen Augenblick danach kam der Boy wieder und zerrte einen grauen Koffer auf Rädern wie einen Hammel am Strick hinter sich her. Mistler gab ihm Trinkgeld und wartete, bis der Mann die Gepäckstükke im Schlafzimmer verstaut hatte.

Ich wiederhole: Was machen Sie hier?

Sie wußten doch, daß ich Sie in Venedig besuchen würde. Sie sagten, das sei in Ordnung. In den *pensioni*, die ich kenne, war kein Zimmer frei, deshalb bin ich hierher gekommen, nur um Sie zu sehen. Meinen Koffer habe ich unten gelassen. Tut mir leid, daß ich Ihr Badezimmer benutzt habe. Ich habe Sie wohl nicht so gut verstanden, wie ich mir einbildete. Ich hatte gedacht, Sie sind ganz froh, wenn Sie mich sehen. Oder lachen. Wer weiß?

Und was, dachten Sie, sagt meine Frau dazu?

Ich wußte, daß sie nicht mitkommt. Ich habe am Tag nach Mrs. Williams' Party im Hotel angerufen; ich wollte sichergehen, daß Sie hier wohnen, und die haben mir gesagt, Sie hätten Zimmer nur für sich allein bestellt. Dann habe ich zur Sicherheit auch noch bei der Fluggesellschaft nachgefragt. Finden Sie das so schlimm? Ich kann sofort gehen. Wenn ich was finde, wo ich bleiben kann, rufe ich Sie morgen an. Vielleicht muß ich es mit einem Hotel in Mestre versuchen. Die sind nicht so teuer.

Guter Gott, sagte Mistler. In diesem Aufzug wird man Sie nicht gehen lassen. Am Empfang wird man Ihnen sofort den Bademantel abnehmen, und den Zirkus, der dann losgeht, will ich mir gar nicht erst vorstellen. Hören Sie, lassen Sie mir fünfzehn Minuten Zeit. Ich bin sehr müde, und ich muß ein paar Anrufe erledigen.

Es tut mir leid. Ich kann im Schlafzimmer bleiben, solange Sie telefonieren.

Sie kniete neben dem scheußlichen Koffer nieder, kramte ein Buch daraus hervor und erklärte, er könne ruhig die Tür schließen, das mache ihr nichts aus.

Er hatte Voorhis am Tag nach Annas Dinner aufgesucht. Dieser hatte Mistler sofort erklärt, daß er in der Steuersache nicht falsch liege, und dann gefragt, worüber er sich Sorgen mache; daß Omnium bar zahle, sei wirklich der Coup gewesen, wie solle man denn dem Vorstand oder den Angestellten, die Anteile besäßen, aber nicht im Vorstand seien, eigentlich erklären, daß nun doch wieder mit Aktien bezahlt würde? War denn Bargeld nicht für alle besser?

Das habe ich zuerst auch gedacht, sagte Mistler, aber jetzt nicht mehr. Ich habe meine Meinung geändert. Wenn wir ein Aktiengeschäft machen, kann jeder, der Omnium-Papiere nicht mag, wieder verkaufen, und diejenigen, die auf Werbeagentur-Aktien vertrauen, können sie behalten und brauchen keine Steuern zu zahlen.

Der Verkauf unterliegt Beschränkungen. Deshalb wollten wir uns zuerst ja nicht auf das Geschäft mit den Aktien einlassen.

Sehen Sie zu, daß Sie so viele wie möglich davon loswerden. Wenn sie es sich überlegen, werden sie verstehen, daß Beschränkungen in Wahrheit so wichtig nicht sind. Sie sollten sich lieber darauf konzentrieren, daß die Transaktion durchkommt. Vergessen Sie nicht, daß Eigentumsanteile an Mistler Berry gar nicht verkauft werden können. Ich denke, ich kann den Angestellten erklären, daß das Swapping von Lovett Berry-Aktien gegen Omnium-Aktien an sich schon eine echte Risikoverteilung ist. Damit haben sie eine Investition im Lovett Berry Teil der Firma, dessen Wachstum sie selbst beeinflussen können, und dazu noch in den anderen Agenturen und Unternehmen, die Omnium gehören und von anderen geleitet werden, die ihrerseits eigene Kunden haben, und so fort, und außerdem verkäuflich sein werden, auch wenn es Einschränkungen gibt. Außerdem kann ich wohl Jock Burns dazu bringen, daß er einen höheren Preis zahlt, wenn ich sage, daß wir seine Aktien anstelle von Bargeld nehmen wollen.

Es war vorherzusehen, daß Voorhis, wenn Mistler verriete, warum er seine Meinung geändert hatte, sofort die Frage aufwerfen würde, ob dieser Grund nicht offengelegt werden müsse. Der Ehrenkodex von Schuljungen schrieb das vor, das wußte Mistler. Aber die Schulzeit war vorbei. Was ihn, Mistler, betraf, so war es ausgeschlossen, Jock ins Gesicht hinein zu lügen oder eine Lüge in den Vertrag aufzunehmen, aber keiner hatte ihn nach seiner Gesundheit oder der seiner Geschäftsführer gefragt. Die Anwälte und Investmentbanker von Omnium waren offensichtlich nur besorgt, ob eine Versicherung gegen den Ausfall der Schlüsselfiguren bestand. Gab es eine solche Versicherung? War Mistler versichert? Wer noch? Ja, sie waren versichert, und die Versicherungssumme war höher, als man bei Omnium erwartet hatte. Die Policen wurden zur Prüfung vorgelegt. Das Geld für die eine Schlüsselfigur würden sie eher bekommen als erhofft. Mistler dachte amüsiert daran, wie sehr er es immer gehaßt hatte, Versicherungen zu bezahlen. Die Firma hatte sogar eine Risikolebensversicherung für Mistler abgeschlossen – zehn Millionen Dollar, wenn er sich richtig erinnerte –, die seinem Nachlaß zugeschlagen würde. Vielleicht war das für die großartige Inszenierung seines Abgangs nicht wichtig, aber er mußte daran denken, daß die Summe doch ein hübsches Abschiedsgeschenk sei.

Er fragte Voorhis: Hat Omnium genug autorisierte Kapitalanteile, um uns in Aktien zu bezahlen, und brauchen sie dazu die Zustimmung der Aktionäre?

Er wartete ungeduldig, während Voorhis das unerträgliche Papierchaos auf seinem Schreibtisch durchwühlte, um die Angaben zu den Omnium-Finanzen und seinen Taschenrechner zu finden. Immer wieder schien er das Falsche zu erwischen, aber endlich sagte er: Hier sind sie. Ja. Nach dem gestrigen Börsenkurs haben sie mehr als genug. Aber wieviel höher können Sie den Preis treiben, was schätzen Sie?

Vielleicht fünfzehn Prozent.

Dafür haben sie immer noch genug, und sie brauchen für den Verkauf keine Zustimmung.

Sie können den Kauf abschließen ohne Aktionärsversammlung, ohne eine Bewerbung um Stimmrechtsvollmacht und den ganzen Kram?

Ja, sie sind nicht an der New Yorker Wertpapierbörse. Ich werde es noch einmal überprüfen, aber ich weiß eigentlich, daß das in Ordnung geht.

Es war dies eine Erleichterung, wie wenn ein Auto anspringt, obwohl man fürchtet, die Batterie sei leer, wie wenn ein Korken glatt und ohne zu krümeln aus einer Flasche mit altem Wein gezogen wird, wie wenn man eine Ejakulation im letzten Moment heroisch zurückzuhalten vermag. Er wollte den Handel zum Abschluß bringen, und zwar schnell. Voorhis hatte ihm versichert, die Vereinbarungen seien fast in ihrer endgültigen Form, und Omnium habe der Sorgfaltspflicht genügt.

Und was ist mit unserer Sorgfalt? fragte Voorhis. Wir haben nichts Nennenswertes unternommen, weil sie ja bar zahlen sollten. Aber wenn wir Aktien akzeptieren, sollten wir die Gesellschaft dann nicht überprüfen?

Nein, antwortete Mistler. Wir verlassen uns auf ihre Unterlagen bei der Börsenaufsichtsbehörde, lassen sie von ihnen bestätigen und uns alle zusätzlichen Sicherheiten geben, die wir haben müssen. Bitte bringen Sie diese Show jetzt in Gang. Was garantieren wir eigentlich? Haben Sie irgendwelchen ungewöhnlichen Forderungen zugestimmt? Was sagen wir für den Fall ungünstiger Entwicklungen in unserem Unternehmen?

Sie haben alles mögliche verlangt, aber jetzt ist es so geregelt, wie Sie wollten: Wir stehen für unsere Finanzen ein und versichern, daß uns keiner unserer Großkunden erklärt hat, seine Aufträge an uns müßten neu überprüft werden. Und das gewährleisten wir nur bis zum Tag der Vertragsunterzeichnung. Danach ist das Geschäft so gut wie abgeschlossen.

Machen Sie weiter so.

So ist es richtig, dachte Mistler . . . Bleiben Sie bei Ihrer Arbeit und überlassen Sie mir die unangenehmen Fragen. Zum Beispiel: Warum mache ich das? Die Sache mit der Barzahlung ist doch günstig. Clara und Sam sind sowieso reich, und Sam wüßte mit all dem Geld gar nichts anzufangen. Den Mund halten und die Sache sich entwickeln lassen, das ist das eine. Nicht mal das ist ganz einwandfrei. Aber mit Burns neu verhandeln, als wäre alles in Ordnung! Wie kommst du dazu, die Grenzlinie zu übertreten, die dich von jenen Männern trennt, denen du nicht die Hand geben würdest? Die Antwort ist: Ich habe immer alles zu Ende gebracht, was ich angefangen habe, und immer so, wie ich es wollte. Wenn ich schon mal dabei bin: Peter Berry an die Luft zu setzen, war auch nicht in Ordnung. Das Geschäft war für Mistler Berry günstig, bevor ich wußte, daß ich krank bin, und es läuft jetzt immer noch gut. Vielleicht sogar besser, weil der gute alte Jock Burns die Agentur zusammenhalten wird, wärend ich keinen Nachfolger habe, der dazu in der Lage wäre. Omnium und deren Gewinn, das ist seine Sache. Dreht mein Vater sich jetzt im Grab um? Ich werde ihn fragen, wenn ich ihn sehe. Aber wenn er schon anfängt zu rotieren, sollte er zuerst mal an seine eigene Firma denken!

Er sah, daß Voorhis ihn anstarrte.

Thomas, was ist los?

Es hat nichts mit der Agentur zu tun, überhaupt nicht.

Das Problem war, daß er Voorhis wirklich sehr schätzte. Sonst hätte er darauf verzichtet, diesen geradlinigen, sehr ehrlichen Mann um seine Meinung zu fragen, diesen Mann, der seine Frau, die Aquarellmalerin, so liebte und so gar keine Ahnung hatte, daß sie seinem Hauptmandanten schöne Augen machte. Was dieser natürlich nicht zur Kenntnis nahm.

Er sagte: Ich habe ein persönliches Problem, mein Freund. Ich sterbe bald. Aber ich denke, bis zum Abschluß kann ich noch einigermaßen durchhalten und wahrscheinlich auch noch eine Weile danach, wenn Sie diese Transaktion wirklich durchziehen. In Ordnung? Wieviel Risiko gehen wir ein?

Er unterbrach Voorhis' Trauerbekundung mitten im Satz.

Das verschieben wir auf ein andermal. Im Augenblick wissen nur meine Ärzte und Sie Bescheid, und dabei möchte ich es so lange wie möglich lassen. Und Sie erzählen es niemandem, auch Ihrer Frau nicht!

Seit wann wissen Sie das?

Endgültig? Erst seit gestern. Kommen wir zur Sache. Welches juristische Risiko gehe ich ein?

Ich muß nachdenken.

Voorhis wischte sich die Augen. Wenn das Geschäft zum Abschluß kommt, sagte er, ist das Risiko sehr klein – ich meine, Omnium könnte womöglich argumentieren, unter den gegebenen Umständen sei es Betrug, daß Sie nichts von Ihrer Krankheit gesagt haben, und mit diesem Argument versuchen, sich aus dem Geschäft wieder rauszuwinden, aber ich glaube nicht, daß sie das tun würden. Es wäre für Omnium nicht gut, wenn sie sich auf den Standpunkt stellen, daß von einem einzigen Mann so viel abhängt, um dann zugeben zu müssen, daß sie keinerlei Nachforschungen für nötig gehalten haben. Damit würden sie in den Augen der Kunden und Finanzberater ganz dumm aussehen. Aus denselben Gründen würden sie auch nicht versuchen, Schadensersatz aus Ihrem Vermögen zu fordern. Ein Schaden wäre sowieso schwer nachzuweisen. Wenn sie aber Wind bekommen, bevor die Sache perfekt ist, könnten sie versuchen, sich aus der Schlinge zu ziehen. Wollen Sie wissen, was ich unter dem Gesichtspunkt der Geschäftsmoral von diesem Hakenschlag halte?

Lieber nicht. Aber sagen Sie schon.

Es ist nicht gut. Sie sollten es nicht machen. Leute, die irgendwann zwei und zwei zusammenzählen – und das werden viele sein –, werden Sie für abgebrüht und selbstsüchtig halten, wenn Sie zu diesem Zeitpunkt Aktien verlangen. Wichtiger ist die Frage: Haben Sie Jock Burns für dumm verkauft, selbst wenn

Sie die Transaktion lassen, wie sie ist? Es wird so oder so Flecken auf Ihrem Andenken hinterlassen.

Ich verstehe, was Sie meinen. Bin ich irgendwelchen Fragen von Omnium ausgewichen?

Nicht daß ich wüßte. Keiner Frage, die sie deutlich gestellt haben.

Haben Sie etwas verschleiert, was mit mir zu tun hatte? Das kann ich mir nicht vorstellen. Sie wußten ja nichts.

Stimmt. Aber dies ist so wichtig. Ich meine, es wäre richtig, sie zu informieren, auch wenn sie nicht schlau genug waren zu fragen.

Gut. Jetzt will ich Ihnen mal was sagen. Wenn es dieses Ding, nach dem Jock Burns so giert, dieses »Mistler-Element« überhaupt gibt, dann liegt es jetzt ganz und gar bei der Agentur, nicht bei mir. Die jungen Leute, die ich ausgebildet habe, bringen es zustande. Manche Kunden werden mich vermissen, aber unsere Arbeit hält sie bei uns, nicht mein persönlicher Charme.

Das glauben Sie doch selber nicht!

O doch, und nicht nur in diesem Zusammenhang. Denken Sie nur mal an mein Alter. Die Geschäftsvereinbarung, die Sie mich unterzeichnen ließen, erlaubt mir, mich mit fünfundsechzig Jahren zur Ruhe zu setzen und Berater der Firma zu werden oder mich zur Ruhe zu setzen und gar nichts zu tun. Berater würde ich nie sein wollen. Ich brauche das Geld nicht. Daraus folgt, daß ich der Firma, falls ich nicht unter ein Taxi komme oder an Krebs sterbe, was ich ja nun tue, höchstens noch dreieinhalb Jahre erhalten bleibe. Weltbewegend!

In Voorhis' Gegenwart und von dessen Büro aus rief er Jock an und sagte: Hören Sie, ich muß Ihnen sagen, daß ich meine Meinung geändert habe.

Er glaubte, das Erschrecken am anderen Ende des Drahtes hören zu können.

Nein, nicht daß ich das Geschäft mit Ihnen rückgängig machen wollte. Das würde ich nie tun, nachdem wir es mit Handschlag besiegelt haben, aber ich denke jetzt, es war falsch, Bargeld zu verlangen. Wir nehmen Omnium-Aktien, aber als Gegenleistung müßte ich einen besseren Preis bekommen.

Riesige Erleichterung. Die war ebenfalls hörbar. Man braucht diese Video-Telefone gar nicht, die es bald zu geben droht.

Das könnte eng werden. Wieviel?

Das sage ich Ihnen Ende der Woche. Dann haben Sie übers Wochenende Zeit zum Nachdenken, weil ich für eine Woche verreisen werde, gleich nach unserem Telefonat – ich werde in Venedig sein. Sobald ich dort in meinem Hotel bin, werde ich Sie anrufen und Ihre Antwort hören. Bitte erklären Sie Ihren Kollegen, daß es mir ernst ist. Ich ändere meine Meinung nicht oft.

Jetzt war er in Venedig und mußte diesen Anruf bei Jock sofort erledigen. Wenn der Nein sagte, wollte Mistler, das hatte er beschlossen, nicht weiter kämpfen. Er wollte es als ein Zeichen des Himmels und des vernünftigen Mr. Mistler senior verstehen, die Sache auf sich beruhen zu lassen. Wenn Jock jedoch Ja sagte, dann wäre die Steuerfreiheit erreicht, und die fünfzehn Prozent Preissteigerung bildeten ein angenehmes Polster für den Fall, daß sein Hinscheiden den Aktien schadete – aber den Omnium-Papieren würde es nicht allzusehr schaden, nicht annähernd soviel, und jedenfalls nicht über längere Zeit, solange der Aktienmarkt insgesamt stabil blieb. Er wählte Jocks Nummer in Short Hills.

Hier bin ich, sagte er, in meiner venezianischen Ecksuite, von Blumen umgeben und im Begriff, zum Cannelloni-Essen auszugehen, wenn wir unsere Unterhaltung beendet haben; ich habe ein reichlich schlechtes Gewissen, daß ich Sie aus dem Schlaf reiße. Haben Sie die Sache durchgerechnet?

Alles in Ordnung. Gehen Sie Ihre Cannelloni essen und schicken Sie mir die Weinrechnung. Schöne Grüße an Clara. Hier sind alle froh über diesen Vertrauensbeweis für Omnium. Übrigens, Thomas: Gute Erholung wünsche ich Ihnen. Sie haben in letzter Zeit ziemlich grün um die Nase ausgesehen.

Mistler hatte im Stehen telefoniert und sich an die Couch gelehnt. Jetzt setzte er sich und rief seine Sekretärin an.

Er wies sie an: Wenn Sie mir noch keine Faxe geschickt haben, halten Sie sie bis zum Abend zurück. Ich lese sie morgen früh und gebe Ihnen dann Bescheid. Heute nachmittag wird es mir zuviel. Und rufen Sie bitte Mr. Voorhis an, sowie Sie im Büro sind. Lassen Sie sich unbedingt zu ihm durchstellen. Sie können ihn jetzt auch zu Hause anrufen. Die Nachricht für ihn lautet: Jock Burns hat Ja gesagt. Ja, ich habe Ja gesagt. Keine Veränderung seit meinem letzten Vorschlag. Voorhis weiß schon, was ich meine.

Er öffnete die Tür zum Schlafzimmer. Natürlich

war die junge Frau noch da; sie saß lesend auf einem Stuhl am Fenster. Wie hätte sie auch hinauskommen sollen.

Sie sind fertig, sagte sie. Ich wollte Sie nicht stören. Jetzt gehe ich lieber. Dies war ein schrecklicher Fehler. Ich hoffe, Sie können mir verzeihen. Meine Sachen sind im Bad. Ich brauche nur eine Minute.

Sie redete wie ein höfliches Kind. Streng erzogen von Eltern aus der unteren Mittelschicht. Salz der Erde.

Hören Sie, sagte er, wir wollen doch aus einer Mücke keinen Elefanten machen. Ich bin müde von der Reise, und ich brauche ein Bad. Aber ich habe gerade einen ziemlichen Coup in meinem Geschäft gelandet, und ich würde Sie gern zum Essen einladen. Nach meinem Bad. Wir reden dann beim Essen darüber. Obwohl, eigentlich brauche ich erst eine Tasse Kaffee. Möchten Sie auch eine?

Sie nickte auf eine demütig unterwürfige Weise, die er sofort bedauerte. Er telefonierte nach dem Zimmerservice. Schlecht behandelt hatte er sie eigentlich nicht. Schließlich hatte er sie nicht eingeladen, mit ihren Blumen und ihrem Koffer in seinem Hotelzimmer aufzutauchen, er hatte beim Dinner nicht mit ihr geflirtet, und sie mußte annehmen, daß er nicht mit Clara nach Venedig reiste – sondern sich dort mit jemandem treffen wollte. Mit welchem Recht konnte sie erwarten, daß er sie anmachen oder, wie sein Vater gesagt hätte, mit einem Überraschungsangriff beglükken wollte? War das ein Tribut, der ihr zustand? Und seine Loyalität gegenüber Gansevoort? Es lag auf der

Hand, daß Gansevoort ihm völlig gleichgültig war. Das hatte sie gemerkt; sie war ja nicht auf den Kopf gefallen.

Der Kaffee war sehr heiß. Er trank eine zweite Tasse und zündete sich eine Zigarette an. Es war wirklich an der Zeit für sein Bad. Nach dem Bad wollte er dem Zimmermädchen klingeln und sie bitten, seine Koffer auszupacken. Es machte nichts, wenn sie alles durcheinanderwarf. Nach dem Mittagsschlaf würde er die Sachen in Ordnung bringen.

Kann ich auch noch etwas Kaffee haben?

Er hatte sie vergessen. Tut mir leid, sagte er, tut mir wirklich sehr leid. Da sehen Sie, es stimmt, daß ich müde bin. Ich brauche nicht lange im Bad. Dann gehen wir an die frische Luft. Haben Sie etwas dagegen, wenn ich Sie jetzt dorthin verbanne? Er zeigte auf das andere Zimmer.

Ihre Kleider lagen ordentlich gefaltet in einem kleinen Stapel auf der Ablage am oberen Ende der Badewanne. Gleich daneben auf dem Boden ihre Kameratasche. Als er mit dem Anziehen fertig war, fand er sie auf einem Stuhl an einem Fenster mit Blick auf den Kanal; das Buch hielt sie noch in der Hand. Angezogen hatte sie sich nicht; sie war immer noch im Bademantel.

Sie sind ganz vertieft ins Lesen. Sobald Sie bereit sind, können wir gehen und was Köstliches essen. Ich kenne genau das richtige Restaurant für Sie.

Können wir nicht hier essen? Das Zimmer ist so schön. Ich möchte am liebsten friedlich auf diesem Stuhl sitzen bleiben.

Sicher. Im Schreibtisch muß eine von diesen imposanten Mappen mit der Speisekarte liegen. Hier, schauen Sie, ob Sie etwas finden, was Sie mögen.

Cannelloni, sagte sie. Cannelloni mit Krabben.

Was für ein Zufall! Eben habe ich am Telefon einem Mann erzählt, ich sei im Aufbruch; ich wolle in einem Restaurant Cannelloni essen, aber das war nur ein rhetorischer Schnörkel. Und jetzt trifft es tatsächlich ein. Darf es Rotwein dazu sein? Wir nehmen einen guten – *un vino stupendo!* Dieser reizende Mensch hat gesagt, ich könne ihm die Weinrechnung schicken.

Sie hatte nichts gegen Rotwein. Als sie den Kopf schüttelte, blickte sie auf. Er sah, sie hatte geweint.

Schon gut, sagte sie. Gleich nach dem Essen ziehe ich mich an und gehe.

Eine Idylle im Keim erstickt. Nicht die erste. Von dem Augenblick an, als sie gefragt hatte, ob sie nicht im Zimmer mittagessen könnten, war er in Gedanken beim ersten Aufenthalt mit Clara in diesem Hotel gewesen. Es war Frühsommer. Sie war schwanger mit Sam. Damals war die Reise noch umständlicher. Sie hatten den Tagesflug von New York nach Paris genommen. Als sie ankamen, waren Claras Knöchel schlimm geschwollen, deshalb entschied er, nicht am nächsten Abend nach Venedig weiterzufliegen. Stattdessen blieben sie noch eine Nacht in Paris und nahmen am folgenden Tag den Nachtzug nach Venedig. Vielleicht hatten sie damals dieselbe Suite; Clara hätte ihm das sofort sagen können. Ihre Knöchel schwollen nicht ab, und ihr Gesicht sah bestürzt und gerötet aus. Sie riefen den Gynäkologen an. Sie wollte vermutlich über Blasenprobleme reden und bat Mistler, nach nebenan ins Schlafzimmer zu gehen. Ihre Stimme war laut und deutlich, und obwohl er eigens weggehört hatte, nahm er doch den Zeitpunkt wahr, an dem sie das Gespräch beenden wollte. Er klopfte und fragte, ob er noch ganz kurz mit Dr. Wills sprechen könne, dem New Yorker Papst für die Methode der natürlichen Geburt und deshalb der Arzt, dem Clara vertraute, obwohl er Belegbetten in Lenox Hill hatte und nicht in dem Krankenhaus, in dem Bill Hurleys Onkel arbeitete.

Hallo, hallo, schrie er, weil die Verbindung so schlecht war. Ich wollte nur fragen, ob Sie mir die Sache auch schnell erklären können. Ich würde es sehr gern verstehen.

Dr. Wills fertigte ihn kurz ab. Ihre Frau hat alle Erklärungen bekommen. Tun Sie einfach, was sie sagt, Mr. Mistler.

Peng. Aufgelegt.

Was hat er dir erklärt?

Schweigen. Wie dieses Mädchen jetzt hatte sie sich ans Fenster gesetzt und angefangen zu weinen. Dicke Tränen rannen ihr an der Nase entlang, dieser Himmelfahrtsnase, die ihm von allen Partien ihres Gesichts am liebsten war, weil sie sich aufwärts bog wie eine Frage ohne Antwort; am linken Nasenloch hing ein Schleimtröpfchen. Ihr Kinn zitterte und ihre Lippen auch, die in der Form zarten geschälten Langusten glichen, auch ein Teil von ihr, den er normalerweise mochte. Jetzt waren sie trocken, fast schon aufgesprungen. Sie trug immer einen sehr hellen Lippenstift von Guerlain – sie ließ sich nicht überreden, das Fabrikat zu wechseln, obwohl er gerade seine erste Werbekampagne für Love-Kosmetik beendet hatte und obwohl sie wußte, daß es für ihn Ehrensache war, jene Produkte zu kaufen, für die er Werbung machte –, aber sie hatte vergessen, die Lippen nachzuziehen, bevor sie aus der Gondel auf den Landesteg des Hotels trat, wenn sie an diesem Morgen überhaupt einen Lippenstift benutzt hatte. Ein Häufchen Elend und Selbstmitleid. Sie war so groß und kräftig gebaut, daß man ihr die Schwangerschaft kaum ansah, und seiner Meinung nach hätte sie mindestens noch einen Monat lang normale Kleider anziehen können. Aber sie trug ein blaßblaues Umstandskleid mit einem breiten schwarzen Lackgürtel, der ihren Bauch stärker hervortreten ließ als jedes andere Gewand. Die flachen Riemchensandalen hatte im letzten Sommer ein Schuster auf Hydra für sie gemacht. Ihre Zehen waren geschwollen und tiefer blau als das Kleid. Der Lack auf den Zehennägeln war abgeblättert. Soviel Nachlässigkeit mußte wirklich nicht sein; ihr fehlte ja schließlich nicht das Geld für ihre geliebte Schönheitspflege bei Elizabeth Arden. Und diese elenden Knöchel! Die Haut war sehr stramm und fleckig. Er ließ sich neben ihr auf die Knie nieder und berührte die geschwollene Stelle. Als er den Finger wieder wegnahm, blieb eine weiße Delle. Weil er sich nicht besinnen konnte, wo er ihre Reisetasche zuletzt gesehen hatte, blickte er sich unauffällig im Zimmer um. Da war sie, auf dem Sessel am anderen Fenster. Rotes Boxcalf. Die Tasche hatte er bei Gucci in New York gekauft. Barg dieses gewaltige Gepäckstück auch nur zwei Kleidungsstücke, die zusammenpaßten? Er hatte unter dem Gewicht geschwankt, als er das Teil auf die Kofferablage über den Sitzen hievte; der unfreundliche, übelriechende Gepäckträger hatte sie an der Tür zum Abteil verlassen.

Er wiederholte seine Frage. Herrgott, Clara, was hat der Mann dir denn nun erklärt?

Sie schniefte. Nichts. Er hat gesagt, ich solle mich ausruhen, soviel ich nur kann. Und du sollst mich zufrieden lassen, auch nachts!

Als das Thema das letztemal aufkam, hat er gesagt, nach dem dritten Monat könnten wir.

Das war in New York. Jetzt, nachdem du mich hierher gezerrt hast, wo ich nur auf dem Land bleiben wollte und sonst gar nichts, jetzt kann ich nicht.

Na gut, sagte er. Es ist nach ein Uhr. Willst du dir nicht das Gesicht waschen oder ein Bad nehmen, wenn dir heiß ist – und dann gehen wir zum Essen aus. Danach kannst du schlafen. Es wird dir bestimmt bald besser gehen.

Wir können uns doch Essen aufs Zimmer bestellen.

Sie studierte die Speisekarte. Es dauerte eine Ewigkeit.

Ich möchte Cannelloni. Frag', ob sie Cannelloni mit Fleischfüllung haben. Von heute abend an will ich nur noch Fisch essen.

Der Kellner rollte den Tisch herein. Mineralwasser, Rotwein in einer Karaffe und kalter Kalbsbraten in Scheiben für Mistler. Unter der Silberhaube die Cannelloni. Als der Kellner den Deckel lüftete, überwältigte der Geruch Mistler, als ob er schwanger wäre. Er trank ein Glas Wasser, dann den ganzen Wein, sah zu, wie sie aß, und konnte keinen Bissen seines Kalbsbratens hinunterbringen. Sie war eine bedächtige Esserin. Der Mann kam wieder, kaum daß Mistler geklingelt hatte – er mußte draußen vor der Tür herumgelungert haben –, und brachte das Dessert. Walderdbeeren waren gerade reif. Er bestellte noch Wein, übersah ihre Grimasse und trank ihn zusammen mit dem Kaffee.

Ich ruhe mich jetzt aus, sagte sie. Meinst du, du kannst dich aus dem Schlafzimmer fernhalten? Du könntest dir doch eine Kirche ansehen oder so.

Er verzichtete darauf, ihr klarzumachen, daß die Accademia schon geschlossen hatte und die Kirchen nicht vor fünf Uhr wieder öffneten. Im Erdgeschoß des Hotels fand er eine Toilette. Die Sonne brannte unangenehm heiß. Er ärgerte sich, daß er seine dunkle Sonnenbrille auf dem Tisch im Wohnzimmer liegengelassen hatte. Die Kaffeehauskapelle auf der Schattenseite der Piazza San Marco quälte sich durch »Besame mucho«. Er schlenderte in die Richtung, aus der die Musik kam, und identifizierte die Frau auf der Stelle. Sie trank etwas Grünes. Der Nachbartisch war frei. Kein Risiko. Wenn er sich einen Tripper holte, würde sich das herausstellen, bevor er wieder mit Clara schlief. Das Apartment der Frau – eigentlich nur ein Zimmer, die Toilette, das tragbare Bidet und der Waschtisch waren mit einem Vorhang abgeteilt – lag günstig auf seinem Rückweg zum Hotel, an der Brükke, auf deren gegenüberliegender Seite das schwarze

Antlitz von San Moisè zu sehen war. Sie konnte sich zu einem Ball zusammenrollen und die Knie bis zum Gesicht hochziehen. Nach dem ersten Mal fragte er, ob er den ganzen Nachmittag bleiben könne. Ich habe keine *appuntamenti*, teilte sie ihm mit. Wunderbar. Dieser Ruheplatz war so gut wie jeder andere.

Warum hatte er Clara geheiratet? Weil nichts dagegen sprach. Das war die Antwort, auf die er sich normalerweise zurückzog. Sie lernten einander kennen bei einem sonntäglichen Mittagessen in Greenwich im Haus von Harry Lovett, und als das Essen vorbei war, bot er ihr an, sie zurück nach New York zu fahren. Sie war am Freitag mit dem Zug nach Greenwich gekommen. Ihr Vater, Dozent für Geschichte am Wesleyan College, war wohl ein Vetter von Harrys Frau. Im Auto erlaubte sie ihm, ihren Oberschenkel unter dem Rock zu streicheln, und nach dem Abendessen bei Rao – wo sie noch nie gewesen war – kam sie mit in seine Wohnung. O nein, so eine war sie ganz und gar nicht. Das war vollkommen klar, sie wies nicht eigens darauf hin. Sie sagte ihm auch nicht vorher, daß sie noch Jungfrau war. Das war in seinen Augen außergewöhnlich mutig. Sie sah hinreißend aus, wirkte so typisch amerikanisch makellos frischgewaschen, daß er noch in derselben Woche Fototermine für sie arrangierte: Sie sollte für eine eigens auf ihren Typ zugeschnittene Werbeserie abgelichtet werden. Den Anfang machte ein ganzseitiges Foto in umwerfend leuchtenden Farben auf der zweiten Innenseite des *Times Sunday Magazine* in der Labor Day Ausgabe; ihre Kolleginnen in der Abteilung für Publikumsarbeit des Museum of Modern Art wurden grün vor Neid. Mistlers Vater war im Herbst davor gestorben. Schrecklich! Die Erinnerung daran war nicht zu ertragen. Seine Mutter schwankte, ob sie weiter in New York in der Wohnung am Sutton Place, die eigentlich zu groß war, wohnen oder in das Haus in Palm Beach ziehen und sich später ein pied-à-terre in der Stadt zulegen sollte. Der einzige Sohn und die Sekretärin des Vaters, dazu gelegentlich auch die Sekretärin des Sohnes konnten kaum mit Mrs. Mistlers Angelegenheiten fertig werden, die von Tag zu Tag komplexer und befremdlicher zu werden schienen. Mistler wartete darauf, daß das Faß überlief. Wann würde die Mutter ihrem lieben Thomas eröffnen, sie habe sich die Sache überlegt, sogar mit der wundervollen Jane Hollander darüber gesprochen und entschieden, daß man ganz leicht eine sehr elegante und bequeme Junggesellenbleibe in Sutton Place für ihn schaffen könne. So etwa wie ein Apartment im Albany! Dann vielleicht ein tiefer Seufzer. Dein Vater hätte sich gefreut! So könnte Thomas endlich aus dem schmuddeligen, exzentrischen Apartment in Gramercy Park ausziehen. Wirklich: Welcher Mann mit seinen Mitteln und seinem neuen Status als Unternehmer, der ja gewahrt bleiben müsse, würde absichtlich wie ein Bohemien leben wollen? Die Köchin hat so viel Zeit übrig, und Pedro auch! Sie würden liebend gern dem Schatz Thomas die Budapester putzen, die Martinis herumreichen und ein *sauté de veau* für seine Dinnerparties zusammenrühren. Man sah förmlich, wie sich aus Witwenschaft und Trusts ein Neues

Jerusalem erhob. Ihm konnte gar nichts Besseres einfallen, als sich diesem Theater durch die Heirat mit Clara Robinson zu entziehen. Robinson war ein guter Hartforder Name. Im Prinzip konnte nicht einmal Mrs. Mistler etwas dagegen haben, auch wenn gerade diese Robinsons kein Geld besaßen. Nun zog sie also nach Palm Beach. Mit einem Seufzer beim Gedanken an das, was hätte sein können, bot sie ihnen die Wohnung am Sutton Place, samt Sonne und frischer Luft vom Fluß und Blick auf vorbeiziehende Boote und Schlepper, zum Geschenk an. Aber Clara lehnte törichterweise ab, weil sie die »einzigartige, doppelstöckige herrschaftliche Residenz« in der Park Avenue vorzog, die ihr eine zur Immobilienmaklerin gewordene Dame in Geldnöten, die Mutter einer ihrer Zimmergenossinnen im College, gezeigt hatte. Jane Hollander kam nicht mehr dazu, das pied-à-terre zu gestalten, dieser tolle Auftrag entging ihr. Achtzehn Monate später war die alte Dame auch tot, und keiner weinte ihr nach.

Ich verstehe eigentlich nichts von italienischen Weinen, gestand Mistler dem Mädchen, als der Kellner das Essen hereinrollte. Deshalb habe ich mich am Preis orientiert. Dies ist der teuerste Piemonteser Rotwein auf der Karte. Er müßte in Ordnung sein.

Weil sie nicht reagierte, wartete er, bis der Mann die Flasche entkorkt hatte, und sagte: Schenken Sie der Dame ein. Sie wird kosten.

Er ist sehr gut.

Gott sei Dank. Essen wir. Ich weiß nicht, wie es Ihnen geht, aber ich bin halb verhungert.

Bitte, Mr. Mistler. Darf ich mal was sagen?

Nun sagen Sie schon Thomas zu mir.

Gut, ich versuch's. Was kann ich tun, daß Sie mir glauben? Ich wollte Sie in Venedig sehen, sofort, als Sie sagten, Sie kämen her. Ich möchte Sie gern fotografieren. Das habe ich Ihnen nicht verraten, weil ich dachte, Sie würden dann Nein sagen. Wahrscheinlich werden Sie ständig darum gebeten. Ich war mir sicher, daß Sie Nein sagen würden, wenn ich Sie in New York frage, weil Sie so beschäftigt sind. Ich habe auch gedacht, daß Sie mir wirklich helfen, Aufträge von Ihrer Agentur zu bekommen, wenn Ihnen gefällt, was ich mache. Ich wollte mich Ihnen nicht an den Hals werfen.

Sie fing an zu schluchzen. Mistler verabscheute die Lügen anderer Leute. Die Tränen von Frauen haßte er ebenso wie die Geräusche, die sie beim Weinen machen. Deshalb versuchte er, wütend zu klingen, und herrschte sie an: Hören Sie sofort auf damit, oder es gibt weder jetzt noch irgendwann einen Fototermin!

Es funktionierte. Sie lächelte sogar.

Wissen Sie, ich habe mir gedacht, daß Sie in diesem Hotel wohnen würden. Also habe ich angerufen und gefragt, wann Mr. und Mrs. Mistler erwartet würden, und dann hat man mir am Empfang sofort gesagt, daß Sie heute kommen – und allein. Es war frech, mich in Ihr Zimmer führen zu lassen, aber ich wollte mich nur waschen und wußte nicht, wo.

Es kam ihm unnötig grob vor, ihr zu erklären, daß es in der Nähe der Hauptpost öffentliche Duschen und eine Gepäckaufbewahrung für Tagestouristen gab, also hielt Mistler den Mund.

Können wir nicht so tun, als ob dies nie passiert wäre? Würden Sie mir noch einmal eine Chance geben?

Die zwei Gläser schweren Wein, die er getrunken hatte, machten sich bemerkbar. Es war ihm gleichgültig, ob und wie schlecht die Frau log. Sie saß ihm in seinem Hotelzimmer gegenüber, vermutlich nackt unter diesem Bademantel. Wenn es ihr nur ums Fotografieren ging, dann hätte sie sich doch wohl etwas angezogen? Die Unverblümtheit dieser Tatsache erregte ihn. Er brauchte nur ein winziges Zeichen zu geben; das würde reichen. Na ja, eine junge Frau, die mit Gansevoort schlief.

Machen Sie sich nicht so viele Gedanken, empfahl er ihr. Sie müssen nicht von einer zweiten Chance reden. Ich war sehr müde und ziemlich unter Druck wegen geschäftlicher Probleme, als ich hereinkam. Jetzt geht es mir besser, und es war ganz bestimmt angenehm, nicht allein zu essen. Wir wollen Freunde sein – ich dachte, wir wären schon beinahe soweit, als ich von diesem Dinner bei Anna wegging.

Danke.

Mit zwei Schritten war sie bei ihm, schlang die Arme um seinen Hals und küßte ihn auf die Wange. Er hatte richtig geraten. Unter dem Frotteestoff war nichts.

Er klopfte ihr auf den Rücken, erklärte, das sei schon in Ordnung, und zeigte auf den Stuhl, von dem sie aufgestanden war. Nur nichts überstürzen, dachte er, weder so noch so, vorläufig bin ich nicht in der Verfassung zu wissen, was ich tue. Er bot ihr eine

Zigarette an. Sie rauche nicht, teilte sie ihm mit, aber es mache ihr nichts aus, wenn andere rauchten, sie habe das sogar gern.

Was ist mit Gansevoort, fragte er sie. Hat er sich nicht aus seiner Kanzlei zurückgezogen? An seiner Stelle wäre ich mit Ihnen nach Italien gefahren.

Er wollte das auch, aber ich nicht.

Warum nicht?

Mit alten Männern will ich mich lieber nicht einlassen. Man legt sich zu sehr fest. Ich möchte heiraten, aber doch nicht als Altenpflegerin enden.

Sofort schlug sie die Hand vor den Mund und sah so verlegen aus, daß er lachte.

Sie haben recht, das Problem sollte man nicht unterschätzen. Sie sind zwar bereit, viel mit Tony zusammenzusein, aber zu viel auch wieder nicht, und Sie wollen nicht, daß es zu ernst wird, weil das verhindern könnte, daß Sie einen netten jungen Mann finden.

Sie nickte.

Und wie sieht der gute Tony das? Wenn Sie mir die Frage erlauben.

Dem gefällt das gar nicht. Er ist ganz schön sauer. Ich glaube, er weint sich bei Phoebe aus – Mrs. Gansevoort meine ich. Sie sind immer noch Freunde.

Sie kicherte, als sie das gesagt hatte. Nein, älter als fünfundzwanzig konnte sie nicht sein, höchstens achtundzwanzig und jung aussehend für ihr Alter.

Ein Rest Wein war noch in der Flasche. Er goß ihn in sein Glas, da das ihre noch voll war, und trank aus.

Trinken Sie meinen auch, sagte sie. Ich glaube, ich habe wirklich genug.

Für Mistler war es ebenfalls genug. Er hatte vergessen, seine Kleider wegräumen zu lassen. Die Last, die seine Schultern drückte, wurde schwerer. Er war ein krummgebeugter Sklave im Gabardineanzug, der das Gewicht eines Palastvorbaus stemmen mußte – bis zum Ende aller Zeit oder bis der Bau endlich zusammenstürzte.

Ich muß meinen Mittagsschlaf halten, sagte er. Was machen wir mit Ihnen? Soll ich fragen, ob hier im Hotel ein Zimmer frei ist? Oder im Monaco? Man kennt mich dort, das könnte helfen.

Diese Hotels sind viel zu teuer. Ich mache mich noch mal auf den Weg – und sehe mich nach einer *pensione* um. In Italien haben sie manchmal kein Zimmer, wenn man anruft, aber wenn man hingeht, sieht die Sache anders aus.

Lassen Sie den Koffer hier, wenn Sie wollen, und behalten Sie den Schlüssel. Wenn Sie wiederkommen und die Tür zum Schlafzimmer geschlossen ist, dann heißt das, daß ich noch schlafe. Aber lange werde ich kaum schlafen. Verschwinden Sie nicht ganz und gar. Jetzt, wo wir Freunde sind, können wir vielleicht zusammen zu Abend essen – in einem Restaurant.

Das altbekannte Elend: zerschlagen und fast zwanghaft schlafbedürftig zu sein und dabei zu wissen, daß die Bewußtlosigkeit knapp außerhalb der Reichweite seiner Fingerspitzen war, daß ein Succubus ihm die Ruhe weghexte, seine Haut mit quälendem Juckreiz an immer neuen, unvorhersehbaren

Stellen überziehen würde, als ob er Verstecken mit ihm spielte. Er schloß die Fensterläden im Schlafzimmer, zog aber die Vorhänge nicht zu, in der Meinung, die Lichtstreifen, die auf diese Weise sichtbar blieben, würden ihn vor dem Fehler bewahren, den Schlaf durch die Macht vollständiger Dunkelheit erzwingen zu wollen. Der Bettüberwurf aus Brokat war voluminös und steif. Wo sollte er den verstauen? Er wollte die herrschaftliche Harmonie des Raumes nicht dadurch stören, daß die Decke als Stoffhaufen aus zerknittertem Rot und Gold auf dem Boden lag. Am besten wäre es gewesen, nach dem Zimmermädchen zu klingeln und es zu bitten, das Bett aufzudecken, aber in den Stunden nach dem Mittagessen war das Personal schwer zu finden. Wenn er das Warten leid wurde, müßte er dann Schritte unternehmen, um sich zu versichern, daß die Frau nicht doch noch kam. Das wiederum würde bedeuten, daß er das Risiko eines Mißverständnisses auf sich nahm. Das Zimmermädchen – vielleicht das Zimmermädchen plus Helferin! – würde das Bitte-nicht-stören-Schild mißachten und schnaufend und keuchend im Dunst ihres leichten Körpergeruchs genau dann ins Zimmer stürzen, wenn er es endlich geschafft hatte, einzuschlummern. Das war's nicht wert. Er zog seinen Pyjama an, legte sich einen Pullover über die nackten Füße, nur zur Beruhigung, nicht wegen der Wärme, und streckte sich auf dem Bettüberwurf aus. Hoffnungslos! Er holte sich ein Glas Wasser und eine Schlaftablette, schluckte sie, und erst dann fiel ihm Clara ein. Der Anruf ließ sich nicht aufschieben, schade um das Sedativum. Bis er aufwachte, würde es früher Nachmittag in New York sein, und er hatte versprochen, morgens anzurufen. Sie würde die ganze Zeit warten. Tatsächlich: Sie hob beim ersten Klingelton ab, und er verteidigte sich, so gut er konnte.

Wie kommst du denn darauf? Ich habe spät zu Mittag gegessen und mich dann auf den Mittagsschlaf vorbereitet, du weißt doch, wie lange das dauert, wenn ich überdreht bin, ich habe heute noch nicht mal die Zeitung gelesen, und ich schlafe schon fast. Heute abend? Ich weiß nicht, das hängt davon ab, wann ich aufwache und wonach mir dann zumute ist. Nein, nichts geplant. Embargo auf Pläne. Ja, ich bin schon in Venedig. Eine Planänderung. Wirklich, eine sehr nette Geste, sie sind hierher gekommen, und wir haben den ganzen Morgen getagt. Es ging gut, das Schlangenöl verkauft sich immer noch. Nein, sie sind auf dem Rückweg nach Mailand, wir haben den ganzen Auftrag bekommen, bis auf die Arbeit, die ich nicht haben wollte, also fange ich jetzt mit meiner Ruhe-und-Risotto-Kur an. Nein, ich finde es nicht schlimm, wenn du nicht das nächste Flugzeug hierher nimmst, im Gegenteil: Tu das bitte nicht! Ich bin keine besonders gute Gesellschaft, nicht mal für mich selbst. Du hattest recht, ich brauche Ruhe und Zeit zum Nachdenken. Nein, keine verspätete Midlife-crisis – in der Hauptsache ist es die Arbeit. Oh, Sam hat die junge Frau mitgebracht? Wie nett. Natürlich war das nett von ihm, bestimmt hat er sie nicht deswegen mitgebracht, weil er nicht mit dir allein sein wollte, wie kommst du auf die Idee? Er ist erwachsen, wenn er nicht mit dir hätte zusammen sein wollen, hätte er das gesagt oder sich eine Ausrede einfallen lassen. Dies ist ein Beweis, daß er ihr und dir vertraut, und mich freut das. Aber es ist schiefgegangen? Nicht ganz und gar? Das ist gut. Sonntag abend? Stimmt, ich konnte dich nicht erreichen, weil ich im Flugzeug saß. Und was ist passiert? Clara, Schatz, du warst müde von der Woche in San Diego und vom Herumreisen, das ist doch nicht weiter verwunderlich. Wahrscheinlich hattest du auch Hunger. Ja, sie sind intolerant. Sam hätte nicht so mit dir reden dürfen, nicht vor dem Mädchen, auch nicht hinterher. Ob ich mit ihm spreche? Ja, vielleicht noch heute abend. Ich gebe zu, Monique ist nicht gerade die Schwiegertochter, die wir uns erträumt haben, aber das ist nicht unsere Sache. Warum meinst du, wir bekommen keine Enkelkinder? Ich glaube, gerade weil sie schon ein Kind hat, wird sie noch eines, mit Sam, haben wollen. Bestimmt, und als Stiefvater wird Sam sich an den Gedanken gewöhnen, selbst Kinder zu haben. Ich würde liebend gern erleben, daß Sam ein Baby hat, du kannst dir nicht vorstellen, wie gern. Morgen. Ich rufe dich morgen an, bevor du zu dem Dinner gehst. Anna Williams' Party? Abgesehen von Anna und einer Photographin, die Tony Gansevoort mitgebracht hatte, war es wie eine Party in Draculas Schloß. Übrigens, wußtest du, daß sie sich getrennt haben? Ach, ja? Nein, hast du mir nie erzählt. Das übliche Dinner, aufgeputzte Modeleichen, die so taten, als kennten wir uns schon ein Leben lang. Und daß es ihnen mit mir genauso ging, machte es nicht besser. Nein, du siehst nicht aus wie eine alte Hexe. Du bist eine junge Hexe. »Ich liebe dich nicht, mein Schatz, ich bete dich an!« Diese letzten Worte säuselte Mistler ins Telefon.

Die Schlaftablette hatte sich in Benzedrin verwandelt. Mistler glaubte den Zweihundertmeterlauf schaffen zu können, falls einer darauf wetten wollte. Statt dessen wählte er Sams Nummer. Eine freudige Überraschung: Nicht der Anrufbeantworter des Anglistikdepartments, sondern sein eigener Sohn kam ans Telefon.

Hast du gehört? Mom und ich hatten Krach. Sie trank die Flasche Chardonnay, die ich bestellt hatte, fast leer, bevor die Kellnerin die Vorspeise brachte, und fing an, Monique zu reizen. Sie war ihr am Samstag schon ins Gesicht gesprungen, sowie wir losfuhren. Eine klassische Mom-Eröffnung: Fühlst du dich Sams Auto wirklich gewachsen? Das ist doch ein schwerer Wagen! Danach zog sie jedesmal, wenn Monique zum Überholen die Spur wechselte, dieses Gesicht, als würde sie vor Angst sterben, und Monique sah das immer im Rückspiegel. Da wurde die Stimmung eisig.

Autsch! Warum bist du nicht selbst gefahren? Du weißt, daß sie schreckhaft ist.

Ich dachte, so könnte ich mich nach hinten umdrehen und mit Mom schwatzen, ohne daß sie mir ständig einschärft, die Augen auf die Straße zu richten, und ich könnte sie im Vorbeifahren auch auf dies und das aufmerksam machen, was es draußen zu sehen gibt. Außerdem fährt Monique gern. Ich würde ihr den BMW ja schenken, aber das wäre so demonstrativ. Das mag sie womöglich nicht. Na gut, es war ein Fehler. Und dann, stell dir vor, sie sagte kein Wort zu Linda oder über sie. Also wirklich. Da sitzt eine Vierjährige neben dir auf dem Rücksitz, und du tust, als wäre sie Luft!

Das klingt nicht gut. Aber ich kann mir denken, es hatte etwas damit zu tun, daß dieses dein Auto auf kurvigen Straßen – wieviel? – Achtzig? Neunzig? – fuhr.

Stimmt, ich sage ja, es war ein Fehler. Aber beim Essen wurde es dann wirklich gräßlich. Sie hat einen Monolog gehalten und behauptet, daß all die neuen Familientherapien faschistisch sind und daß der einzige wahre Weg über Freud läuft, und jedesmal, wenn Monique den Mund aufmachte, um anzumerken, daß nicht alle Familientherapien gleich sind, daß sie zum Beispiel in ihrer Praxis wirklich ausdrücklich darauf verzichte, Verhaltensanweisungen zu geben, überrollte Mom sie wie ein Panzer.

Und wie steht es mit dir und Monique? Das ist wichtiger. Ich halte Monique für eine sehr erwachsene Dame, und das Essen mit Mom wird sie schon verkraften.

Uns geht's gut, Dad, einfach gut. Wir wollen immer noch Weihnachten heiraten.

Das höre ich gern. Gratuliere! An deiner Stelle würde ich Mom anrufen und nett zu ihr sein. Ich glaube, es tut ihr leid, daß der Besuch nicht besser gelungen ist. Du weißt, daß ich bis Ende der Woche in Venedig bin. Da hat sie Zeit zum Grübeln. Noch etwas.

Meinst du, du schaffst deine Arbeit bis Anfang Juni, so daß ich dich zu kurzen Familienferien einladen könnte? Ein paar Wochen auf dem Land wären möglich, aber lieber würde ich weiter wegfahren. Was hältst du von Venedig? Ich bin hier so gern, daß ich nichts dagegen hätte, gleich wieder zu kommen. Oder Umbrien? Oder Südfrankreich? Es ist die beste Zeit im Jahr für diese Gegenden.

Dad, das geht nicht. Nicht vor Mitte August. Vielleicht kann ich dann eine Woche weg. Und bitte, laß uns einfach aufs Land fahren und dort bleiben. Das gibt mir die Gelegenheit, ein paar Leute in Yale zu treffen. Im Juni habe ich hier einiges zu erledigen, dann habe ich Monique und Linda versprochen, mit ihnen in die Kanadischen Rockies zu fahren, und ich müßte zwei Sommerschulkurse geben.

Das war das. Bis Mitte August waren es kaum vier Monate. Mit Glück hielt er sich noch so lange auf den Beinen.

III

Sam würde den Plan mit den Rockies aufgeben, sobald er wußte, daß sein Vater dem Sterben nah war. Mistler kam gar nicht auf die Idee, daß es anders sein könnte. Also hatte er dafür zu sorgen, daß sein Sohn nicht in eine Situation geriet, die ihn ins Unrecht setzte, ohne daß er etwas dafür konnte; Sam mußte es sofort erfahren. *Quo modo?* Sagt man dem einzigen, inzwischen sechsunddreißigjährigen Sohn: Paß auf, korrigiere deine Seminararbeiten in der Flughafen Lounge und im Flugzeug oder wenn du bei mir bist, früh am Morgen, während ich noch schlafe, fahr' erst nächsten Sommer mit deiner nicht reformierten Hippie-Freundin und ihrem Zigeunerkind zum Victoria-See, ich sterbe bald, ich brauche die letzte Ölung deiner physischen Präsenz? Konnte man dem noch hinzufügen – oder faßte man diesen Rest der Botschaft besser nicht in Worte –, wie sehr es den Vater bewegt, daß der Rücken seines einzigen Sohnes schon etwas gebeugt ist, daß sein Haar sich lichtet und seine Augen, die Kinderaugen, die den Vater jedesmal in einen Abgrund aus Panik und Schuld stürzten, wenn sie sich mit Tränen füllten, müde aussehen hinter den Brillengläsern? Das ist nur natürlich, schließlich liest der Sohn den ganzen Tag. Sollte gesagt werden, wie deutlich der Vater – und vielleicht nur er – im Gesicht des Sohnes noch die Züge des hübschen zarten Kindes erkennen kann? Sam würde ihn nicht im Stich lassen.

Aber womöglich würde er zwei Fliegen mit einer Klappe schlagen wollen. Das ist es: Monique und Linda sind nie weit in den Osten des Landes gekommen, und schon gar nicht nach Europa. Sam würde seinen Vater bitten, die beiden mit einzuladen. Eine brillante, konstruktive Lösung – den künftigen Kreis der Familie bildete man schon jetzt, im Nu und auch noch aus einem solchen Grund rückte die Zukunft in die Gegenwart, zauberte einen Phönix aus der Asche! Wenn Sam diese Bitte aussprach, dann durfte es keinen Rückzieher geben, weder von der einen noch von der anderen Seite, da Sam sich so entschlossen um Monique und Linda bemühte – sonst konnte Mistler gleich das Treffen aufschieben, bis er auf dem Sterbebett lag und wartete, daß Sam mit dem Nachtflug nach New York kam, hoffentlich noch rechtzeitig. Wünsche sind ein Pendel: Bringt man das Gewicht in eine Richtung, dann schwingt es zurück und schlägt einem die Zähne aus. Diese Angelegenheit mit Sam mußte er in Ordnung bringen, aber das konnte nicht sofort geschehen. In seiner Not kroch Mistler unter die scheußliche Brokatdecke und vergrub sich in den Kissen und den prächtigen, steif gebügelten Leinenbezügen. Er schluckte noch eine Pille. Die Gewißheit, bald einzuschlafen, zog sich wie ein langer Schleier vor sein Gesichtsfeld.

Wie spät war es, als er aufwachte? Er hatte sich nicht die Mühe gemacht, den Wecker auszupacken, seine Armbanduhr war Gott-weiß-wo, wahrscheinlich im Bad, wo er sich ausgezogen hatte. Halb acht! Er öffnete die Fensterläden. Nach dem Verkehr auf dem Canal Grande zu urteilen, war es Abend – vermutlich der Abend seines Ankunftstages. Eine Nacht konnte er durchgeschlafen haben, aber sicher nicht bis zum Abend des folgenden Tages. Er kramte in seinem Koffer, fand seinen Bademantel und ging ins Wohnzimmer.

Sie lächelte ihn an. Sie haben gut geschlafen. Das freut mich. Geht's Ihnen besser?

Er sah, daß sie in ihrem Buch weitergekommen war.

Was ist mit Ihnen? Sie müssen ja jetzt erschöpft und müde sein.

Nein, aber traurig. Dieses Buch ist sehr traurig. *Anna Karenina*.

Mir sind beim Lesen auch die Tränen gekommen, als ich gelesen habe, wie Wronsky Froufrou beim Reiten das Rückgrat bricht und mit dem Stiefel nach ihr tritt. Und Anna ihre letzte Chance verpaßt, weil sie nicht verstehen kann, wie verzweifelt Karenin versucht, alles noch einmal zu flicken.

Sie lächelte wieder und nickte zustimmend.

Möchten Sie etwas trinken? Ein Glas Sekt aus der Minibar? Ich habe schrecklichen Durst, ich brauche erst einmal Wasser. Dann richte ich mich her, und wenn Sie sonst nichts vorhaben, könnten wir zum Essen ausgehen.

Sie wollte auch gern Wasser haben. Sie tranken schweigend Pellegrino.

Jetzt trinke ich etwas Richtiges, kündigte er an. Und Sie?

Nein, sie war zufrieden mit dem, was sie hatte. Wo war nur ihr Mitteilungsbedürfnis geblieben?

Dann halten Sie sich an Tolstoi. Ich brauche nicht lange.

In Wahrheit ließ er sich Zeit, zuerst, als er sich gründlich das Gesicht schabte – er fand sich nicht schlimmer aussehend, als nach einem langen anstrengenden Flug und einem viel zu ausgedehnten Mittagsschlaf zu erwarten war –, und dann im Bad. Sein Körper kam ihm auch nicht übel vor. Natürlich war das alles Humbug: Wenn ein Mann alt ist, gilt das auch für sein Gesicht und seinen Körper, nur der Alte selbst sieht sich anders, solange er vergißt, daß er es eigentlich besser weiß. Muskeln genug, um seine College-Leibesübungen auf dem Fluß und eine lebenslange Begeisterung für Tennis und Schwimmen zu bezeugen. Er war nicht fett. Das kam von all den Süßigkeiten und der Butter, die er nicht gegessen hatte, von all den abgelehnten Angeboten, sich Essen nachzunehmen. Er faßte einen Entschluß: Schokolade und Tiramisu, Achtung, ich komme! So viel Zeit gab es gar nicht mehr, daß sich der Speckring um seine Taille bilden konnte, bevor er mit der wirksamsten aller denkbaren Abmagerungskuren begann. Iß was du magst und bleib schlank – Methode Dr. Krebs garantiert Erfolg – andernfalls Geld zurück! Wie Mr. Julio es anstellen mochte, ihm die Kleidung ständig enger zu machen, das versprach interessant zu werden. Oder würde der penible Mr. Mistler sich gestatten, wie eine Bohnenstange in flatternden Cheviot- und Tweedhüllen auszusehen? Wie eine Vogelscheuche – ohne ein einziges Kornfeld zu bewachen? Dann sollte Miss Lina lieber gleich eine Kostprobe seines vergänglichen Zaubers bekommen.

Sind Sie soweit? fragte er. Bereit, zu Fuß über den Campo San Polo zu gehen, oder möchten Sie lieber mit dem *vaporetto* fahren? Beides dauert ungefähr gleich lang.

Da ist mein Koffer. Sie kicherte. Der hat zwar Räder. Aber auf Brücken und Pflaster ist das nur ulkig. Das Boot wäre schon besser, obwohl ich gern laufe. Sie finden es sicher gräßlich, mit jemandem in ein Restaurant zu gehen, der einen Koffer hinter sich herzerrt. Aber bestimmt hält Sie kein Mensch für einen Tagestouristen.

Mistler musterte sie. Eine rote Baumwolljacke und ein helles rotes, zu langes Kleid darunter: So was trägt man allenfalls, wenn man die Beine verstecken muß. Dazu hatte sie keinen Grund, wie er wußte, er hatte sie ja im Bademantel gesehen. Einen kurzen Rock sollte sie tragen, und Schwarz war ihre Farbe. Das konnte er in die Hand nehmen, falls sie auf ihn hörte.

Ach ja, Ihr Koffer. Den hatte ich ganz vergessen. – Das war zufällig wahr. – Den ziehe ich natürlich. Und wo ist Ihr Hotel?

Hotel ist vielleicht nicht ganz der richtige Ausdruck. Es ist eher ein Zimmer zur Miete über einer Pizzeria am andern Ende von San Giacomo dell'Orio. Sauber ist es, glaube ich.

Wollen Sie hier bleiben? Er zögerte und sagte dann noch: Bis Sie sich an mich gewöhnt haben, können Sie da schlafen! Er wies auf das pseudoantike Ruhebett im Wohnzimmer. Die Kissen sehen doch einladend aus! Würde mich nicht wundern, wenn es ganz bequem wäre.

Sie ging zu ihm hinüber, ließ die Arme hängen und schmiegte den Kopf in die Kuhle zwischen seinem Hals und seiner Schulter. Ich wünsche mir, daß du mich hierbehalten willst, sagte sie leise. Zeit, mich an dich zu gewöhnen, brauche ich nicht.

Sehr kleine Ohren unter dem glatten braunen Haar: Er zupfte sie am Ohr, drehte ihr Gesicht zu sich hin und fand ihren Mund. Er fühlte sich riesengroß an und schmeckte säuerlich. Ihr Atem war gewiß nicht besser. Sie begann zu stöhnen und zog ihren Mund noch mehr in die Breite. Er war ganz erstaunlich beweglich; auch die Zunge riesengroß – beweglich und dick. Er wünschte sich umgehend ihr Gesicht zwischen seinen Schenkeln, mehr als alles, was sie sonst geben mochte.

Sie brach den Kuß ab.

Bitte! Laß die Hosen runter. Ficken kannst du mich später.

Seine Hosenbeine ringelten sich unterhalb seiner Knie, er lehnte sich in dem Stuhl zurück, auf den sie ihn gedrängt hatte. Die Brüste, die sie nun entblößte, waren mädchenhaft klein aber schlaff, die Warzen richteten sich spitz auf. Sie schob seine Beine auseinander und kniete sich dazwischen.

Schieb ihn mir zwischen die Titten, schnaufte sie. Fest, lieber Gott, bitte, reib fester, noch fester, du kannst ruhig kommen, keine Angst. Mach, daß ich Milch gebe, ich will das!

Dies wirkte etwas abkühlend auf ihn. Ihr Gesicht rötete sich, sie packte sich selbst mit einer Hand und ihn mit der anderen und knetete, bis ein Tropfen Flüssigkeit auf ihrer Brustwarze erschien.

Siehst du! Ich kann es. Jetzt die andere, sonst wird sie eifersüchtig.

Wieder Kneten und Quetschen. Noch ein Tropfen trübe Flüssigkeit. Sie schloß die Augen.

Eines Morgens, kurz bevor Clara Sam abstillte, hatte sie Mistler etwas Milch auf die Hand gedrückt und ihn eingeladen zu kosten.

Schmeckt süß, findest du nicht? Möchtest du was davon in deinen Tee? fragte sie. Von dem Geschmack war ihm übel geworden, aber es erregte ihn, die Milch auf seiner Haut zu spüren und zu sehen. Er nahm ihre Brust in die Hand und drückte selbst.

Ich mach's dir, sagte er. Solange du Milch hast, will ich dich naß von Milch, wenn wir ficken. Siehst du nicht, daß ich dich will, jetzt gleich?

Gedächtnis oder Ortssinn? Er fand den Weg zum Restaurant über Brücken und unter *sottoporteghi* hindurch, folgte dabei einer Route, die manchmal im Kreis zu verlaufen schien, obwohl sie in Wirklichkeit vorankamen, durch *rii*, die seiner Meinung nach nur an den Rand eines Kanals führen konnten, also Sackgassen sein mußten für jedermann außer den Bewohnern des einen Palazzo am Wasser, aber dann doch die Möglichkeit boten, links oder rechts auf einen winzigen *campo* abzubiegen und dort zwischen mehreren geheimnisvollen, unglaubwürdigen *calli* zu wählen, die wie Radspeichen von der Nabe des *campo* ausgingen. Nur dann und wann hastete eine Gestalt zum Bahnhof, ansonsten waren sie allein. Er ließ den Arm von ihren Schultern tiefer gleiten, knöpfte den unteren Teil ihres Kleides hinten auf, schob seine Hand zwischen ihre Hinterbacken und wartete. Prompt drängte sie ihm ihr Becken entgegen.

Du führst mich, rief sie heiser, halt mich immer so. Verlier mich nicht.

Sie sprach mit dem Restaurantbesitzer in einem Italienisch, das für Mistlers Ohren so unelegant wie rudimentär klang. Als sie wieder im Hotel waren, verlangte sie, er solle sie auf dem Fußboden nehmen. Am nächsten Tag vollzog sie unaufgefordert eine Fellatio an ihm, im grünen Lackzimmer des Palazzo Ca'Rezzonico, in dem zufällig keine anderen Touristen waren. Die Wächterin, ein Mädchen mit dicken Brillengläsern, saß außen vor der Tür auf einem Campingstuhl und las *Oggi*. Linas Bedürfnis, Sexualphantasien auszuleben, kam Mistler unersättlich und unschön vor, vielleicht weil es ihre, aber nicht seine Phantasien waren. Er schwankte zwischen intensiven Lustgefühlen – weder wollte, noch konnte er wohl diesen Liebespraktiken Widerstand leisten, die alle Tore sprengten, im Gegenteil, er ermutigte noch jeden neuen Grenzübertritt – und einem angewiderten Befremden angesichts ihrer zappelnden Leiber. Die Fragen, die er sich selbst stellte, waren dumm, das erkannte er. Da er seit ihrer ersten Kopulation die Schwelle von Neugier und heftigem Begehren überschritten hatte – das war während ihrer bizarren

Bemühung um Laktation geschehen –, warum mißbrauchte er seinen Körper oder ließ ihn von Lina mißbrauchen? Sie machte mehr Lärm als alle anderen Frauen, die er je gekannt hatte. Was trug noch ein Orgasmus, noch ein Aufschrei, wenn er härter stieß, zur Summe ihres Lustgewinns bei? Warum war er willens, den Preis zu zahlen? Ihre Zahnbürste, Zahnpasta und Haarbürste machten sich auf beiden Waschbekken breit. Wenn sie sich die Zähne putzte, ließ sie Zahnpastakleckse auf dem Email der Becken zurück. Über das Bidet hatte sie einen Gummibeutel mit einem Schlauch gehängt, offensichtlich eine Dusche, obwohl er nicht begriff, wozu sie so etwas brauchte, da sie doch sicherlich die Pille nahm. In den Schränken mischten sich ihre Kleider ganz unübersichtlich mit seinen. Kein einziges ihrer Kleidungsstücke gefiel ihm, keines erweckte in ihm auch nur andeutungsweise Rührung oder Mitleid für ein Mädchen, das nie gelernt hatte, sich gut anzuziehen, und das sich sowieso nie hätte die Kleider leisten können, die es vielleicht gern besessen hätte. Er hatte den Verdacht, daß Lina gar keinen Geschmack besaß. Er führte sie in eine Designer Boutique in der Salizzada San Moisè. Wie eine Brieftaube steuerte sie zielsicher auf zwei »outfits« zu, die er scheußlich fand. Die Verkäuferin war eine alte Bekannte von ihm. Was sie wohl von der Kundin hielt, die er ihr da gebracht hatte?

Warum hatte er Clara nicht eingeladen, mit nach Venedig zu kommen? Wenn er der Unbestimmtheit und dem Zufall Zeit freihalten wollte, warum hatte er dann Lina nicht weggeschickt, mit einem Schulterklopfen und dem leicht zu gebenden und leicht zu erfüllenden Versprechen, ihr Aufträge nach Wunsch in jeder beliebigen Filiale seiner Agentur zu verschaffen? In Mombasa hatte er keine Filiale, aber Mailand oder Melbourne konnte er anbieten. Clara kam seinen sexuellen Bedürfnissen entgegen, pünktlich und vorhersagbar wie Ebbe und Flut. Die Feuerwerke, die Lina zündete, hätte es nicht gegeben, aber auch mit Clara war es schön, wenn sich der Höhepunkt anbahnte, und schön war auch Claras Dankbarkeit danach, wenn er sie geliebt hatte, was womöglich der einzige positive Effekt von Peter Berrys unverzeihlichen Dienstleistungen war. Nein, alles in allem bedeutete ihm Sex mit Lina nicht mehr als Sex mit Clara, und dazu kam noch sein Mißbehagen an ihrer Gegenwart und der leise Verdacht, daß er sich zum Narren machte. Eines stand fest: Er war nicht deshalb ohne Clara nach Venedig gereist, um eine Sexorgie zu feiern, weder mit Lina noch mit sonstwem.

Ebenso richtig war aber: Hätte er Clara mitgenommen, dann hätte er sie aufklären oder ihr ständiges Bohren und Fragen aushalten müssen. Das war ihm ganz klar geworden. Vielleicht hätte er warten können, bis sie Boden unter die Füße bekommen hätten, zum Beispiel Dienstag beim Essen in Torcello, weil das Lokal auf der Giudecca, in das sie normalerweise gingen, an diesem Tag geschlossen war. Danach wären sie dann zur Santa Maria Assunta gegangen und hätten das Jüngste Gericht betrachtet, damit er nun, nachdem er sein Geheimnis offenbart hatte, die Folterqualen studieren konnte, die er sich mit seinen

Sünden verdient hatte. Clara mußte es erfahren, wenn er wieder in New York war, das würde auch nicht leicht sein, aber dort wären sie wenigstens in ihrer Zweisamkeit nicht so hermetisch abgeriegelt. Ein Schlafzimmer, ein Wohnzimmer, ein Bad, wenn auch mit zwei Waschbecken; der Gang über die Accademiabrücke und Dorsoduro zu den Zattere, um den *vaporetto* zur Giudecca zu erwischen, Claras Sinn für Brimborium und das Zurschaustellen ihres Kummers, das zwangsläufig daraus folgte, sein hemmungsloser Horror vor Unangenehmem, ihre Unfähigkeit, auf seine Traurigkeit anders als mit noch größerer Traurigkeit zu reagieren. Hol's der Teufel! Die Geduld für Tragödien brachte er nicht auf. *Evviva* Lina, Bodensatz und Farce!

IV

Der Tag war vollkommen – blauer Himmel und kühle Luft von berauschender Klarheit. Sie kleideten sich an. Lina zog eine Grimasse vor dem Badezimmerspiegel und erinnerte ihn noch einmal, daß der Grund ihrer Reise nach Venedig sich nicht geändert habe. Sie wolle ihn fotografieren.

Selbstverständlich, antwortete er, mit dem größten Vergnügen. Was hältst du von San Michele, nach dem Essen?

Ist das nicht die Friedhofsinsel?

Ja, unter der Woche ganz ruhig. An einem Tag wie heute müßte es dort sehr schön sein.

Da er sich inzwischen ständig und aus Gewohnheit über sie mokierte, spielte er mit dem Gedanken fortzufahren: Ich habe mir gedacht, wir könnten an den Gräbern von Strawinsky und Diaghileff *tableaux mourants* inszenieren. Eigentlich Zeit, deutlich zu machen, daß die Photographie ein Gesellschaftsspiel ist. Ich helfe dir, mich in Positur zu stellen. Ezra Pound liegt dort auch begraben: Möchtest du mich als Pound präsentieren? Pound wird jetzt geachtet. Ich habe mehr Ähnlichkeit mit ihm als mit Diaghileff oder Strawinsky.

Er trug weite Leinenhosen und unter seiner Wildlederjacke ein weißes, schwarzgestreiftes Hemd mit offenem Kragen. Der Aufzug war passend, fehlte nur noch ein altmodischer Strohhut von einem Stand an der Rialtobrücke. Der Wunsch, allem, was er sagte oder tat, seinen Tod als verborgenen Subtext zu unterlegen, war unwiderstehlich geworden. Wenn sie sich darauf einließ und wenn ihre Photos eine gewisse Originalität, etwas Schräges hatten – ob sie als Photographin überhaupt etwas taugte, wußte er immer noch nicht –, dann konnte man vielleicht aus gegebenem Anlaß eine elegante, in Sepia gehaltene Broschüre daraus machen: *Der Tod in Venedig: Ein Bildbericht*, mit einer kurzen Einleitung des verstorbenen Thomas Hooker Mistler III, warum nicht? Vorausgesetzt natürlich, die Rechteinhaber an Thomas Manns Erzählung erhoben keine Einwände. Nahaufnahmen von seinem Gesicht, Photos, auf denen man ihn zwischen den Gräbern und so weiter herumspringen sah, würden abwechseln mit Anschauungsmaterial, das zeigte, wie derweil seine Leber verrottete. Die medizinischen Schaubilder konnte man von Katz Imaging Associates in der East 72nd Street beziehen, mit freundlicher Genehmigung der Erben des besagten Mr. Mistler. Das war leicht, er würde seine Testamentsvollstrecker in einem Kodizill zu seinem Letzten Willen beauftragen, diese Genehmigung zu erteilen. In Anbetracht des bescheidenen Ruhms, den er zu Lebzeiten erworben hatte, des öffentlichen Interesses am Krebs in seinen mörderischsten Formen und vor allem angesichts der barbarischen Schaulust der Menschen von heute konnte die Broschüre ein rasanter Erfolg werden. Eine Ausstellung im Museum of Modern Art, schlimmstenfalls auch im Whitney, war durchaus im Bereich des Möglichen. Er sollte Linda das potentielle Ausmaß des Projektes deutlich machen. Wie auch immer, warum eigentlich dieses Versteckspiel weiter treiben? Wenn er ihr reinen Wein einschenkte, würde sie im ersten Moment, vielleicht auch ein, zwei Stunden lang, zwar traurig sein, aber untröstlich wohl kaum. Im Grunde war genau das der Vorteil, mit ihr statt mit Clara zusammenzusein. Der rohe Humor von Männern, Selbsterniedrigung, Demütigung – all das war ihr offenbar wohlvertraut. Wenn die Art und Weise, wie er sie behandelte, überhaupt eine Spur in ihrem Gedächtnis hinterließ, dann mit Sicherheit nur vorübergehend und oberflächlich; er hätte wetten mögen, daß sie diese Erinnerungen sehr schnell mit dem unverschämten Benehmen eines anderen Mannes, Gansevoorts zum Beispiel, verwechselte. Die eigentliche Gefahr lag darin, daß sie in Kenntnis seiner Lebenslage womöglich das Bedürfnis hatte oder sich verpflichtet fühlte, noch wilder zu ficken.

Die paradoxe Situation war zum Lachen: daß ausgerechnet er, dem kaum noch Zeit blieb, immer weniger das Bedürfnis hatte, den Tag zu nutzen. Hätte ihn jemand in der Zeit seiner Unschuld danach gefragt, zum Beispiel, wenn er erhitzt vom Tennis in der Geißblattlaube in Crow Hill saß und seinen Gin genoß, dann hätte er mit Sicherheit genau die falsche Antwort gegeben. Hätte erzählt, vor seiner letzten Verbeugung noch alle möglichen Arten von Sex-Erlebnissen ausprobieren zu wollen – krasse Kopulationen rund um die Uhr, wie die Horrorfilmfestivals, die immer auf den Reklameflächen von Theatern in der

Nähe des Times Square angekündigt wurden. Statt dessen aber stellte sich heraus, daß Sex vor dem Tod ihn ungefähr so erregte wie ein Arbeitsessen. Lieber aß er ein Thunfischbrot am Büroschreibtisch.

Seit er ein sehr großes Unternehmen leitete, hatte Mistler gelernt, daß Entscheidungen in den meisten Fällen aufgeschoben werden können und sollten. Auch der Sonnenkönig hatte Petitionen geradezu habituell mit einem »*Nous verrons*« beschieden. Genauso ließen sich die klärenden Worte mit Lina aufschieben, zumindest so lange, bis sie gemütlich auf der Terrasse des Restaurants saßen und Getränke und Essen bestellt hatten. Es war schon halb zwei, und sie mußten sich auf den Weg zur Giudecca machen.

Wenn wir zu glauben haben, daß sich die Notwendigkeit zu einem solchen Gespräch aus dem Plan einer Broschüre über den lebendig toten Mr. Mistler ergab, dann erledigte sich das von selbst, als die beiden auf den *vaporetto* warteten, der sie von den Zattere über den Kanal bringen sollte. Aus den *tableaux vivants* oder *mourants* wurde nichts, denn die bescheidene Kirche San Michele, die Gräber berühmter Künstler und kniehohes Unkraut – Lina war auf der Insel gewesen und hatte ein genaues Bild von ihr, auch wenn sie ein charakteristisches Merkmal des Eilands nicht erwähnte, daß es nämlich umgeben war von einer Wolke aus Gestank, vielleicht Hundekot, woran Mistler sich von seinem letzten Besuch her deutlich erinnerte – waren das Gegenteil dessen, was sie wollte. Sie hatte an ein Szenario gedacht, das mit Wasser zu tun hatte, also venezianisch war, aber das Wasser sollte unsichtbar sein. Auf Venedig sollte man nur schließen; also keine Spitzbögen, keine Brücken und keine aus Kapitellen hervorlugenden Wasserspeier.

Licht wie dieses – aber indirekt –, und nichts soll von deinem Gesicht ablenken, sagte sie. Ich liebe dein Gesicht. Du hast das schönste, weiseste Gesicht der Welt.

Wäsche auf der Leine, wäre das ein passabler Hintergrund? Und Mauern, die endlos und blind scheinen? Dann sollten wir zu den Fondamenta Nuove gehen.

Wunderbar. Ist dort Schatten?

Ihm war klar geworden, daß Lina von Himmelsrichtungen und vom Sonnenstand in Venedig wenig Ahnung hatte. Ja, erklärte er ihr, und zugleich kannst du dich darauf verlassen, daß das Licht gleichmäßig und hell ist, weil die Lagune es reflektiert.

Wieder, wie am Tag zuvor, gestattete er sich ein Sherbet. Er hatte die Karaffe mit Prosecco zum größten Teil selbst leergetrunken. Offenbar gab es einige Erfahrungen, deren Wiederholung und Häufung ihm durchaus nicht zuwider war. Schade, daß diese ungehörige Lust auf Süßigkeiten soviel größer war als sein Appetit auf Linas Körper! Vier Italiener in Straßenanzügen hatten ihre Stühle verschoben und starrten in ihre Richtung; sie versuchten gar nicht erst, ihr Interesse durch eines der Manöver zu kaschieren, zu denen er in einer vergleichbaren Lage Zuflucht genommen hätte. Zwei der Männer hatten ihre Hemden aufgeknöpft. Einer trug ein Goldkettchen. Das geweihte Medaillon, die Jungfrau Maria vermutlich, das daran hängen mochte, schmiegte sich vielleicht etwas weiter unten, in der Nabelgegend des Mannes, gegen dichtes Haar. Mistler fragte sich, ob sein eigener Mangel an Begeisterung für Lina und ihre Dienstleistungen darauf zurückzuführen war, daß seine Libido plötzlich und ganz generell nachgelassen hatte. Wenn ja, dann war dies ein Symptom, mit dem er nicht gerechnet hatte. Er war müde, und bleierne Schwere saß ihm in den Knochen, obwohl er viel geschlafen hatte. War das nicht deutlich genug?

Sie hatte sich wie eine typische Photographin gekleidet: schwarze Jeans, Hemd und Pullover, den sie sich von ihm geliehen hatte, beigefarbene Strümpfe und die glänzend polierten braunen Schnürschuhe, zu deren Kauf er sie überredet hatte. In diesem Aufzug sah sie gut aus; man mußte sie nur davon abhalten, sich fein zu machen. Sie hatte begriffen, daß es nicht nötig war, ständig auf ihn einzureden. Ohne sie hätte er allein beim Essen gesessen und zwischen den einzelnen Gängen die *Herald Tribune* gelesen. So gesehen war es ein Gewinn, daß diese junge Frau mit ihm am Tisch saß. Seit dem ersten Mal hatte sie keine Liebespraktik mehr verlangt, die er abstoßend fand. Wenn sie erst wieder im Hotel waren, würde es Zeit für eine späte Siesta sein. Auch dann war er vielleicht froh, sie um sich zu haben.

Wir sind wie aus Versehen ein ganz gutes Gespann geworden, sagte er zu ihr.

In Wahrheit war er mehr denn je überzeugt, daß sie ihren Überfall genau geplant hatte.

Findest du es gut, eine Woche auf diese Weise zu

verbringen? fuhr er fort. Ich meine, wirst du es im nachhinein gut finden? Und was passiert, wenn ich wieder nach New York fahre? Hast du den Auftrag in Paris noch?

Sie hatte ihn immer häufiger gefragt, ob sie im Schlafzimmer telefonieren könne oder ob er Anrufe erwarte oder selbst telefonieren wolle. Gewöhnlich ist es ein schlechtes Zeichen, wenn man als Freiberufler viel herumtelefonieren muß. Er fürchtete fast, daß ihr nächster Auftrag ins Wasser gefallen oder fraglich geworden war.

Das brasilianische Paar möchte, daß ich ein paar Tage später anfange, weil die Baufirma nicht rechtzeitig mit dem Apartment fertiggeworden ist, aber das ist schon in Ordnung. *Vogue* hat etwas anderes für mich, das kann ich in der Zwischenzeit machen. Dann hänge ich nicht nur rum. Ach, Thomas, ich wollte mit dir zusammensein. Von dem Moment an, als ich dich auf der Party sah. Aber ich weiß nicht, ob ich dir gefalle. Du kommst mir so traurig vor, beinahe kühl und fern.

Tut mir leid. Diesen Eindruck mache ich meistens, außer, wenn ich hart arbeite. Dann vergesse ich, alles in Frage zu stellen, was ich getan habe, und mir immerfort zu sagen, daß man es genausogut auch anders hätte machen können. Das darfst du nicht persönlich nehmen. Ich bin nicht deprimiert, auch nicht unglücklich. Eigentlich habe ich geglaubt, ich sei einer, der ganz glücklich ist. Vielleicht sollte ich sagen: einer, der Glück hat. Das Problem ist, daß sogar ganz besondere Momente – in den letzten Jahren hingen sie meistens mit meinem Sohn, Sam, zusammen – mich nicht aufheitern. Sie sind nur da – in einiger Entfernung.

Das ist ja schrecklich!

Es könnte viel schlimmer sein! Mein Vater litt an Depressionen. Gleich nach dem Krieg, als er aus Europa zurückkam, und auch am Ende seines Lebens. Dieser letzte Ausbruch hing mit ziemlich absurden Vorfällen in seinem Unternehmen zusammen. Ich weiß, wie Depressionen einen Menschen quälen können, und mir ist so etwas nie passiert. Komm, wir machen uns auf den Weg zu den Fondamenta. Übrigens, wenn du einen Auftrag brauchst, gleich nach Paris oder später, dann ruf meinen Partner Jack Newcomb an. Er ist in dem New Yorker Büro. Das ist besser als die Vermittlung durch mich. Ich werde Jack sagen, daß er dir jede Chance geben soll.

Sie nahmen die Linie 5 und fuhren einen großen Bogen. Prosecco und Rotwein vertrugen sich gut. Vielleicht sollte er während der restlichen Tage in Venedig weniger zu Fuß gehen und mehr den Schiffsverkehr nutzen, nicht nur den Canal Grande mit dem Boot überqueren oder von den Zattere zur Giudecca übersetzen, und vielleicht seinen Konsum besonders guter Weine steigern. Es gab so viele Rotweinsorten, die er noch nie getrunken hatte. Und das Risiko, eine Leberzirrhose zu bekommen, spielte für ihn ja nun keine Rolle mehr. Wie angenehm leicht es war, Lina in dankbare Stimmung zu versetzen. Was hatte ihr mehr bedeutet: daß er ihr Arbeit versprochen oder daß er sie ins Vertrauen gezogen hatte? Es mußte das erste sein. Sie war ein mittelloses Mädchen aus Brooklyn oder Queens – das war seine Vermutung, erzählt hatte sie ihm nichts von ihrer Kindheit –, und wahrscheinlich hatte sie offene Rechnungen und nicht mal fünftausend Dollar auf ihrem Konto.

Sie waren auf der Sonnenseite des Decks, zwischen Passagierkabine und Brücke. Sie stand hinter ihm und umarmte ihn so eng, daß er die Brustspitzen und ihren Venushügel durch die Kleider hindurch spüren konnte. Bekannte Palazzi kamen in Sicht und verschwanden langsam. Alles war sehr vorhersagbar. Der *vaporetto* hielt sich an den gedruckten Fahrplan, legte an und ab. Glatte, gut eingeübte Manöver; die Maschine, die im Rückwärtsgang das Wasser aufwühlte, der Stoß, als das Boot gegen die Plattform prallte; der *marinaio*, der zugleich die Fahrkarten verkaufte, verstaute seine schwarzlederne Schultertasche mit Karten und Geld in der Brückenkabine, zog sich die Arbeitshandschuhe an und warf das ausgefranste Hanftau in einer Schlinge über eine Klampe von der Form eines kleinen Ambosses, schlang einen perfekten Achterknoten, löste ihn danach wieder und machte sich an der verschiebbaren Schranke zu schaffen. Er rief mit seiner angenehmen Stimme den Namen der Haltestelle und dann *permesso, permesso!*, wenn die Passagiere hinausströmten und andere einstiegen. Venezianer aller Kategorien: dünnlippige Damen in Grau oder Schwarz, Handwerker mit den klappernden Werkzeugen ihres Gewerbes oder mit Geräten, die sie irgendwo einbauen wollten, ab und an ein Musiker mit Instrument, Schulkinder. Ausländische Studenten, die nach ranzigem Essen rochen und unter schweren Rucksäcken schwankten, mit Sandalen, Wanderstiefeln oder kompliziert gebauten schmutzigen Turnschuhen. Pensionäre, die aussahen wie Beuteltiere mit den dicken Gürteln, in denen sie ihr Geld und die Ausweise verstaut hatten. Hin und wieder ein elegantes Paar von undefinierbarem Alter, vornehm, in Seide, Khaki, Kaschmir und Wildleder gekleidet – ein solches Paar musterte Mistler samt Lina offenkundig amüsiert. Bestimmt Franzosen, typisch. Lina klebte weiter an ihm. Ihre Hand lag unter seinem Hemd. Die vornehm aussehende Dame flüsterte ihrem Begleiter etwas ins Ohr. Dem Sinn nach sagte sie wohl: Schau dir nur den alten Satyr an. Clara hätte genau dasselbe zu ihm gesagt, und er hätte zustimmend genickt. Ein *fou rire* überkam ihn. Er griff nach Linas Handgelenk und brachte sie dazu, an seinen Brustwarzen zu zupfen. Sollte das reizende Paar nur genau hinschauen. Ihm fiel gerade ein, daß er in der Mistlerfamilie kein Monopol auf Indiskretionen besaß.

V

Kurz nachdem klar geworden war, daß Mistler, Berry & Lovett nicht nur den Start geschafft hatten, sondern auf dem besten Weg waren, sich zum »heißen Tip« zu entwickeln, lud Samuel Abthorp, Mistlers Onkel, ihn zum Lunch in den eindrucksvollsten seiner Uptown Clubs ein; ganz zufällig war Mistler auf Betreiben des Onkels gerade in diesem Club als neues Mitglied vorgeschlagen und ohne Einspruch befürwortet worden. Er hatte immer schon als Mr. Abthorps Lieblingsneffe gegolten. Sie verzehrten ihr Truthahnhaschee. Als sie dann auf den nächsten Gang, die Honigmelone, warteten, sagte sein Onkel, er habe den Wunsch, eine Ansicht zu Mistler Berry zu äußern, und seiner unmaßgeblichen Meinung nach würde es Mistler nicht schaden, wenn er sich diese Ansicht einprägte. Die letzte Prise Nachdruck war unnötig. Der Neffe wußte, daß jeder Rat seines Onkels zur Unternehmenspolitik eine ebenso heikle wie kostbare Ware war und normalerweise nur ausgewählten Industriekapitänen zuteil wurde, die begriffen, daß die Beobachtungen des großen Mannes – zum Beispiel wie der Markt verrückt spielte, welche Aktivitäten eine bargeldschwere und undurchsichtige Gesellschaft mit Diamantminen in Südafrika entwickelte –, Beobachtungen, die er ganz lässig und nebenher zum besten gab, als eine Offenbarung der Wahrheit zu behandeln waren und durch ein elegantes Zeichen der

Achtung und Freundschaft belohnt werden mußten – ohne Aufforderung, denn Mr. Abthorp würde gar nicht daran denken, eine Entschädigung zu verlangen. Zum Beispiel konnte man Mr. Abthorps Investmentbank vor allen anderen anbieten, eine große Effektenemission zu übernehmen, oder man konnte ihn bitten, den Plan, der den südafrikanischen Diamantenminengiganten betraf, selbst zu entwerfen und auszuführen.

In diesem Land wird ständig Geld gemacht, überall und von allen möglichen Leuten, sagte sein Onkel. Von Leuten, von denen du oder dein armer Vater oder ich noch nie etwas gehört hatten, als sie anfingen, und die wir zu dem Zeitpunkt wohl auch nicht besonders geschätzt hätten. Eine Menge Geld. Deshalb wird die amerikanische Wirtschaft stark bleiben. Aber den größten Teil dieses Geldes hat letzten Endes eine ganz kleine Gruppe in New York unter Kontrolle. Banker natürlich. Männer, die in Investitionsausschüssen sitzen. Und wenn dann die Neureichen wirklich Geld in Mengen haben, wollen sie schließlich auch zum inneren Kreis der Kontrollierenden gehören, aus Stolz und aus Sicherheitsbedürfnis. Sie warten auf eine offene Stelle, aber die Positionen, in denen Macht ausgeübt wird, sind besetzt. Ziemlich dauerhaft. Von Leuten wie dir und mir und solchen, die wir seit eh und je kennen. Dann rechnen sich die Neureichen aus, daß es das Zweitbeste ist, möglichst gute Beziehungen zu den Männern im inneren Kreis anzuknüpfen, also versuchen sie, sich bei einer Stiftung nützlich zu machen. Je nützlicher, desto besser. Sie gehen davon aus, daß Männer, die wichtige Institutionen leiten, zweimal überlegen, bevor sie einem großzügigen Spender die Zähne einschlagen. Diese Neureichen hören sich um, lesen Jahresberichte, finden heraus, wer wo ist. Es gibt Leute, von denen man sich in solchen Fragen beraten lassen kann. Es dauert nicht lange, bis sie merken, daß sich das Ganze auf zwei Museen, die Oper, ein paar Krankenhäuser, den Botanischen Garten und den Zoo konzentriert. Vielleicht noch die Bibliothek. O ja, auch für die Universitäten werden Sponsoren gesucht, aber nur wenige von diesen Neureichen sind in Harvard oder Yale gewesen, diesen Weg schlagen sie also selten ein. Die Stiftungsräte anderer Institutionen sind wie Warteclubs; man tritt nicht bei, wenn man nicht muß. Die Neureichen geben weiter Geld und immer mehr Geld, und wenn sie vorzeigbar sind, du verstehst, wenn sie sich ins Bild fügen können und wenn sie reich bleiben, dann kommen sie vielleicht in einen der richtigen Aufsichtsräte – oder wenigstens in einen Beirat zum Forschungsprojekt Paviane oder Türkische Toiletten. Dich will ich in den Aufsichtsräten sehen, auf die es ankommt. Als neues Mitglied wirst du hart zu arbeiten haben, und die Agentur wird Geld spenden müssen. Das ist effektiver, als wenn du in die eigene Tasche greifst. Aber nicht sehr viel Geld, weil du bist, der du bist. Dir steht keine Quote im Weg. Verstehst du, ich will damit nicht sagen, daß du so auf das Prestige angewiesen bist wie die anderen Burschen. Niemand wird dir Kredite kürzen. Aber du solltest an Stellen sein, wo du den Neureichen mit ihrem schweren neuen Geld vor die Augen kommst. Sie werden wahrscheinlich darauf kommen, daß du nicht auf den Kopf gefallen bist. Und sie werden geneigt sein zu glauben, daß sie dich brauchen, weil sie in dir einen der Hüter vor jenen Toren sehen, die sie aufbrechen möchten. Ihre Firmen haben keine festen Geschäftsbeziehungen mit den älteren Werbeagenturen, sie können dir also Aufträge für größere Werbekampagnen geben. Wenn du einverstanden bist, werde ich hier und da ein Wort fallenlassen, daß du Interesse daran hast, etwas für die Kommune zu tun, und dafür zur Verfügung stehst. Ich habe übrigens schon mit Newt Richardson über dich gesprochen. Er erwartet, daß du dich meldest.

Der Neffe erfaßte die Weisheit in den Worten des Onkels und die hohe Wahrscheinlichkeit, daß das Thema nie wieder so direkt angesprochen würde.

Onkel Sam, sagte er, ich habe einen Partner, Peter Berry. Er ist ein entfernter Vetter. Du kennst ihn gewiß. Peter ist geselliger als ich. Könntest du für ihn auch ein gutes Wort einlegen? Alles, was mit der Agentur zu tun hat, machen wir zusammen.

Das ist der Bursche, mit dem du im College zusammengewohnt hast. Ich erinnere mich. Sein Vater – kann nicht behaupten, daß ich den besonders schätze. Er hängt mir im Club zu viel an der Bar rum. War nie viel los mit ihm. Du hast den Namen dieses jungen Burschen auf das Türschild der Agentur geschrieben, aber wenn die Leute von deinem Laden reden, dann reden sie von Mistler. Nicht von Berry.

Er ist ein guter Freund, Onkel. Ohne ihn hätte ich nicht angefangen.

Das ist deine Sache. Den Mann mußt du lancieren. Amen. Mistler befolgte den Rat seines Onkels Abthorp, aber schon bald fing der rastlose Neffe an, unruhig auf seinem Stuhl zu rutschen und zu gähnen. Wenn eine Entscheidung zu treffen war, wollte er, daß sie schnell fiel – und durch ihn. Die Aufsichtsratssitzungen von Kulturinstitutionen waren eine Plage; sie verschlangen Zeit, die er lieber in der Agentur zugebracht hätte – oder sonstwo. Es zeigte sich jedoch, daß er den Plan, seinen Partner in diese illustren Gruppen einzuschleusen, ohne allzu große Anstrengung durchsetzen konnte. Mistler entdeckte das Ausmaß seines eigenen Prestiges. Außerdem rümpften die Männer, die weniger wählerisch als Mr. Abthorp waren – oder einfach weniger empfindlich –, nicht zwangsläufig die Nase über Peter oder seinen glücklosen Vater. Nach der bewährten Ordnung der Dinge paßte er in die privilegierten Kreise. Außerdem schwamm Peter in Wohltätigkeits-Gewässern wie ein Fisch in einem warmen trüben Tümpel. Um seinen Onkel nicht zu verärgern, beschränkte Mistler sich pflichtschuldig auf die Aufsichtsräte der Oper und des Krankenhauses, in dem er geboren war und, wie es jetzt aussah, bald seinen letzten Schmerzenslaut aushauchen würde – es sei denn, er schlug Dr. Hurley ein Schnippchen und schaffte es, zu Hause zu sterben.

Der Rest der New Yorker Wohltäter – und Baulöwen und gewaschenen Texaner – gehört dir, erklärte er Peter. Viel Spaß!

Einige Grundstücke in ihrem Monopoly-Spiel mußten sie tauschen, als Mistler Clara heiratete. Er wollte, daß sie in New York glänzend dastand. Ehemann und Ehefrau sind eins; nach Mistlers Meinung sollte sie sich ihre Pfründe aus den Schenkungen der Agentur aussuchen dürfen. Deshalb sorgte Mistler mit einiger Mühe – sie war so jung und unerfahren auf dem Gebiet der Wohltätigkeit – dafür, daß Clara im Krankenhaus an seine Stelle trat. Er fand, daß sie ihm damit einen Gefallen tat: Ihm fehlte die in der Mistlerfamilie übliche Begeisterung für Ärzte und deren Patienten. Clara hatte nichts gegen das Krankenhaus, aber eigentlich liebte sie Tiere mehr als fleischfressende Pflanzen. Das war der entscheidende Punkt. Peter mußte Platz für Clara machen, obwohl auch er den Zoo schätzte. Der Wechsel wurde ungehindert vollzogen, da Peter es zunehmend schwieriger fand, Mistler in irgendeiner Frage Widerstand zu leisten. Mistler hatte unterdessen gelernt, daß er Peter einfach diktieren mußte, was zu tun sei; das war effizienter als die zweistündigen Mittagessen, in deren Verlauf sie sonst Probleme hin und her diskutiert hatten. Das Ergebnis war schließlich das gleiche.

Nach einigen Ehejahren mit Clara konnte Mistler zu seiner Freude das Fazit ziehen, daß er alles in allem mit ihr gut gefahren war. Sie besaß die herrschaftliche Maisonette-Wohnung, die sie sich wünschte, eine wachsende Sammlung von erstklassigen Philadelphia Möbeln und Silber sowie einen Garten in Crow Hill, dessen Neugestaltung durch einen Engländer so viel Geld gekostet hatte, daß sogar ihre Schwiegermutter blaß geworden wäre, hätte sie es noch erlebt. Alle diese guten Dinge hatte sie sich redlich verdient. Sie machte keine Schwierigkeiten. Sie war Sams Mutter. Ihre Schönheit war weiterhin in ihrer Art unübertroffen. Unter Mistlers unermüdlicher Anleitung hatte sie gelernt, sich gut zu kleiden. Fotos von ihr erschienen in der *Vogue*, in *Town and Country* und in Mistler Berry Werbungen für den britischen Fremdenverkehr, für Schweizer Schokolade und die angesehenste aller Kreditkarten. Im Rahmen ihrer im Smith College erworbenen Kenntnisse von Liebespraktiken stand sie zur Verfügung, wann immer er sie brauchte. Daß sie Experimente machte, wollte Mistler nicht. Solche Spiele waren zwar erregend, und Mistler konnte nicht immer widerstehen, aber für die Ehe taugten sie auf die Dauer eigentlich nicht. Scharf gewürztes Essen war nichts für alle Tage.

Peter und Jill Berry ließen sich scheiden. Das war Jills Einfall gewesen, sie lief mit einem Mann davon, der in ihrem Country Club in Locust Valley Golfprofi gewesen war. Nach Peters Auskunft hatte der Mann sie schon eine ganze Weile im Lagerraum über dem Profi-Shop genagelt, so lange, daß sie wissen konnte, ob ihr das zusagte. Ganz überraschend bot man ihm eine besser bezahlte Stelle in einem Ferienclub in Hawaii an. Er war nicht bereit, sich das Gehalt oder das Klima entgehen zu lassen, und sie wollte den Sex nicht aufgeben. Sie verlangte von Peter stattliche, aber keine exorbitanten Unterhaltszahlungen für sich und die Kinder; ihr eigenes Vermögen war so groß, daß sie keine Unterstützung gebraucht hätte, und wenn sie mit einem Golfprofi lebte oder ihn sogar heiratete, tat das ihrer gesellschaftlichen Stellung keinen Abbruch.

Die Regelungen wurden in Rekordzeit und ohne Schwierigkeiten getroffen und schlossen Jills Sorgerecht für die Zwillinge, die in Chapin waren, ein. Mistler wunderte sich, daß Peter sich nicht darum bemüht hatte, die beiden Kinder in New York zu behalten. Der Versuch wäre nicht ganz aussichtslos gewesen, wenn man das angenehme Klima dieser geschäftsmäßigen Transaktion bedachte.

Ich bin zu viel auf Reisen. Du eröffnest ja ständig neue Filialen, sagte Peter, und wenn ich in der Stadt bin, arbeite ich zu lange im Büro, und das wird immer schlimmer. Warum sollte ich versuchen, die Kinder von Jill fernzuhalten? Damit sie von einer Gouvernante aufgezogen werden?

Ein Körnchen Vernunft lag schon darin, aber das änderte nichts an Mistlers Überzeugung, daß Peter mehr Zeit mit Kulturreisen für Museumskuratorien zubrachte als mit den Dienstfahrten zu Filialen im Ausland, die zum normalen Aufgabenbereich eines Vizepräsidenten gehören, und daß er selten länger als bis sechs Uhr im Büro war. Peters sinkendes Interesse an der Arbeit war allerdings ein Problem, an das Mistler lieber nicht denken wollte; und welche Opfer Peter bringen sollte, um diese Mädchen bei sich zu haben, ging Mistler eindeutig nichts an. Vielleicht hatte Peter in seiner Zigeunerart recht. Der Strand in Hawaii konnte für zehnjährige Kinder ein wunderbarer Ort sein. In der Agentur erzählte man sich, daß der Golfprofi ein anständiger Kerl sei. Er sei nicht nur mit prachtvollen Brustmuskeln und einem stattlichen Gemächt gesegnet, sondern könne sich gelegentlich sogar durch Lesestoff durchackern; meistens handle es sich dabei um die *Popular Mechanics*. Aber letzten Endes spielte das alles keine Rolle. Peter war Mistlers Mitbewohner im College und sein Trauzeuge bei der Hochzeit gewesen: An Mistlers Eßtisch in der Stadt war immer ein Gedeck für ihn aufgelegt, und im Haus auf dem Land stand immer ein Zimmer mit Bett zu seiner Verfügung. Dabei half, daß Clara nicht viel für Jills Oyster-Bay-Gehabe übrig hatte, sich aber immer eine Schwäche für Peter bewahrte.

Ein Vorteil des ganzen Debakels – Peter hatte nicht auf den Versuch reagiert, ihn mit Mistlers attraktiver, reicher Kusine aus der väterlichen Verwandtschaft zu verkuppeln, und, soweit Mistler wußte, auch keine Reaktion auf die Avancen etlicher weiblicher Angestellter in der Agentur gezeigt – war, daß Peter jederzeit Clara zu Veranstaltungen in der Stadt begleiten konnte, wenn Mistler verreist war, was mindestens jede zweite Woche vorkam, oder wenn er sich weigerte, bestimmte gesellschaftliche Pflichten zu erfüllen. Dazu gehörten die meisten Cocktailpartys, weil sie zu früh anfingen, nämlich dann, wenn er im Büro, befreit von Anrufen und Besuchern, endlich mit seiner eigenen Arbeit in Schwung kam, außerdem alle Benefiz-Essen, weil sie ebenfalls früh begannen und er während der Tischreden immer mühsam, und manchmal erfolglos, gegen den Schlaf ankämpfen mußte. Es traf sich gut, daß Clara, wenn sie Begleitung brauchte, nicht ausschließlich auf die beiden ansehnlichsten schwulen Texter der Agentur angewiesen war, obwohl diese den Vorteil hatten, immer verfügbar und außerdem ausgezeichnete Gesellschafter zu sein. Besonders bei Benefizveranstaltungen war Peter nützlicher, er kannte Gott und die Welt.

Im Frühling des Jahres nach Peters Scheidung organisierte der Zoo für die Mitglieder seines Aufsichtsrats, deren Ehepartner und eine Handvoll der großzügigsten Spender eine Reise nach Borneo. Wie die meisten dieser Reisen sollte sie offiziell in London beginnen. Nach zwölf Tagen auf der Insel mit Besichtigungen der Tierwelt und der Eingeborenendörfer war ein Aufenthalt in Singapur und ein Rückflug über Paris vorgesehen. Clara hatte immer schon brennendes Interesse an Orang-Utans gehabt.

Wir fahren mit, kündigte sie beim Essen an, sobald die Termine festgelegt waren. Und ich möchte ein paar Tage in Paris bleiben und weißen Spargel und *foie gras* essen – traumhaft wird das.

Das hatte er schon erwartet.

Schatz, du fährst und bringst Berge von Fotos mit, und du siehst bitte zu, daß die *foie gras* sich nicht in Speck auf deinen Rippen verwandelt. Du weißt, daß ich unmöglich weg kann. Wir stecken dann mitten in der Präsentation für Nabisco – wir brauchen dringend den Rest des Auftrags –, und ich rechne damit, daß ich den Kaufvertrag für die Durant Filiale in Montreal abschließe. Stell dir vor! Wenn das gelingt, werden wir ganz Kanada in der Hand haben. Außerdem wären wir, wenn ich mitkäme, beide mehr als drei Wochen am Stück fort. Ich weiß, daß Melinda eine Perle ist, aber für Sam wäre es doch nicht ganz so langweilig, wenn ich hierbliebe, meinst du nicht?

Du bist nie hier, auch wenn du hier bist.

Das kommt davon, daß ich dich habe und mich nicht um das Kind kümmern muß. Du wirst schon sehen. Ich werde mir die größte Mühe geben.

Damit willst du sagen, daß ich nicht fahren soll.

Nein, ganz und gar nicht. Im Gegenteil: Als dein Sponsor und Rasputin im Zoo befehle ich dir, daß du fährst und dich fabelhaft amüsierst.

Also, das kann ich nicht. Ich habe nachgesehen. Keine einzige Frau fährt allein mit. Sogar Emmy de Groot – das war die Ehrenvorsitzende des Aufsichtsrats, deren Mann vor kurzem gestorben war – kommt mit ihrem Vetter, Woolly Hitchcock. Jan Cruikshank fährt nicht mit. Ihr geht es nicht gut. So ist es eben. Kein Borneo und keine Orang-Utans, nur damit der Ruhm von Mistler Berry & Lovett noch heller strahlt. Da fällt mir ein: Wenn du dir wegen Sam Sorgen machst, was hältst du davon, die Reise abzukürzen? Wir können Paris auslassen und Singapur vielleicht auch.

Es tut mir schrecklich leid, aber ich kann einfach nicht. Übrigens, mit dem alten Woolly Hitchcock hast du mich auf eine ausgezeichnete Idee gebracht. Er war ein Freund von Vater, wußtest du das? Wir können doch Peter einladen, was meinst du? Das ist nur fair. Er bedauert es immer noch, daß er aus diesem Aufsichtsrat ausscheiden mußte. Er würde sofort mit dir fahren.

Warum muß er nicht arbeiten?

Ich arbeite für ihn.

Ach so.

Natürlich ließ Clara sich überreden, und Peter sagte zu. Bevor sie abreisten, schenkte Peter Mistler ein kunstvolles holzgeschnitztes altes Netsuke von den drei Affen.

Hier, sagte er, von nahem besehen sind die da wahrscheinlich angenehmer als die lebendigen. Nichts hören, nichts sehen, nichts sagen! Das leuchtet mir wirklich ein.

Clara kam strahlend und zärtlich von der Reise zurück. Er bemerkte es, wenn sie mit Sam zusammen war, sah es an ihrer Aufmerksamkeit für die Blumen im Haus, und er spürte es auch im Bett, obwohl sie oft zu schläfrig war und ihm flüsternd ein Treffen am Wochenende vorschlug. Einen Augenblick lang fragte er sich besorgt, ob sie eine dieser exotischen Amöben erwischt hatte, die im Körper bleiben und ihren Wirt auslaugen, aber sie hatte weder Fieber noch andere Symptome.

Mitten im Sommer, als Clara und Sam über die Ferien nach Crow Hill gezogen waren, flog Mistler an einem Montag nach Paris; so hatte er genug Zeit, eine ganze Reihe von Sitzungen zu absolvieren, und konnte trotzdem am Wochenende wieder zurück sein. An seinem ersten Abend traf er sich zum Essen mit Madame Portes. Sie war gerade in der Stadt, zwischen den Festspielen in Aix-en-Provence und Salzburg. Sie saßen unter der Linde in ihrem Garten, von dem man nichts ahnen konnte, wenn man an dem strengen beigefarbenen Gebäude in der rue de Lille vorbeiging, wo sie im Erdgeschoß wohnte. Sie hatte sich kaum verändert, und er fragte sich, ob das je geschehen würde. Ihr üppiges, wirres Haar, in dem Mr. Mistler senior sein Herz verloren hatte, zeigte keine Spur von Grau, ihre Haltung war aufrecht und majestätisch, ihre Haut makellos, mit Ausnahme der langen, kräftigen Hände, die nicht mehr wie die eines jungen Mädchens aussahen. Sie berichtete ihm von der Inszenierung von *Così fan tutte*, die sie gerade gesehen hatte, und von der Qualität der Stimmen, mit der sie nicht ganz zufrieden gewesen war.

Es ist eine teuflische Oper, Thomas, schloß sie, und ganz wie im wirklichen Leben. Einer ist immer der Betrogene, besonders wenn es nur Grund zum Vertrauen gibt. Mozart war bei seinem Tod jünger als du jetzt, aber diese schrecklichen Wahrheiten kannte er so genau. Ich frage mich, wieviel davon du weißt.

Er liebte ihre Stimme, ihre Diktion, die von äußerst sorgfältigen englischen Kindermädchen geschult und durch langen Umgang mit gebildeten Amerikanern geprägt war, und die Art, wie ihre lachenden Augen sich auf ihr Gegenüber hefteten, wenn sie sprach.

Er war ein Genie!

Richtig. Aber außerdem hat er die Frauen sehr aufmerksam beobachtet. Schon, als seine Beine noch nicht bis zum Boden reichten, wenn er am Tisch saß. Ich glaube, so aufmerksam bist du nie gewesen.

Er war auch nicht im Internat. Weißt du noch, wie du fandest, es müsse dort grauenvoll sein? Ich kannte keine Frauen.

Natürlich. Wie dumm, Knaben so zu erziehen. Thomas, ich habe im Mai deine Frau in Paris gesehen.

Wirklich? Das hat mir Clara gar nicht erzählt. Seltsam.

Ich habe sie gesehen, das meine ich ganz wörtlich. Sie hat mich nicht gesehen. Es war im Pré Catalan, in der Dämmerung. Sie kam mit Peter Berry.

Natürlich. Sie waren zusammen in Paris, nach der Borneo-Reise mit dem Zoo. Du hättest dich bemerkbar machen sollen. Clara hätte sich so gefreut.

Thomas, *ils se tenaient très mal.* Verzeih. Ich möchte mich nicht einmischen. Ein, zwei Abenteuer schaden einer guten Ehe nicht. Man sollte bereit sein, beide Augen zuzudrücken, wenn es sein muß. Aber dieser Mann ist nicht nur dein Freund, er ist dein Partner.

Der Butler brachte Orangeade. Es war Zeit zu gehen. Tante Elisabeth, fragte er, warum hast du Dad so geliebt?

Weil er wie du war, Thomas.

Und danach?

Ah, *e poi, e poi* ... Komm bald wieder.

Mistler kam am Freitagnachmittag wie geplant nach New York zurück und ließ sich sofort aufs Land fahren. Unterwegs las er hochkonzentriert die Geschäftspost, die seine Sekretärin dem Fahrer mitgegeben hatte. Clara und Sam warteten auf dem Rasen vor dem Haus auf ihn. Sam hatte im Ferienlager Baseballwerfen gelernt. Der Sommer war schön gewesen. Bis auf Sams Nasenrücken, der sich schälte, war er wie Clara gleichmäßig gebräunt. Mistler ließ den Fahrer das Gepäck ins Schlafzimmer bringen und spielte dann mit Sam Werfen und Fangen, bis die ersten Mükken kamen. Clara sah ihnen zu. Sie hatten geplant, seine Rückkehr mit einem frühen Abendessen zu feiern, und Sam sollte dabei sein. Mistler hatte gerade noch Zeit zum Baden und Umziehen. Als Clara Sam zu Bett geschickt hatte, bat Mistler sie, sich mit ihm auf die hintere Veranda zu setzen. Sie tranken Brandy. Es war noch so hell, daß man die weißen Hortensien sehen konnte, die in voller Blüte standen. Der Rasen roch nach frisch gemähtem Gras. Hinten am Rand knabberten ganz junge Kaninchen an Grünzeug herum, als hätten sie noch nie vom Farmer Brown gehört. Der Gedanke, er könnte Peter Berry erlauben, die Ordnung dieses Lebens zu zerstören, war absurd.

Clara, sagte er, ich höre, du schläfst mit Peter. Soll das heißen, daß du die Absicht hast, mit ihm davonzulaufen, so wie Jill?

Sie gab keine Antwort, aber ihr Kinn schien zu zittern.

Das war ein billiger Gag.

Er nickte.

Wer hat dir das erzählt?

Das spielt keine Rolle. Die Antwort auf meine Frage ist mir wichtig. Den billigen Gag mit Jill nehme ich zurück, aber ich will eine Antwort, möglichst gleich.

Also: Nein. Wir haben eigentlich nicht darüber gesprochen. Thomas, ich habe mir eine schöne, sorglose Zeit gegönnt, dir bin ich doch nicht wichtig, ich habe gedacht, du merkst das gar nicht. Es tut mir so leid, Thomas. Ich will dich nicht verlassen.

Und ich will nicht, daß du gehst. Die Angelegenheit zwischen dir und Peter ist vorbei, ab sofort. Die Angelegenheit zwischen dir und mir braucht Zeit. Mit

Peter beschäftige ich mich am Montag. Ich warne dich. Du wirst kein Wort mit ihm reden, bevor ich mich mit ihm unterhalten habe.

Was willst du ihm antun?

Keine Gewalt, da kannst du beruhigt sein. Jetzt geh bitte schlafen.

Er verbrachte die Nacht im Gästezimmer, aber in der nächsten Nacht schlief er mit ihr und widmete ihr große Aufmerksamkeit, weil er entdecken wollte, was sie von Peter gelernt haben mochte oder vielleicht selbst erfunden hatte, um Peter glücklich zu machen. Womöglich waren ihre Zärtlichkeiten langsamer und bedachter geworden. Eine willkommene Verbesserung, auch wenn sie Peter zu verdanken war. Denkbar war allerdings auch, daß sie sich eigens Mühe gab, damit er ihr verzieh.

Die Vorstellung, Peter aus der Firma werfen zu können, war äußerst verlockend. Keine Klausel in ihren Absprachen gab ihm das Recht, dies zu tun, und doch nahm er an, daß Peter gehorchen würde, wenn ihm befohlen wurde zu gehen. Aber dann müßte man ihm seine Anteile an der Firma abkaufen. Wenn die Agentur das Geld zusammenbringen wollte, mußten einige Projekte aufgegeben oder vielleicht sehr lange aufgeschoben werden. Natürlich konnte er Peter persönlich auskaufen. Das Problem war, daß die Agentur zu viel an Wert gewonnen hatte. Er würde die meisten seiner sonstigen Investitionen flüssigmachen und vielleicht trotzdem noch Geld leihen müssen. Dazu kam, daß der Vertrag zum Kauf der kanadischen Agentur zwar verhandelt, aber noch nicht unterzeichnet war und daß einige andere Transaktionen bevorstanden, die weniger ausgereift waren, und deshalb erschien ihm eine Trennung im Unfrieden nicht gut. Die Arbeit in der Agentur oder die Beziehungen zu den jetzigen Kunden wären davon zwar nicht betroffen, weil Peter keine bedeutende Anhängerschaft hatte, aber Außenstehende, potentielle Kunden, konnten möglicherweise nicht einschätzen, wie unerheblich dieses Ereignis in Wahrheit war. Nein, es war dies kein günstiger Zeitpunkt zur Enthauptung Peters. Möglich war auch, daß Peter sich ganz gern zu einem Preis, der Verhandlungssache war, auskaufen ließ, sobald er erfuhr, daß Mistler über ihn und Clara Bescheid wußte, und begriffen hatte, daß das Leben an Mistlers Seite für ihn nun unangenehmer würde als in der Vergangenheit. Die sprudelnde Quelle des Kulturtourismus dank Mistler war versiegt, statt dessen drohte eine genaue Überprüfung seiner Kostenabrechnungen, besonders der hohen Summen, die er in den Hotels in Uptown New York ausgab. Mistler würde sich an Peter rächen, doch auf andere Weise. Er würde ihn zum Ausscheiden zwingen, aber erst dann, wenn es ihm paßte, und so, daß die Agentur seine Anteile nur zum Buchwert, nicht zum tatsächlichen Marktwert kaufte.

Am Montagmorgen kam er schon vor acht Uhr in die Agentur, gab den Auftrag, ihm Bescheid zu sagen, sobald Mr. Berry eintreffe, und las die Korrespondenz, die Mrs. Tuck dem Fahrer nicht mitgegeben hatte, weil sie ihr nicht wichtig genug erschienen war. Um neun Uhr fing er dann an, die laufenden Geschäfte zu erledigen. Um zehn Uhr teilte Mrs. Tuck ihm mit,

Mr. Berry habe angerufen; er werde sich verspäten, weil er in einem Stau stecke.

In Ordnung, antwortete er. Bitte sagen Sie ihm, er möchte sofort kommen, sobald er da ist.

Es war Viertel vor elf, als Berry, lang, schlank, Kaffeetasse in der Hand, schick angezogen – Seersucker Hosen, bestickte Hosenträger, weißes Hemd mit Button-down-Kragen und Clubfliege –, bei ihm im Büro aufkreuzte. Er lehnte die rechte Hinterbacke an Mistlers Schreibtischkante.

Paris genossen? Wie wärs mit einem richtigen Kaffee? Ich sage meiner Sekretärin Bescheid, daß sie dir eine Tasse bringt.

Nein danke, keinen Kaffee. Ich war bei den Besprechungen mit Publicis und mit Havas, und an beiden Fronten stehen wir gut da. Dann habe ich aus heiterem Himmel von dir und Clara erfahren. Das ist Verrat, Peter. Ich wäre nie auf die Idee gekommen, daß ich dir nicht trauen kann.

Berry löste sich von Mistlers Schreibtisch und stellte sich gerade hin, die Hände an einer Stuhllehne.

Stimmt. Es ist einfach passiert. Sie ist sehr schön. Du hast dich so an sie gewöhnt, du merkst wahrscheinlich gar nicht mehr, wie schön und attraktiv sie ist. Es tut mir leid. Was soll ich sonst sagen, außer daß ich natürlich anbiete, sie zu heiraten, wenn du das wünschst.

Du wirst Clara gar nichts anbieten, mit euch ist Schluß. Ich untersage dir jeden Kontakt mit ihr, außer in der Öffentlichkeit, wenn andere Leute dabei sind. Interessanter ist die Frage deiner Zukunft hier in der

Firma. Bei deiner laxen Einstellung zur Arbeit, scheint mir deine Zukunft ungewiß. Was die Abmachungen zwischen dir und mir angeht, werde ich dich innerhalb der Agentur behandeln wie immer, aber andernorts möchte ich dich nicht sehen, wenn es sich vermeiden läßt. Zum Beispiel will ich, daß du aus dem Arcadia Club austrittst – ich habe keine Lust, mich jedesmal, wenn ich in den Club gehe, zu fragen, ob du wohl am Mitgliedertisch sitzt. Und paß gut auf, was du hier tust. Ich werde dich im Auge behalten.

Peter war sehr rot geworden. Als Mistler bereits überlegte, ob da ein Schlaganfall im Entstehen sei oder ob nur Ärger und zuviel Sonne zusammenkommen mußten, damit eine helle Haut sich so auffällig verfärbe, da sagte Peter etwas: Mach doch, was du willst, Thomas, mit Clara und mit all deinen anderen kleinen Projekten auch.

Er hielt an der Tür inne, wandte sich zu Mistler um und fügte hinzu: Weißt du was? Du bist und bleibst ein Arsch. Deshalb habe ich überhaupt keine Schuldgefühle dir gegenüber.

Ha! Als Beispiel dafür, wie eine Erinnerung zur andern führen kann, war dies nicht schlecht. Da saß er nun, auf einem geliehenen Stuhl aus dem winzigen Etablissement, das nicht einmal eine richtige Bar war, schaute übers Wasser in die Ferne – nach San Michele hinüber, um genau zu sein –, der Schatten auf den Fondamenta Nuove vertiefte sich, während Lina abwechselnd mit Korrekturen seiner Haltung und mit Photographieren beschäftigt war, und plötzlich erinnerte er sich.

Ich hab's, sagte er zu ihr. Ich wußte es doch. Mir ist wieder eingefallen, wo ich dem Franzosen schon mal begegnet bin, der uns so von oben herab gemustert hat.

Was meinst du?

Ach, auf dem *vaporetto*. Das elegante Paar, das an der Haltestelle San Alvise zustieg. Hast du nicht gemerkt, wie unpassend sie es fanden, daß ich alter Mann von einem schönen jungen Mädchen umarmt und unterm Hemd gekitzelt wurde?

Ich habe dich nicht gekitzelt. Du hast mir die Hand geführt, und ich habe was ganz anderes gemacht, was viel Schöneres. Hör jetzt auf zu reden und versuch mal ein kleines Lächeln, versuch's doch.

Klick, klick, klick. Die Jagd nach dem perfekten Schnappschuß aus reinem Zufall.

Das meinte der Franzose auch. Aber das hätte ich nicht verdient, fand er. Der Mann heißt Simonnet. Arnaud Simonnet. Er ist Direktor der französischen Investmentbank, die den Kauf unserer französischen Agentur durchgeführt hat. Die Dame ist mit ihm verheiratet. Ich war zum Essen bei ihnen zu Hause. Komisch, daß ich sie nicht sofort erkannt habe.

Hast du Angst, daß sie reden?

Eigentlich nicht. Sie leben in Paris. Sie treffen nicht dieselben Leute wie Clara und ich, sie hätten gar keine Gelegenheit, die Geschichte jemandem zu erzählen, der sich dafür interessieren könnte. Obwohl – ich habe einmal etwas, das für mich interessant und wichtig zugleich war, durch genau so einen Zufall erfahren.

Durch Klatsch, meinst du!

Nein, in meinem Fall lag der Person, die mir die Augen öffnete, viel daran, es lag ihr daran zu helfen, wollte ich sagen.

Wer war das?

Die wunderbarste Frau der Welt. Sie lernte meinen Vater in Frankreich kennen, bevor Paris befreit wurde, und sie hat nie aufgehört, ihn zu lieben. Jetzt lebt sie auch nicht mehr. Sonst wäre sie heute noch in ihn verliebt. Bist du allmählich fertig?

Nein, aber jetzt habe ich nicht mehr genug Licht.

Gut! Komm, wir gehen zur Gesuiti Kirche. Kennst du sie? Nein? Es ist eine ganz erstaunliche, spätbarokke Kirche, nie dann offen, wenn man es erwartet, aber dies könnte die richtige Stunde sein, vielleicht kommen wir hinein. Wir nehmen einen Weg, der etwas abseits und nicht der kürzeste, aber sehr hübsch ist. Ich hoffe nur, daß wir nicht mitten in eine Messe geraten.

Willst du mir nicht erzählen, was diese Frau dir gesagt hat?

Ganz bestimmt nicht. Das wäre eine zweifache Indiskretion.

Er hängte sich eine ihrer Fototaschen über die Schulter und führte sie an den Fondamenta entlang in Richtung der Sacca della Misericordia. Dann wendeten sie sich von der Lagune ab, gingen im Zickzack durch Straßen in einem Arbeiterviertel, überquerten erst einen Kanal, dann noch einen, sahen sich jedesmal einem riesigen Palast gegenüber und gingen absurderweise wieder in Richtung der Lagune. Auf einmal stand zur Rechten die Kirche vor ihnen, streng und abweisend.

Wir hatten recht, sagte er zu Lina. Siehst du die Tür in der Tür? Sie ist offen. Wenn das kein Wunder ist!

In der Sakristei saß sicherlich ein friedlich schlafender Wächter. Davon abgesehen waren sie allein. Lina beugte das Knie und bekreuzigte sich. Jesses, wisperte sie. Was ist dies graue und weiße Zeug? Ist das Seide?

Faß mal an, es ist Marmor. Mit wundervollen Intarsien und so lange geschliffen und poliert, bis er aussah wie Seide. Oder Tapete. So etwas habe ich nirgendwo sonst gesehen.

Ich möchte herumgehen.

Tu das. Die Tasche kannst du hierlassen. Ich warte solange.

Er setzte sich auf die Bank vor dem ersten linken Seitenaltar. Sie, eine Meisterin in superkurzen Rundgängen, war im Nu wieder da. Mistler steckte eine Fünfhundertliremünze in das Kästchen, das die Scheinwerfer einschaltete; er dachte, daß dies Linas Aufmerksamkeit fesseln würde, aber in Wirklichkeit waren die Scheinwerfer dermaßen schlecht eingestellt, daß sie an einem so klaren Nachmittag nur das Gegenteil bewirkten. Nach einem Moment fragte er: Was hältst du davon?

Das ist wirklich allerhand. Hey, da will ich eine Aufnahme machen.

Das ist wohl verboten. Aber du kannst das Gemälde durch deinen Zoom betrachten. Der ist stärker als mein Fernglas.

Sie schraubte ein gewaltiges Rohr auf ihre Nikon,

blinzelte hindurch und sagte: Ich wünschte, da wäre mehr Farbe oder mehr Licht. Es ist schwer zu erkennen. Was machen die mit dem Mann da links?

Sie rösten ihn und sehen nach, ob die Leber gut durch ist.

Thomas, also wirklich!

Im Ernst. Das ist Sankt Laurentius auf dem Rost, der Schutzpatron der Köche. Das Bild mußte düster sein, da hielt Tizian sich ganz an die Legende; aber ich glaube, Tizian hätte es sowieso gern düster gehabt. Er war ein relativ junger Mann, als er damit anfing – nicht älter als Gansevoort oder ich! Aber fertig wurde das Bild erst zehn Jahre später. Zu der Zeit sah er die Welt nicht mehr durch eine rosarote Brille. Erinnerst du dich an die Pietà, den sehr dunklen Tizian, der dir in der Accademia so gut gefallen hat? Das Bild, das wir gestern gesehen haben? Diese beiden Gemälde haben eines gemeinsam – sie sind ein einziger Schrei der Verzweiflung.

Was war mit St. Laurentius? Was erzählt die Legende?

Er war ein glühender Christ, der das Pech hatte, in der Regierungszeit des berüchtigten Kaisers Dezius zu leben, eines Rohlings, der die Zeituhr gern zurückgedreht hätte. Dezius war ein heidnischer Fundamentalist. Im Römischen Reich gab es mehr und mehr Christen. Alle, die er erwischen konnte, stellte er vor die Wahl, entweder dem christlichen Glauben abzuschwören oder das Martyrium auf sich zu nehmen. Laurentius wurde in der Nacht zu Dezius gebracht, und Dezius sagte: Opfere den Göttern, oder die Nacht wird für dich in Qualen enden. Laurentius antwortete ungefähr: Meine Nacht ist nicht aus Finsternis gemacht. Sie ist in ewiges Licht getaucht. Das fand Dezius nicht komisch, und er befahl zur Strafe den Grill. Kannst du es erkennen? Dieses Gerät, das aussieht wie ein Feldbett ohne Matratze. Der Mann, der darauf liegt und so elend aussieht, das ist der Heilige, und der Mann, der ihn anscheinend an den Schultern hält und eigentlich genauso unglücklich aussieht wie Laurentius – wahrscheinlich wegen der Hitze –, das muß einer der Folterknechte sein. Dann haben wir hier noch den hilfreichen Burschen, der am Boden kauert und ordentlich in die Kohlen bläst, damit sie auch heiß bleiben, und der stramme Typ mit der riesigen Fleischgabel auf der anderen Seite, der piekt Laurentius in die Leber.

Jesses!

Das kann man wohl sagen. Sie tun die Arbeit des Herrn. Ganz vertieft sind sie, die Folterknechte und der Heilige. Sieh mal, der Kontrast zu den anderen Gestalten ist auffällig. Zum Beispiel die beiden Intellektuellen weiter oben rechts. Sehr distanziert. Die könnten über Dichtung diskutieren. Mich fasziniert das helle Licht an der höchsten Stelle des Bildes: Ist das ein malerischer Effekt, eine elektrische Entladung beim Gewitter, oder ist es der Heilige Geist, der durch die Wolken späht und aufpaßt, daß das Werk des Herrn auch ordentlich gerät? Schau genau hin! Ich werfe noch eine Münze ein.

Sie starrte ihn ziemlich befremdet an, aber er war nicht gewillt, sich unterbrechen zu lassen. Das Licht schaltete sich wieder an.

Es könnte der Heilige Geist sein, weil das Licht dermaßen intensiv ist, fuhr Mistler fort, aber ich habe meine Zweifel. Soviel ich weiß, gehört es nicht zur religiösen Ikonographie, Gottvater oder Sohn als Zuschauer bei Martyrien zu malen. Mir fällt im Moment kein einziges Bild von der Kreuzigung oder der Kreuzabnahme ein, auf dem der Vater oder der Heilige Geist zu sehen ist. Und an den früheren Stationen des Leidensweges sind sie auch nicht zu sehen – wenn der Sohn ausgepeitscht oder mit Dornen gekrönt wird oder wenn er das Kreuz durch die *Via Dolorosa* schleppt. Sie sind nicht da. Man fragt sich, warum? Himmlische Prüderie? Oder ist es Achtung für die Logik derer, die voll des Glaubens sind? Die Sorge, daß der Glaube überstrapaziert wird und zerbricht, wenn der Himmlische Vater tatsächlich zugesehen hätte, wie Seinem Sohn solches angetan wurde, und Er nicht Einhalt gebot? Nicht einmal, als Er den gemarterten Leib Seines Sohnes unmittelbar vor Augen hatte? Natürlich, beim Jüngsten Gericht ist der Sohn immer da, auf dem Thron sitzend, Gerechtigkeit austeilend, was für die meisten Menschen gleichbedeutend mit Höllenqualen ist – und der Vater sieht zu. Warum sieht der Vater zu? Um aufzupassen, daß der Sohn nicht Erbarmen zu spüren beginnt, wenn Er sich erinnert, was der Vater Ihm antun ließ? Oder um die Gerechtigkeit Seines Sohnes samt ihren Folgen zu besiegeln?

Thomas, hör auf! Wie kannst du sagen, daß diese Männer die Arbeit des Herrn tun? Das ist ja scheußlich.

Was? Daß ich sage, dies sei das Werk des Herrn, oder das, was diese Leute tun?

Beides. So wie du die Geschichte erzählst, hat der Kaiser die Martern befohlen.

Sie wischte sich eine Träne aus dem Auge.

Also, offenbar sind wir uns einig, daß es schlecht ist, Leute auf dem Grill zu rösten. Aber warum soll das nicht ein Werk des Herrn sein? Wer hat es in die Wege geleitet, wer hat den Dezius programmiert, wenn nicht Gott der Herr? Geschieht nicht alles nach Seinem Plan?

Menschen tun Böses. Sie tun es gegen den Willen Gottes.

Die Erklärung ist mir bekannt, aber ich kann mich nicht von dem Gedanken lösen, daß Sein Wille geschieht, wenn Er denn existiert, Gott der Allmächtige. Denk dir einen Mann mit Leberkrebs. Ist es nicht Gottes Wille, daß er die Krankheit haben soll? Natürlich, du kannst sagen, er müsse eben im voraus für seine Sünden büßen. Oder für Adams Sünde – Eva nicht zu vergessen. Das wirst du nicht bestreiten. Er muß wenigstens zulassen, daß all dies getan wird. Macht es einen Unterschied, ob man das Böse will oder es geschehen läßt, wenn man die Macht hat, es zu beenden? Wo liegt der Unterschied?

Es gibt den freien Willen. Menschen haben einen freien Willen.

Das ist die richtige Antwort für die Kirche, aber die habe ich noch nie akzeptieren können. Jedenfalls paßt sie nicht auf den armen Kerl mit dem Krebs auf seiner Leber. Warum wird er bestraft, bevor er vor den Richter kommt? Er lebt noch, er könnte doch noch bereuen. Ha! Du müßtest die passenden Prozeduren für Reue und Vergebung besser kennen als ich. Also, warum wartet man nicht wenigstens, bis der Kerl verurteilt wurde, bevor man ihm das Schalentier in den Leib setzt? Oder warum röstet man den Heiligen, der kein schlechter Mensch war? Ich kenne die Standardantwort. Er wird zum größeren Ruhm Gottes geröstet. Quatsch! Die Theorie des freien Willens hat eine herrlich komische Seite, weißt du das? Es ist, als würde man sagen, die Personen in einem Stück hätten Willensfreiheit. Die Schauspieler versuchen so zu spielen, daß du glaubst, es sei so, aber jedes Wort, das sie sprechen, jede Handlung – alles, was im Stück geschieht – ist in Wahrheit vom Stückeschreiber vorgeschrieben. Zum Beispiel im *König Lear*: Nicht Cornwall entschließt sich, Gloucester die Augen auszustechen. Shakespeare hat das beschlossen, aufgrund der Geschichten, die er gelesen hat, und aufgrund seiner eigenen Beobachtungen, die ihn gelehrt haben, wie man in dieser Welt handelt. Genauso ist es mit Gott und dem freien Willen. Ha! Ha!

Sie zischte ihn an. So darf man in einer Kirche nicht reden. Laß uns gehen, nur raus hier. Außerdem, du bist ja wohl krankhaft. Warum sagst du, der Mann piekt dem Heiligen in die Leber? Widerlich. Ich glaube, es ist der Hintern oder die Seite.

Das ist nicht ganz von der Hand zu weisen. Eigentlich hat man die Leber wohl rechts, auf der von der Fleischgabel abgewandten Seite, oder? Egal. Ich denke offenbar immer nur an die Leber.

Er war versucht zu sagen: Weißt du, ich habe ein Recht, krankhaft und unvernünftig und blasphemisch zu sein. Der Kerl mit dem Krebs, der bin ich. Daß ich sehr bald sterben werde, das habe ich am Spätnachmittag vor Anna Williams' Party erfahren, kurz bevor wir uns begegnet sind, du und ich. Psst. Das ist streng geheim. Nur meine Ärzte und mein Anwalt wissen es. Aber Mistler brachte es nicht über sich, davon zu sprechen. Noch nicht.

VI

Ich habe Lust auf was Süßes, ein Eis.

Ihre Stimme klang verdrossen. Zu seiner eigenen Überraschung war er nicht verärgert, sondern spürte das vage Bedürfnis, ihr entgegenzukommen, sich gar mit ihr zu versöhnen.

In dieser Gegend hier gibt es keines. Bist du bereit, zehn Minuten zu Fuß zu gehen?

Ja, wenn du beide Fototaschen trägst.

Er fand Weg und Ziel, die er sich ausgesucht hatte, wieder einmal absurd. Er wollte sie zu *gelati* einladen in ein Café mit Blick auf das Reiterdenkmal für Colleoni, die gewaltigen Backsteinmauern von Santi Giovanni e Paolo und die dahinterliegende Trompe-l'œil-Fassade der *scuola*, jetzt städtisches Krankenhaus und Museum für alte chirurgische Instrumente. Worin unterschieden diese sich von Folterwerkzeugen? Im Zweck, dem sie dienen sollten. Waren die modernen Instrumente in den Operationssälen des Krankenhauses, das nach dem Wunsch von Hurley & Co. seine Heimstatt werden sollte, weniger angsterregend? Nein, aber die Technik der Anästhesie hatte inzwischen gewaltige Fortschritte gemacht. »Der Arzt, verwundet selbst, sondiert mit seinem Stahl den Krankheitsherd«, und der Patient treibt derweil in einem Ozean von Angstträumen dahin. Obwohl bestimmt zahllose andere ähnliche Cafés näher an der Gesuiti Kirche und eher am Weg zum Hotel lagen, führte er Lina ausgerechnet in dieses eine, dessen Namen er vergessen oder nie gewußt hatte, dessen Lage er aber genau kannte, weil er den Gemälden von Bellini und Veronese in der Kirche regelmäßig Besuche abstattete. Er hoffte, das Lokal würde, wenn sie endlich ankamen, wenigstens vertraut und gemütlich wirken. Das aber tat es nicht. Sie setzten sich an einen Tisch auf dem *campo*. Ein Kellner, mit heftigen Gesten herangewinkt, bequemte sich schließlich zu ihnen, und Mistler bestellte Vanilleeis für Lina und einen Kaffee für sich. Er trank den Kaffee, der ihm nicht schmeckte, und dann das Glas Wasser, das dazugehörte. Lina fand offenbar nichts an ihrem Eis auszusetzen. Mistler hatte seine Absicht, nett zu ihr zu sein, nicht aufgegeben, aber diese feineren Regungen konnten sich nicht durchsetzen, weil die Übelkeit ihn in Wellen überschwemmte. Er hatte immer und mit gutem Recht behauptet, sein Magen sei wie ein Kupferkessel. Nie hatte er an Seekrankheit, Durchfall oder Verstopfung gelitten. Würgreiz oder Erbrechen kannte er nur vom Zusehen, wenn andere sich quälten, vor allem Peter Berry, der gleichermaßen zu Magenverstimmungen und starken Kopfschmerzen neigte. War der säuerlich schmeckende Kaffee daran schuld, oder ließ die Leber grüßen, die er sich nicht aus dem Kopf schlagen konnte? Wenn er Bill Hurley richtig verstanden hatte, konnte er noch mit einer Art Waffenstillstand rechnen. War der schon verstrichen? Peter Berry bestellte sich in vergleichbaren Situationen gewöhnlich eine Cola. Mistler entschloß sich, dies auch zu versuchen, bevor es zu spät war. Zu seiner Überraschung half es. Hatte das Zeug Heilkraft – zweimal hatte seine Agentur versucht, diesen Werbecoup zu landen, vergeblich, obwohl er sich persönlich dafür eingesetzt hatte –, oder kam ein medizinisches Grundprinzip zur Wirkung, zum Beispiel, daß man mit einem scheußlichen Geschmack einen anderen austreibt? Er würde den Onkologen danach fragen müssen. Erst einmal war er Peter dankbar für eine konkrete, wenn auch kleine und unwissentlich gespendete Wohltat. Dessen Schuldkonto jedoch war damit noch längst nicht ausgeglichen, davon war Mistler überzeugt.

Kann ich noch ein Eis haben – diesmal Schokolade und Pistazie? Oder findest du das zu gefräßig?

Mit Erleichterung merkte er, daß sein Opfer wieder das alte einschmeichelnde, unterwürfige Verhalten annahm.

Aber nein, nach der ganzen Arbeit mit den Verbrecherfotos von mir und nach dem langen Marsch von der Kirche hierher steht dir das wirklich zu.

Ich liebe dein Gesicht. Du siehst aus wie der Mann da, nur deine Nase ist kürzer.

Sie zeigte auf Colleoni.

Ein Allheilmittel war die Cola nicht. Er entgegnete: Du meinst, ich sehe genauso unsympathisch aus.

Im zweiten Studienjahr hatte Peter die gesamte Arbeit für den Kurs zur viktorianischen Literatur, an dem sie beide teilnahmen, bis zum Ende aller Vorlesungen aufgeschoben. Dann hatte er nur noch einen Tag Zeit, eine zwanzig Seiten lange Hausarbeit über *Große Erwartungen* zu schreiben, die mehr zählte als das Abschlußexamen. Er hatte noch keine Zeile zu Papier gebracht; noch schlimmer, er kannte nicht einmal das Buch. Totale Verzweiflung. Wenn er die Hausarbeit nicht ablieferte, bekam er keinen Schein für den Kurs. Mistler hatte seine Arbeit über Pip geschrieben und ihn als einen unerträglichen Schnösel und Snob charakterisiert. In der Nacht verfaßte er ein Spiegelbild dieser Schilderung und erörterte die angeborenen Charakterzüge, die dazu führen mußten, daß Pip ganz unverkennbar ein englischer Gentleman wurde. Er umging die Frage, ob ein englischer Gentleman nicht notwendig ein Snob oder gar ein Schnösel ist. Beide Arbeiten wurden mit A plus und einem unleserlichen Lobspruch des Seminarleiters bedacht. Peter war dankbar. Er konnte sein John-Harvard-Stipendium behalten. Peter hatte anscheinend nicht bemerkt, und Mistler verlor kein Wort darüber, daß er sich mit dem Ehrenkodex herumschlug, der ihm im Internat eingebleut worden war und der seine Tat als Betrug bezeichnete. Auch etwas anderes wurde nie erwähnt, blieb Peter aber wohl nicht ganz verborgen: Mistlers Sorge, daß Peter in Schwierigkeiten kommen konnte, weil er seine Fähigkeiten überschätzte und sich auf eine Stufe mit Mistler stellte. Bedrohte das ihre Freundschaft, übte Mistler einen schlechten Einfluß auf Peter aus? Ach, sein Einfluß! Zwei Jahre später, in der freien Zeit zwischen Collegeabschluß und Militärdienst, kam die peinliche Nachricht von Jeanies Schwangerschaft. Praktisch seit dem Tag ihrer Ankunft in Radcliffe hatte Peter jeden Nachmittag – es sei denn, sie hatte ihre Periode – mit ihr geschlafen, in dem Zimmer, das er mit Mistler im Eliot House teilte. All diese Nachmittage hatte Mistler in der Widener Bibliothek oder in einem Boot auf dem Fluß verbracht. Die Schwängerung ließ sich auf einen bestimmten Freitag datieren, als Mistler in New York war und Peter, der in derselben Woche beim Bezahlen mit ungedeckten Schecks mehrmals von Kaufleuten am Harvard Square abgewiesen worden war, kein Geld hatte, um in der Apotheke an der Ecke Boylston Street das Päckchen Kondome zu erwerben, das er sonst immer vor Jeanies Besuch gekauft hatte. Da er Jeanie nicht davon überzeugen konnte, daß ihr Mund als Behältnis genügte, versuchte er es mit Selbstbeherrschung. Disziplin und Widerstand gegen Lust waren nicht Peters Stärken, wie Mistler in der Folgezeit häufiger beobachten und Peter deutlich sagen konnte.

Wieder Panik und Verzweiflung. Jeanie war ein begabtes jüdisches Kind aus der Bronx auf dem Weg zu einem Praktikum bei der *Vogue* in Paris. Keine Aussicht, daß Peters Eltern ihm erlaubten, sie zu heiraten. An guter Familie und ähnlichen Prinzipien waren sie so reich, wie sie knapp an Geld waren. Außerdem hatten Jeanie und Peter sich schon getrennt, die Koje war an den Berry Nachmittagen inzwischen von einer langbeinigen Nymphomanin aus Cleveland besetzt. Mistler nahm Kontakt mit Madame Portes auf, denn in seinen Augen war sie die einzige, die wissen würde, was jetzt zu tun sei. Sie war in Paris. Nach zwei Tagen rief sie wieder an und nannte ihm den Namen eines Arztes in der East 86th Street. Sie fragte: Ist die Adresse auch wirklich nicht für dich? Schon gut, ich frage nicht nochmal, aber wenn sie für dich ist, dann sieh zu, daß du sehr liebevoll zu der jungen Frau bist. Jetzt, und vor allem, wenn es vorbei ist. Laß sie nicht im Stich. Mistler gab diesen Rat an Peter weiter, zusammen mit dem Geld für den Arzt, ging mit Peter und Jeanie zu dem Termin und wartete mit Peter im leeren Wartezimmer, wobei er eine Ausgabe nach der anderen von *Life* las. Dann brachten sie Jeanie mit einem Taxi in das Apartment eines Mädchens, das schon für *Vogue* arbeitete; so brauchte sie erst am nächsten Morgen nach Hause in die Bronx zu fahren.

Mistler erinnerte sich wieder an diese Geschichte, als er Peter zum Ausscheiden aus der Firma zwang. Die Begründung dafür war hieb- und stichfest, er hatte Voorhis beauftragt, sie zu überprüfen: Die Arbeitsstunden pro Woche und die Konzentrationsspanne, die Peter aufzuweisen hatte, waren auf die Hälfte dessen geschrumpft, was bei einem Angestellten, der ein Drittel von Peters Gehalt verdiente, gerade noch akzeptabel gewesen wäre. Das war nun nicht zu bestreiten, aber Peter war entschlossen, dagegen anzuführen, daß seine Fähigkeit, sich zu ändern – und seine unabdingbaren Rechte als Mitbegründer der Firma –, nicht berücksichtigt worden seien und natürlich auch, daß Mistler wider Treu und Glauben handle; darauf beharrte er, obwohl man ihm einen Zweijahresvertrag als Firmenberater angeboten hatte, den er von seiner Farm in Dutchess County oder einem anderen Aufenthaltsort aus wahrnehmen konnte, vorausgesetzt, er war telefonisch zu erreichen. In der letzten Verhandlung, als die Anwälte sich auf Peters Verlangen zurückgezogen hatten und Mistler allein mit ihm war, lupfte Peter in seinem Sessel den Hintern, ließ einen Furz und erklärte Mistler: Ich könnte alles akzeptieren, wenn du nicht immer noch ein solches Arschloch wärst. Du willst deinen Kopf durchsetzen, und dabei schreckst du vor nichts zurück. Das war der Moment, in dem Mistler sich entschied, der Rache an Peter, die für ihn beschlossene Sache war, zusätzliche Würze zu verleihen. Er lehnte die letzte Forderung ab, die Peter noch stellte, nämlich die, daß man ihm die Differenz zahle zwischen dem Buchwert, den man für seine Anteile ansetzte, und dem Preis, den diese Anteile erzielen würden, wenn die Firma innerhalb der nächsten fünf Jahre an irgendeinen hergelaufenen Käufer verkauft würde. Diese Differenz erwies sich als eine ganz beträchtliche Summe, auch für einen reich gewordenen Mann. Die genaue Höhe errechnete Mistler bei dem Mittagessen, in dessen Verlauf er den Deal mit Omnium machte. Er war sehr zufrieden mit sich, weil niemand je würde nachweisen können, daß er schon an eine solche Transaktion gedacht hatte, als er Peter erledigte.

Weißt du, was dein schlimmster Fehler ist? fragte Lina. Sie leckte den Löffel ab. Er hätte wetten mögen, daß sie mit dem Gedanken an ein drittes *gelato* spielte.

Vielleicht. Was würdest du sagen?

Du interessierst dich nur für dich selbst. Du hast mich überhaupt nicht beachtet, seit wir hier sitzen.

Wirklich?

Ja, wirklich. Und das ist echt schlimm. Weißt du

eigentlich, daß du mich kein einziges Mal etwas gefragt hast, was mit mir zu tun hat?

Meine Diskretion hat viele Formen; dies ist eine davon. Außerdem macht es mehr Spaß, Sachen herauszufinden, ohne danach zu fragen. Ich glaube, ich könnte dir eine Menge über dich erzählen.

Versuch's doch!

Warte mal. Ich halte mich an die besagte Mistler-Diskretion und riskiere, daß du mich für oberflächlich hältst. Also: Du bist knapp unter dreißig, aber weil deine Haut sehr schön ist und weil du offenbar keine Kinder hast, verschätze ich mich vielleicht etwas. Du könntest auch fünfunddreißig sein. Du hast keinen Akzent und keinen besonderen Tonfall. Trotzdem meine ich, du stammst aus New York. Aus dem Stadtgebiet, vielleicht aus einem dieser supersauberen italienischen Viertel, wo man so fest zusammenhält. Sheepshead Bay? Aus einem Außenbezirk von Queens oder North Bronx? Vielleicht noch weiter weg? Yonkers? Ich würde aber darauf tippen, daß du immer irgendwo in der Nähe von Manhattan gewohnt hast. Du bist mit der U-Bahn in die City und aus der City heraus gerauscht. Das Bild habe ich genau vor Augen. Im U-Bahnwagen: ein sehr gut gebautes Mädchen, glattes braunes Haar, ernstes blasses Gesicht, unglaublich frisch gewaschen, als ob sie gerade aus der Dusche käme, trägt Bluejeans und eine Jeansjacke, Rucksack oder Kamera hat sie hinter die gekreuzten Beine geschoben, damit sie ihr nicht weggerissen werden können. Sie sitzt zwischen zwei dicken Damen. Ausgeschlossen, daß ein fieser Alter wie ich ihr in die

Nähe kommt, seinen Ellbogen an ihrem reibt. So einer könnte freilich vor ihr stehen, sich an einer Schlaufe festhalten und Kniekontakt suchen.

Herrje, Thomas! Wetten, daß du nie im Leben U-Bahn gefahren bist? Wetten, daß du nicht mal den Fahrpreis weißt? Du hast bloß Woody-Allen-Filme gesehen.

Er mußte weiterreden. Sonst ginge er unter.

Ganz falsch, erklärte er ihr, nur mit dem Fahrpreis kenne ich mich nicht mehr aus, ich geb's zu. Das ist passiert, als die Münzautomaten keine Vierteldollarmünzen mehr nahmen. Meine Sekretärin kauft die Jetons für mich. Aber ich studiere die Werbeplakate in U-Bahnen. Wenn du mich fragst: Die Werbung für Preparation H gehört in die Ruhmeshalle. Und diese fabelhaften Comics in Pidgin-Spanisch über AIDS. Eine geniale Begabung für Drama und Dialog. Schade, daß Tennessee Williams das nicht mehr erleben durfte.

Er hörte auf und hielt sich den Mund zu. Wenn er in so einem Lokal auf die Toilette stürzen und kotzen mußte, nicht auszudenken. Vielleicht half es, wenn er ganz langsam und tief atmete. Noch eine Cola. Er winkte dem Kellner und zeigte auf das leere Glas. Zu schwierig, in die Hosentasche zu greifen und das Taschentuch hervorzuziehen. Er wischte sich mit dem Ärmel den kalten Schweiß von der Stirn.

Ist was? Du bist ja ganz grün im Gesicht.

Nein – oder doch, ja. Meine neuen Heuschnupfenpillen, glaube ich. Nur einen Moment Ruhe und diese Cola trinken.

Sie deckte ihre Hand über seine, die auf dem Tisch lag. Die Wärme fühlte sich gut an. Er stellte sich vor, im Bett zu liegen, auf der Seite, und sie daneben, auch auf der Seite, ganz eng an ihn geschmiegt. Oder er mit Clara. Überall Wärme spüren. Der Kellner kam mit einer Pepsi wieder. Cola war aus. Mistler trank und aß dann die Zitronenscheibe, die im Glas obenauf geschwommen hatte. Die Wirkung war die gleiche. Pepsi hatte eigentlich nur die schlechtere Reklame. Einatmen, ausatmen und an etwas anderes denken.

Er redete weiter: Du könntest in einer Musik- und Kunstschule gewesen sein. Und dann Kurse für Fotografie an der *School for Visual Arts* belegt haben. Du wurdest Assistentin im Atelier eines Fotografen, vielleicht war er dein Lehrer in der Kunstschule, und dann fingst du mit der Arbeit als freie Fotografin an. Und natürlich hattest du lange eine Affäre mit einem verheirateten Mann, der sich nicht scheiden lassen wollte. Die Geschichte ging erst kürzlich in die Brüche, gerade vor Gansevoort, und deshalb läßt du dich jetzt treiben. In sexueller Hinsicht, wollte ich sagen. Deine Mama und dein Papa da draußen in Sheepshead Bay finden das gar nicht gut, aber du mußt eigentlich ein paar verheiratete Geschwister haben, die kommen jeden Sonntag zum Mittagessen und so weiter mit Kindern und Ehepartnern. Einer von ihnen wohnt in der Nachbarschaft. Wie ist das?

Nicht so gut. Ich meine, die Geschichte ist ganz nett, aber sie hat nichts mit mir zu tun.

Wirklich?

Ja, wirklich.

Na gut. Jetzt bist du dran. Wenn du willst.

Und das verdirbt dir nicht den Spaß?

Nein! Kümmere dich nicht um mich, Lina. Mir geht's schon besser. Laß mich nur friedlich hier sitzen und zuhören.

Punkt eins: Mit dem Stadtgebiet liegst du falsch. Ich bin aus dem Staat New York. Schon mal den Namen Oneida gehört? Das ist im Westen von Utica. Oneida war im neunzehnten Jahrhundert berühmt: eine Kolonie für freie Liebe. Und eine Fabrik für Tafelsilber gibt es dort.

Das erklärt alles!

Was?

Dich. Du bist eine Tochter von Aphrodite.

Wieder falsch! Ich bin eine Tochter von Mr. und Mrs. Mahoney. Mein Dad hat in der Silberfabrik gearbeitet, in der Verkaufsabteilung, aber er kam aus Rome. Rome im Staat New York, meine ich. Auf der anderen Seite von Oneida, von Utica aus gesehen.

Du könntest ein Findelkind sein. Willst du damit sagen, du heißt gar nicht Verano?

Doch, so heiße ich. Ich habe einen Luigi Verano geheiratet. Aber mein erster Freund stammte aus einer Kolonistenfamilie. Ich sage dir, diese Burschen verstehen was vom Nageln. Das muß in den Genen sein. Die machen weiter und immer weiter, und dann fangen sie gleich wieder von vorn an. Herrje!

Wiederholte Erektionen sind bei gesunden Halbwüchsigen nicht ungewöhnlich. Und wo ist er jetzt – Luigi, meine ich?

In Mailand. Das mit der Assistentin im Atelier hast

du richtig geraten. Ich war nach der Schule seine Assistentin in New York, nur daß ich zur New York University gegangen bin. Die haben ein gutes Institut für Fotografie. Damals lebte mein Dad noch. Ich mußte dann abgehen, als er krank wurde. Ein paar Jahre später ist er gestorben.

Das tut mir leid. Mein Vater starb, als ich deutlich älter war. Er hat mir viel geholfen.

Mein Dad hatte Krebs. Zuerst in den Därmen. Die Ärzte dachten, sie hätten bei der Operation alles ausgeräumt, aber der Krebs war schon in der Leber. Dann versuchten sie, ihn auch aus der Leber herauszuschneiden. Das war vielleicht kraß.

Ah!

Ja, das hat mich wirklich geschafft, das Gerede über die Leber von dem Heiligen.

Das tut mir sehr leid.

Ist schon o. k. Du konntest es ja nicht wissen. Mein Onkel ist Priester in Utica. Er hat beinahe jeden Tag eine Messe für meinen Vater gelesen. Das hat für meine Mom unheimlich viel bedeutet und für meinen Dad auch. Ich bin nicht gläubig wie die beiden, aber Mom geht noch immer jeden Morgen zur Messe. Wir sollten gute Katholiken werden, so wurden wir erzogen. Und jetzt? Sieh mich doch an!

Weil du geschieden bist?

Wie ich jetzt lebe! Übrigens bin ich nur getrennt von Luigi. Mit der Scheidung hat er es nicht eilig. Ich bin sein Regenschirm – ich halte die Schlampe, mit der er lebt, von ihm ab. Dein Freund Mr. Gansevoort meint, ich könnte in New York die Scheidung einreichen und

Luigi einfach die Bescheinigung schicken. Er hat sogar eine Anwältin für mich gefunden. Wenn ich irgendwann Geld übrig habe und sie bezahlen kann, dann sehen wir weiter.

Gut für Tony. Der wird zahlen, da würde ich mir an deiner Stelle keine Sorgen machen. Soll das heißen, er hat dir einen Heiratsantrag gemacht?

Mehr oder weniger – er hat davon gesprochen. Thomas, ich sage es wirklich nicht gern, aber wie du in der Kirche über Religion geredet hast, das war das Letzte, echt. Mistler, was ist das überhaupt für ein Name? Bist du Jude?

Eine jüdische Urgroßmutter habe ich wohl, aber ich glaube, das macht mich nicht zum Juden. Der Name stammt aus dem Französischen, doch mein direkter Mistler-Ahne kam aus England. Im neunzehnten Jahrhundert heiratete dann einer meiner Urgroßväter eine Quäkerin aus Philadelphia. Du weißt wohl, daß Quäker nicht getauft werden. Das haben die nicht nötig. Sie haben einen direkten Draht zu Gott. Aber sie ist die einzige Quäkerin in der Familie. Von da an ging es nur noch bergab mit dem Kontakt zum Allmächtigen. Ich bin getauft, und mein Sohn Sam auch. Gestrampelt und gebrüllt hat er.

Also, was ist mit dir los? Was sollte das ganze Gerede?

Nichts. Ich gehöre nicht zu den Anonymen Atheisten. Ich rede zu viel. Zu viel Rhetorik. Manchmal höre ich mich gern reden. Ich wollte dich nicht ärgern.

Manchmal! Und ob du dich gern reden hörst. Jedenfalls bist du doch derjenige, der uns von einem frommen Bild zum nächsten schleppt. All diese Kruzifixe und Märtyrer. Nur die siehst du dir an.

Weil das nun einmal die Hauptthemen der Maler im Mittelalter und in der Renaissance waren – so wie die Postimpressionisten hauptsächlich nackte Frauen malten, die sich den Rücken waschen. Ich sehe mir diese Bilder von Folter und Totschlag an, weil sie so gut gemalt sind, nicht, weil der Inhalt oder die Aussage mir gefallen. Ich hasse den Inhalt, und ich hasse die Aussage. Ich denke daran, wie das Christentum gekidnappt worden ist, so daß Liebe und Vergebung in den Kirchen keinen Platz mehr haben, weil sie über und über vollgehängt sind mit Bildern, auf denen man alles sieht, was Menschen sich gegenseitig an Qualen antun können. Davon nehme ich Jesus Christus nicht aus, Seine Wunden sind noch offen, und schon sitzt Er auf dem Richterstuhl, verurteilt die Sünder und schickt sie in Konzentrationslager, die Satan verwaltet.

Wirklich, du bist widerlich.

Und was ist das für eine Religion? Man lehrt uns, daß die Kirche auf einen Fels gebaut wurde und daß der Fels Petrus war. In Ordnung, Petrus selbst wurde gekreuzigt, wenn auch nicht so qualvoll wie sein Meister. Die Kirche lebt zum Ruhm von Gottes Sohn, der gemartert und zu Tode gekreuzigt wurde, aber sie martert und tötet immer weiter. Sie ist die Nummer eins darin. Versuch mal zusammenzuzählen: die Kreuzzüge und Religionskriege, die Vertreibung der Juden aus Spanien und Portugal, die Zwangsbekehrung der Ketzer und Juden auf der Folterbank und dem Scheiterhaufen, kräftige Unterstützung der Massaker an der indianischen Bevölkerung in beiden Amerikas! Vor nicht allzulanger Zeit stand in Europa noch an jeder Wegkreuzung ein Kreuz mit Jesus Christus. In den Kirchen Kreuzigung über Kreuzigung. Ich sagte schon, dies war ein beherrschendes Thema der Künstler. Das akzeptiere ich. Besonders die niederländischen Kreuzigungsbilder gefallen mir, auf denen man rings um das Kreuz geschäftige, schwer arbeitende Männchen sieht, die unglaublich konzentriert am Werk sind. Eifrige Schweinsäuglein, rote Hüte über die Ohren gezogen, mit einem Strick unter dem faltigen Kinn zusammengebunden. Jede scheußliche Furche und Warze siehst du genau. Und was haben sie vor? Sie hämmern eifrig Nägel in Jesu Füße! Jedes Werkzeug, das ein ehrlicher Zimmermann braucht, ist da, präzise ausgeführt, sogar solche, die wie eine Säge oder eine rostige Zange aussehen und wohl nicht unbedingt nötig wären. Ich nehme an, daß die dienstfertigen Männlein, die dem Maler Modell standen, oder ihre Zunftbrüder irgendwann auch im wirklichen Leben die Ärmel aufgekrempelt haben und ihren Mitmenschen aus Fleisch und Blut genauso grausame Dinge antaten, auch zum Ruhme Gottes, an Ort und Stelle, auf dem großen Platz vor der Kathedrale, und der zuständige Bischof hat aufgepaßt, daß alles seine Richtigkeit hatte. Vielleicht marterten sie ihren eigenen Nachbarn! Einen Kerl, der aus freiem Willen dies oder das Verbrechen gegen den Heiligen Geist beging!

Thomas, die Kreuzigung war ein Opfer, das Gott für die Menschen auf sich nahm.

So hat man es mir im Internat und davor in der Grundschule erklärt. Es ist dies ein Opfer, das ich nicht verstehe. Man hat mir auch erklärt, daß meine Verständnislosigkeit ganz normal ist, weil das Mysterium menschliches Verständnis übersteigt. Ich muß dir zudem sagen, daß ich nicht begreife, wieso Gott Abraham prüfte, indem er ihm befahl, seinen Sohn Isaak zu opfern. Ein Dichter, den ich bewundere, schrieb, daß die Hölle Gottes höchste Weisheit und Liebe gleichermaßen zum Ausdruck bringe. Das nehme ich ihm auch nicht ab. Und die kranke Leber deines Vaters? Wie paßt die in das Schema von Liebe und Güte?

Jesus, Thomas, hör auf. Mir reicht's. Ich will wieder ins Hotel.

Gut. Es tut mir wirklich leid. Möchtest du zu Fuß gehen?

Nein, wenn ich nicht muß.

Wieder die Riesenschleife. Der *vaporetto* schlängelte sich durch das Arsenal. Sie war nicht zu wütend, seine Hand zu halten.

Wie lange warst du mit Luigi verheiratet?

Drei Jahre. Als er sich entschied, nach Mailand zu gehen, haben wir geheiratet, damit ich dort arbeiten konnte, also eine Arbeitserlaubnis bekam. Der ist in Ordnung. Vielleicht wäre es gut mit uns gegangen, wenn wir in New York geblieben wären oder wenn das Kind nicht gekommen wäre.

Das Kind?

Meine Tochter Alma. Sie lebt bei ihm, das heißt bei seinen Eltern. Ich darf sie nicht aus dem Land herausbringen, das läßt er nicht zu. Ich würde verhaftet, wenn ich es versuchte.

Das ist hart. Wie alt ist sie?

Letzte Woche ist sie acht geworden. Ein tolles Kind. Das Problem ist nur, daß sie ihr Englisch fast ganz vergessen hat, und wie mein Italienisch ist, weißt du ja. Vielleicht würde er sie mir für eine Weile lassen, wenn ich den richtigen Kerl heiraten würde.

Mit deinem Alter habe ich mich wohl auch verschätzt.

Ja, aber sag's nicht weiter. Tony denkt, ich bin achtundzwanzig. Die meisten Leute halten mich für unter dreißig. Vierzig kommt der Sache schon näher.

Weiß Tony von Alma?

Ich hab's ihm erzählt.

Den alten Tony Gansevoort zu heiraten, wäre vielleicht gar keine schlechte Idee. Er hat tonnenweise Geld.

Igitt. Da würde ich lieber dich heiraten, trotz deinem ganzen Gerede.

Mit Tony fährst du sicherer, glaub mir. Vielleicht ist er auch einfach netter als ich.

Die Übelkeit hatte sich beruhigt und war nur noch als fader Geschmack in seinem Mund zu spüren. Wenn er mit ihr sprach, wendete er absichtlich den Kopf weg. Vom Wasser kam ein kalter Wind. Er war froh, daß sie die Arme um ihn legte. Es war unwichtig, wer ein- oder ausstieg und sie sehen konnte. Er erinnerte sich, daß auf dem Bild in der Gesuiti-Kirche eine geheimnisvolle Dame, in ein schwarzes Tuch gehüllt, über Sankt Laurentius und den Folterknechten auf einem Podest steht, das aus einer mit Löwenköpfen verzierten Urne herauszuwachsen scheint. Sie hält eine kleine Statue in der Hand. Eine Opfergabe, die sie in den Tempel bringt. Mistler fühlte sich eingehüllt in Schwärze wie sie.

VII

Er wachte auf, weil seine Blase voll war, versuchte aber, noch eine Weile im Traum zu bleiben. Vergeblich. Die Einzelheiten, eben noch so plastisch und vielfältig, das Geschehen, das er einen Augenblick zuvor scheinbar vollkommen in der Hand gehabt hatte, alles verschwamm und wurde unerkennbar wie ein Blumenbeet nach einem Septemberfrost. Er streckte den Arm nach Lina aus. Beim Entkleiden hatte er ihr erklärt, für Liebe zu müde zu sein. Das war eine Ausrede: In Wahrheit wollte er nur, bis zum Kinn zugedeckt, ganz still auf dem Rücken liegen; er hoffte, daß dann die Übelkeit verginge.

O.k., erwiderte sie. Ich bin auch kaputt. Dann fügte sie noch hinzu: Mann, was für ein Nachmittag. Du kannst einem echt die Laune vermiesen, bis man total down ist.

Es tut mir leid, sagte er erneut. Das stimmte. Warum nur hatte er sie mit in seine düstere Stimmung hineingezogen, wenn er doch nicht willens war, ihr zu erklären, was es damit auf sich hatte? Das waren die einzigen Worte, die sie wechselten, aber kurz danach rückte sie näher und berührte ihn. Er wies sie nicht zurück; ihre Zärtlichkeiten lenkten ihn nicht von seinem Versuch ab, die Übelkeit im Zaum zu halten, ein Unternehmen, das seine ganze Aufmerksamkeit verlangte. Jetzt, im Aufstehen, strich er sich mit der Hand über den Bauch. Nach den Schuppen auf der

Haut zu urteilen, hatte sie ihn kommen lassen. Oder war es ihm etwa wundersamerweise durch einen Traum passiert, an den er sich nicht erinnern konnte? Eines von beiden mußte der Grund dafür sein, warum er so tief geschlafen hatte. Nein, Lina war nicht da. Auf ihrer Seite war das Laken kalt. Die Decke war darübergelegt und glattgezogen. Mistler taumelte ins Bad, urinierte, spülte sich den Mund und beschloß, sich wieder hinzulegen. Das war viel besser. Noch eine Stunde Schlaf, und die Schwäche in den Beinen und im Rücken und die ihn verwirrende Nervosität würden sich vielleicht verlieren. Für wie lange? Das stand auf einem anderen Blatt.

Die Schlafzimmerfenster waren offen, aber die Fensterläden dämpften den Lärm vom Canal Grande, eine Mischung aus Meeres- und Stadtgeräuschen. Mistler, die Decke fest um den Körper gewickelt, spürte tiefe, unglaubliche Entspannung in dem riesigen leeren Bett. Sehnsucht nach Lina: zuerst als flüchtige Laune, dann immer schärfer und eindringlicher. Ihm war etwas entgangen, den Höhepunkt durch ihre Hand hatte er nicht bewußt erlebt, den Augenblick verpaßt, als ihre Finger naß vom Sperma gewesen sein mußten. Ein heißer Drang, der zu kaltem Kleister wird. Sie hatte seine Lust erregt, indem sie ihn zum Objekt machte. Gewann sie ihre eigene Lust, falls davon überhaupt die Rede sein konnte, aus seiner Passivität und ihrer Macht über seinen Körper? Aber war es wirklich Passivität? Hatte sie ihn nicht deshalb bei der Stange gehalten, bis er überlief, weil sie wußte, was er von ihr erwartete?

Ein Leben lang lag die Zeit zurück, noch nicht vierzig war er gewesen – so alt wie Lina jetzt, um genau zu sein –, als er fast jeden Monat nach Tokio reiste, in der Hoffnung auf ein Geschäft, das aussichtsreich schien. Am Ende wurde doch nichts daraus. Erhofft hatte er eine Partnerschaft zwischen Mistler Berry und Showa, der größten japanischen Werbeagentur. Fast immer nahm er das Flugzeug von New York, das am Nachmittag in Tokio ankam. Bei einem seiner ersten Besuche wurde er vom Chef der japanischen Agentur auf halb sieben zum Essen eingeladen, das war knapp drei Stunden nach seiner Ankunft, ein wenig überzeugender Termin für ein Essen, das die Japaner als übliches Pflichtprogramm ansahen, obwohl dieser Termin unter den gegebenen Umständen kaum einzuhalten war. Die Autofahrt vom Flughafen in die Stadt konnte leicht drei Stunden dauern. Da seine Gastgeber seine Ankunftszeit kannten, hielt er es für aussichtslos, zu protestieren. Um zwanzig nach sechs, als er verzweifelt seine Manschettenknöpfe suchte, die auf irgendeiner Ablage im Bad oder Schlafzimmer liegen mußten – aber auf welcher? –, klingelte das Telefon. Mr. Tadachi, der Direktor von Showa »und die anderen Mitglieder«, vier, wie sich herausstellte, warteten schon im Hotelfoyer. Sie stiegen in Autos, wagten sich mutig auf den Weg in Richtung Hibiya, und dann standen und krochen sie abwechselnd im Stoßverkehr an der Ginza vorbei, die irgendwo rechterhand lag, danach weiter nach Osten, über den Kaiserlichen Palast hinaus, bis sie endlich ein Labyrinth von ein- und zweistöckigen Holzhäusern erreichten, die mit Papierlaternen in Plastikausführung geschmückt waren. Vor einem der Häuser hielt der Konvoi; es erwies sich als Tempura-Restaurant, die Filiale eines alteingesessenen Unternehmens in Osaka. Sie zogen die blauen Plüschpantoffeln aus, die sie auf dem Weg durch den Korridor getragen hatten, und gingen auf Socken im Gänsemarsch in ein privates Tatami-Zimmer, das eine eigene, noch unbesetzte Küchenecke hatte. Unter dem niedrigen Tisch, auf dem das Essen serviert werden würde, war kein Platz, die Beine auszustrecken, ausländische Gäste – und auch japanische Esser, die nichts gegen ein kleines Mogelmanöver hatten – fanden keine Möglichkeit, den Schein der Tradition zu wahren und trotzdem modernen Komfort zu genießen. Deshalb hockte sich Mistler mit gekreuzten Beinen hin, hatte aber zuvor sein Jackett abgelegt und die Krawatte gelockert, um den ebenso wichtigen Schein des Informellen zu wahren, trank eine Tasse Sake nach der andern, den eine junge Frau, mehr als eine Kellnerin, aber noch nicht ganz im Rang einer angehenden Geisha, ihm kniend einschenkte, aß dazu Vorspeisen, die kein Ende nehmen wollten, bis der tempura Chef sich unter ständigen Verbeugungen in den Raum schraubte und dem Mama-san, der neben Mr. Tadachi kniete, in blumigen, salbungsvollen Reden versicherte, daß das entstehende Mahl raffinierter sei als alles, was er je zu sich genommen habe – und bemühte sich mit Erfolg, in der Unterhaltung mit seinem Gastgeber alle wichtigen Themen links liegen zu lassen. Dies war nicht der geeignete Moment, zur Sache zu kommen; die

Zeit dafür, so hatte man ihm gesagt, werde sich am nächsten Morgen im Showa Büro ergeben. Immer häufiger lächelte Mr. Tadachi Mistler zu, sagte: nur noch eine Minute, bitte, und sprach wortreich japanisch mit seinen Akolythen. Auszeit für Mistler. Er wackelte mit den Zehen und bearbeitete die Krämpfe in seinen Beinen. Bestimmte westliche Schlüsselwörter kehrten, leicht entstellt, ständig in der japanischen Unterhaltung wieder. Dividende, Cashflow, Hauptkunden. In der japanischen Sprache mußte es dafür eigene Ausdrücke geben. Waren diese Vokabeln Krümel, die seine zukünftigen Partner ihm streuten, damit er den Weg fand, so wie Hänsel und Gretel, oder demonstrierten sie damit ihre Verachtung? War ihnen gleichgültig, was er daraus schließen mochte?

Die Einladung, das tempura Mahl mit einer Verdauungsrunde in einem Nachtclub zu ergänzen, lehnte Mistler ab, unter dem Vorwand, er müsse sein New Yorker Büro anrufen, bevor die Kollegen, die er in jener fernen Zeitzone zurückgelassen habe, alle in Sitzungen festgehalten seien. Es kam ihm unwahrscheinlich vor, daß Whiskeys mit Soda und ein paar Stunden Schmusen mit einer Bardamenstaffel seine Geschäftsbeziehungen verbesserten. Er hatte kein Bedürfnis nach den Erinnerungen, die sie wecken mochten, Erinnerungen an Wellesley-Mädchen in Seidenstrümpfen und an die Bewegung, mit der sie der Hand des Begleiters Einhalt geboten, aber erst nachdem sie schon Terrain gewonnen hatte. Ein Fahrer brachte ihn allein zum Hotel, während die anderen Autos vermutlich unterwegs zum Besten waren, was Ginza oder

Akasaka zu bieten hatten. Als Mistler seine Anrufe erledigt und sich ausgezogen hatte, glaubte er, jeden einzelnen Knochen und jedes Gelenk schmerzhaft zu spüren. Er wählte die Nummer des Massagezentrums im Hotel und bestellte sich eine Masseuse. Eine junge, fügte er hinzu, neugierig, was die Bestellung wohl ergeben würde.

Masseuse in fünfzehn Minuten in Ordnung? zirpte eine Stimme.

In Ordnung.

Er schaltete gedämpftes Licht ein, stellte den Knopf an seinem Nachttisch auf die nachmittägliche Tanzmusik, mit der das Hotel um diese Stunde die Zimmer berieselte, und legte sich aufs Bett. Als er auf das Klopfen hin die Tür öffnete, stand eine mit zwei Goldzähnen geschmückte Werktätige in mittleren Jahren da; er ließ sie ein. Sie verschwand im Bad, kam wieder heraus, legte die Kissen auf seinem Bett für die Prozedur zurecht, wickelte ihm ein Handtuch um die Mitte und fing an, seine Schultern zu bearbeiten. Erstaunliche, unbarmherzige Finger schufen eine ganz eigene Hitze.

Kräftige Massage o. k.?

O. k.

Erneute Frage, als sie an seinem Steißbein angekommen war: Doppelmassage o. k.? Doppelter Preis.

Zustimmendes Knurren.

Nur eine Minute bitte.

Sie sprach ins Telefon.

Und wendete sich wieder seinem Körper zu. Der Druck wurde intensiver und von anderer Art. Als sie seine Hinterbacken knetete, fuhr etwas – ihr Ellbogen oder ihre Handkante – in den Spalt dazwischen und stimulierte, wie ihm schien, seinen Anus. Er spürte den Beginn einer Erektion, die ganz unabhängig von seinem Willen und sicherlich ganz abgekoppelt von den Zauberkünsten dieser geschäftsmäßigen, kurzbeinigen Dame war. Weiter abwärts. Arbeit an seinen Oberschenkeln, besonders an der Innenseite. Ihre Hand suchte nach seinen Hoden, tastete sie ab und bewegte sich weiter nach unten in weniger interessante Regionen. Kam zu Mistlers Kniekehlen, seinen Waden, die sie malträtierte, seinen Zehen. Diese ließ sie einen nach dem anderen knacken.

Gut so? Auf den Rücken legen, bitte.

Die Erektion war gewaltig geworden. Sie zeichnete sich unter dem Handtuch ab. Die Frau drohte mit dem Finger, schüttelte den Kopf und massierte wieder in umgekehrter Richtung, von den Zehen aufwärts, das Bein entlang in die Gegend der Hoden. Hier und dort ein Strich mit dem Finger. Sie lüftete das Handtuch und prüfte stirnrunzelnd die Lage.

Lange Zeit keine Liebe mehr?

Er schüttelte den Kopf. Wie verstand sie wohl die doppelte Verneinung?

Spezialmassage? Nicht weitersagen?

Diesmal nickte er bejahend.

Sie masturbierte ihn wie noch nie eine Frau, so gut, wie er es selbst nicht einmal als Schüler gekonnt hatte, als er immer mal die Hausaufgaben wegschob, die Hände mit Salbe einrieb und sich auf dem Bett im Schlafraum wand. Als er spritzte, putzte sie ihn mit einem Kleenextuch ab und machte weiter. Am Ende benutzte sie ihren Mund. Nachdem sie zierlich in einige Tücher gespien hatte, bemerkte sie: Doppelt kommen. Stark.

Sie rieb ihn mit einem feuchten Waschlappen ab und fragte: Sie bleiben Tokio?

Ja.

Wenn Sie Massage wollen, Matsumota fragen. Nicht vergessen?

Nein.

Das mußte ihr Name sein, nicht etwa das Wort für die Sache. Mit mustergültiger Effizienz machte sie sein Bett und trug die Handtücher ins Bad. Als alles in Ordnung gebracht war, gab sie ihm eine Hotelrechnung zum Unterschreiben, verbeugte sich und schlurfte zur Tür hinaus, in der Hand die Plastiktüte, in der sie ihr Talkumpuder und das Babyöl verstaut hatte.

Warum war ihm diese scheinbar so banale Szene wieder eingefallen? Woher kam die hocherotische Wirkung, die ihm eine Erektion von ungewohnter Heftigkeit eingebracht hatte? Seine Erfahrung mit Lina schien die Verwirrung zu mildern, die ihn damals angesichts dessen, was er getan und zugelassen hatte, überfiel. Auch in Tokio hatte er nicht gewußt, ob er ein Schauspieler oder nur ein Bühnenrequisit war. Die japanische Dame war keineswegs zu ihren Leistungen verpflichtet gewesen: Er hatte nur eine Massage verlangt, sonst nichts. Der Rest war ihre Erfindung. Sie hatte offenbar Gefallen daran gefunden, mit seinem Gerät zu spielen, den dummen reichen Fremden zum

Ejakulieren zu bringen, gleich zweimal, fast ohne Pause, in ihre rauhen Hände und dann in ihren Mund, diesen Alptraum jeden Zahnarztes. Damit hatte sie ihm womöglich auf ihre Art klargemacht, wer der Boss war, und ihn erniedrigt. Und was hatte seine Lust so zum Überschäumen gebracht? Sie zu erniedrigen, zu wissen, daß eine nüchterne, mittelalte Frau, sicher älter als er, die nach Hause gehörte und ihrem Ehemann klebrigen Reis hätte kochen sollen, stattdessen ihm solche Dienste erwies, ohne daß er einen Finger gerührt hatte? Sie zu erniedrigen und selbst erniedrigt zu werden. Von ihr. Wachs in ihren Händen. Das war es doch, was er vom Sex erhoffte, das war doch der Grund, warum er Lina so dringend brauchte. Sie würde sich ihm anbieten. Mit ihren eigenen Händen. Unaufgefordert.

Er hielt sich nicht damit auf, den Bademantel überzuziehen. Er bearbeitete sich, um steif und steil aufgerichtet wie ein Bumerang zu bleiben, stolzierte zur Wohnzimmertür und stieß sie auf. So wollte er Lina stoßen, gleich dort, während sie sich wie ein U über das Tischchen beugte. Aber Lina saß nicht in dem Sessel, in dem sie sonst las, auch nicht auf dem Sofa. Das Zimmer war leer. Mistler spürte, wie seine Erektion verging. Auf dem Boden, wo er nichts übersehen konnte, lag ein doppelt gefalteter Bogen Hotelbriefpapier mit der Aufschrift: Mr. Mistler, zweimal unterstrichen. Er hob das Papier auf und las:

Tschüs, Thomas. Ich hatte gehofft, wir könnten uns ein paar schöne Tage machen. Ein harmloses Abenteuer für uns beide. Als ich bei Mrs. Williams' Essen neben Dir saß, habe ich geglaubt, daß ich Dir gefalle, obwohl Du ganz cool und höflich geblieben bist.

Jetzt ist mir klar, daß cool und höflich sein alles ist, was Du geben willst, und so höflich bist Du nun auch wieder nicht. Nicht, wenn Du aufs hohe Roß steigst und anfängst, einen richtig klein zu machen, wie heute nachmittag. Morgen nachmittag wäre ich sowieso abgefahren, um mit dem Job in Paris weiterzukommen, aber ich glaube, ich gehe besser jetzt gleich. Dann hast Du einen extra Tag in bester Gesellschaft – mit Dir allein! Das ist ein abgedroschener Witz, ich weiß, aber den kann ich mir nicht verkneifen. Mitleid mit mir mußt Du nicht haben, aber falls Du mal wieder auf den Boden runterkommst und Dich erinnerst, daß Du gesagt hast, Du würdest mir helfen, an Aufträge von Deiner Firma zu kommen, dann wäre ich wirklich dankbar. Dann spreche ich sogar ein Gebet für Dich. Wie findest Du das?

Danke für die Kleider und das viele gute Essen.

Das wär's dann wohl. Mach's gut! Lina

P.S. Ich glaube, Du magst Frauen eigentlich gar nicht. Ich weiß nicht mal sicher, ob Du Sex magst. Was ist nur los mit Dir?

Der Wind vom Kanal war kühl. Mistler erschauerte, schloß die Fenster und ging ins Schlafzimmer, um seinen Bademantel zu holen. Er las den Brief noch einmal, knüllte ihn zusammen, warf ihn in den Papierkorb und sagte laut, weil die Stille im Zimmer nicht zu ertragen war: Das hätte sie sich sparen können, aber ich habe es ja nicht anders gewollt. Dann korrigierte er sich. Er hatte nicht gewollt, daß Lina ihm in Venedig auf die Bude rückte. Sie waren sich vorher ein einziges Mal begegnet, und er hatte sie nicht ermutigt. Das ganze Theater mit der Fotografierei war eine Frechheit. Sie war es, die es darauf angelegt hatte. Genau genommen bekam sie genau das, was sie gewollt hatte: einen Aufenthalt in einem feinen Hotel in Venedig und das Versprechen auf Arbeit für die Agentur. Ihr Fehler war, daß sie sich nicht auf nette Art verabschiedet hatte. Sein Fehler war, daß er sie nicht sofort hinausgeworfen hatte. Die gute Nachricht, so hätte sie vielleicht gesagt, war, daß er sie nicht mehr wiedersehen mußte. Es würde keine Annäherungsversuche, keine Verabredungen zu einem Drink oder zu einem Mittagessen in New York geben. Die schlechte Nachricht war, daß der Brief ein Täuschungsmanöver sein konnte und daß sie gar nicht am nächsten Tag abreiste. Sie war eine Schnüfflerin und wußte Bescheid über seine Pläne. Und wenn sie nun wirklich denselben Flug nach Paris buchte wie er? Vielleicht tauchte sie am Flughafen auf, mit einem Lächeln, das ihm sagte: Da bin ich wieder, ich war ungezogen. Dann zwang sie ihn dazu, zwischen zwei gleichermaßen unangenehmen Alternativen zu wählen, sie entweder abzuschütteln oder das Richtige zu tun, also draufzuzahlen, damit sie im Flugzeug neben ihm sitzen konnte, und sie nach der Ankunft in die

Stadt mitzunehmen. Wer weiß? Am Ende wollte sie noch mit ihm in sein Hotel gehen.

Eine zweite Rasur vor dem Abendessen war überflüssig, aber er rasierte sich trotzdem und las anschließend die *Tribune* in der Badewanne zu Ende. Die Börsenkurse standen schlecht, die Aktien von Omnium auch und die der anderen Werbeagenturen auf der Liste ebenso. Er hoffte, der Abwärtstrend würde bis zu dem Tag anhalten, da der Kurs für den Austausch der Mistler Berry Anteile gegen Omnium Anteile festgesetzt wurde, aber die Talfahrt sollte nicht so rapide werden, daß man nicht mehr bremsen konnte, und sie sollte auch nicht zu lange anhalten, damit seine Truppen nicht meuterten und bereuten, kein Bargeld genommen zu haben. Daß Aktien steigen und fallen, ist leicht zu sehen, aber schwer zu behalten. Mike Voorhis hatte ihm gesagt, die Anwälte würden die Vertragsdokumente in zwei Wochen zur Unterschrift fertig haben. Wenn die Katze erst einmal aus dem Sack war, würde er mit vielen Leuten reden müssen. Mit den Angestellten von Mistler Berry und denen von Omnium, mit all den Klienten, denen er noch nichts angedeutet hatte, mit Wirtschaftszeitungen, Bankern, Marktforschern. Wenn Voorhis recht hatte, dann plante Jock Burns einen gemeinsamen Auftritt mit Mistler bei einem Galaessen im Plaza Hotel. Übelkeit und diese Schwäche in den Armen, als würde er zusammengeschlagen – sie schienen seine geistige Beweglichkeit nicht zu beeinträchtigen. Aber liebenswürdig und ausgeglichen bleiben? Das konnte man nur, wenn man sich nicht elend fühlte. Auch die schwarze Katze würde er aus dem Sack lassen und der Mistlerfamilie förmlich vorstellen müssen. Vielleicht konnte er Sam überreden, übers Wochenende nach New York zu kommen, gleich nachdem er selbst wieder dort war; die wichtigen vertraulichen Neuigkeiten über das Unternehmen mochten dabei als Vorwand dienen. Schließlich würde das Geld ja eines Tages ihm gehören. Und dann konnte er Clara und Sam gleichzeitig in Kenntnis setzen. Möglichst in Crow Hill.

Er holte Linas Brief wieder aus dem Papierkorb und las ihn noch einmal genau. Es stand nichts darin, was ihm einen Grund gab, so hysterisch zu werden. Hätte er ihr erzählt, daß er krank war, dann hätte sie versucht, ihn zu trösten. Vielleicht sogar mit Erfolg. Das »Abenteuer« war demütigend gewesen, im Bett und außerhalb, das konnte er auch ohne sein neues Prisma sehen. Sie hatten es beide darauf angelegt. Daß er Frauen oder Sex nicht mochte, war eine interessante Bemerkung. Vielleicht waren ihre Erwartungen zu hoch geschraubt, vielleicht hatte sie auch recht. Sie würde ihre kümmerlichen Aufträge von der Agentur bekommen. Er hielt sich immer an Versprechen, schade, daß sie das nicht erkannte. Aber wo sollte sie auch die Spielregeln für das Benehmen eines Gentleman gelernt haben. Von Tony Gansevoort, du Depp. Was sie nicht verdient hatte, war das Zeug in der Gesuiti Kirche. Und in dem scheußlichen Café hatte er dann alles noch weitergetrieben, das war unfair, fast eine Beleidigung für sie. Sie würde sich davon erholen, man erholt sich immer wieder, bis die Ziellinie hinter einem liegt, so wie man nach schmierigem Sex wieder Ordnung und Sauberkeit herstellt. Kleidung tadellos, Anblick und Geruch wie neu. Auch die Psyche rafft sich wieder auf. Alles endet gut, weil alles endet, das hatte Madame Portes gesagt, als sie den Vater während seiner letzten depressiven Phase zusammen im Krankenhaus besucht hatten. Nur wenn man will, daß alles endet, entgegnete er. Das wies sie zurück. *Chérie*, erklärte sie, deine Wünsche sind nicht *à l'ordre du jour*.

Auf dem Weg zu seinem Abendessen war er nur bis zu Santa Maria del Giglio gekommen, da fing es an zu nieseln. Sollte daraus ein richtiger Regen werden? Ein heftiger Guß nach einer Reihe perfekter Tage würde ihn nicht überraschen. Wie war die Wettervorhersage? Er hatte sich nicht die Mühe gemacht, *Il Gazzettino* zu lesen. Ganz gleich, was darin stand, das Risiko, triefnaß zu werden, brauchte man nicht einzugehen. Das Restaurant war bis in die Nacht geöffnet, und er hatte den Tisch für den späten Abend bestellt. Er nahm an, daß Signor Nerone, der Besitzer, in Erwartung seines Besuchs schon eine gute Flasche Rotwein entkorkt und vielleicht dekantiert hatte. Aber Mistler wollte nicht umkehren, nur um seinen Regenschirm zu holen. Der Portier würde sofort die Gelegenheit nutzen, noch einmal zu erzählen, wie er *la signorina* – nach Regeln, die in einer solchen Schnelligkeit angewandt wurden, wie man sie sich vom Zimmerservice vergeblich wünschte, war Lina in eine jüngere Altersgruppe oder eine niedrigere gesellschaftliche Kategorie herabgestuft worden – angefleht habe, sie möge ihm doch erlauben, ihr ein Wassertaxi zu bestellen, und wie sie sein Flehen in den Wind geschlagen habe und in den *campo* entschwunden sei – ganz allein – und den Koffer auf den ratternden kleinen Rädern hinter sich hergezogen habe. *Basta!* Er schlug den Mantelkragen hoch, überquerte die Brücke und ging ein kleines Stück auf der Calle Larga 22 Marzo. Dann wendete er sich nach links und kam am Fenice vorbei. Nerone war nur zwanzig Schritt weit, in der Terrà degli Assassini, einem kleinen aufgefüllten *rio*, der an einem Verbindungskanal zwischen dem Bacino di San Marco und dem Canal Grande endet, nachdem dieser seine schwindelerregende erste Schleife gezogen hat. Lästige Liebhaber, fremde Kaufleute, die zu leichtsinnig die Dukaten in ihrem Geldbeutel vorgezeigt haben, und, im Anschluß an dieses Essen, auf das er sich so freute, und nach dem schweren Wein, womöglich auch Mr. Mistler: So viele zu Bündeln verschnürte Leiber werden in Nächten wie dieser in die trübe Flut geworfen! Kein Bleigewicht wird ihnen an die Füße gebunden. Die Ganoven hoffen einfach darauf, daß Flut und Strömung günstig zusammentreffen und den toten Mann aus der Sicht und aus dem Sinn spülen, an San Giorgio vorbei auf den schmalen Strand am Lido. Wenn die Jungfrau ihren Segen gibt, mag der Leichnam vielleicht auf den Golf und das offene Meer hinaustreiben und Le Vignole und die Hürden der Inseln und Untiefen in der Lagune hinter sich lassen. Das war eine Passage, die auch einen lebendigen Mann locken könnte, mit einer Gondel oder einem

Skiff, über die Ruder gebeugt, ganz allein, umgeben nur von öligem Wasser und aufgestörten Vogelschwärmen. Oder sollte man den schwereren Weg, den nach Süden, versuchen?

Mistler spähte durchs Fenster hinein. Nerone war eigentlich ein *vini*, so groß wie ein Diner an der unteren 10th Avenue. Für einen Wochentag ganz gut besucht. In zwei Nischen standen Tische, die Platz für vier Esser boten, aber für zwei Personen gedeckt waren. An dem einen davon, gleich neben der Küche, würden Signor Nerone und sein Assistent essen, wenn die letzten Gäste bedient waren. Auf dem anderen Tisch warteten neben den gestärkten weißen Servietten und einem Korb mit Stangenbrot ein Krug mit Rotwein und die Flasche, aus der der Wein umgefüllt worden war. Das mußte Mistlers Tisch sein. Schade! Ein Gedeck mußte wieder abgeräumt werden. Mistler trat ein, winkte in Signor Nerones Richtung und nahm Platz.

VIII

Wieder im Hotel, ruft er Clara an. Sie hat sich doch noch entschlossen, zu dem Dinner bei den Voorhis zu gehen, ja heute abend. Wirklich? Das ist sehr aufmerksam. Er hätte nicht gewagt, sie dazu zu drängen, aber Mike wird sich ganz besonders freuen. Nein, daß sie allein kommt, wird die Voorhis nicht stören – nicht im geringsten! Mike hat schwer für die Agentur gearbeitet, besonders in den letzten Monaten. Sie werden begeistert sein, daß sie nicht abgesagt hat, obwohl Mistler verreist ist. Ja, natürlich freue er sich auch ganz besonders. Er wisse, daß sie es für ihn tue und nicht für Mike oder Ellen Voorhis. Merke sie denn nicht, daß er sich freue? Wer sonst noch dort sein wird? Keine Ahnung, aber bestimmt noch andere Leute. Oh, vielleicht ein Sozius aus der Kanzlei, der auch für die Agentur arbeitet, vielleicht Schwartz, der Steueranwalt, und seine Frau, die Gynäkologin, Leute, die auf dem Land in Garrison ihre Nachbarn sind, ungefähr solche Gäste. Sam hat nicht angerufen? Ärgerlich. Selbstverständlich müsse sie nicht glauben, daß etwas Besonderes dahintersteckt. Nein, irgendwas steckt immer dahinter? Vielleicht ist er einfach sehr beschäftigt, und er plaudert sowieso nicht gern am Telefon, das wisse sie doch. Unsoziales Benehmen? Das ist etwas übertrieben, aber wenn es wirklich so sein sollte, dann richtet es sich gegen alle Welt, nicht gegen sie. Ha! Ha! Das Mädchen? Welches, Monique oder das Kind? Natürlich ist es manchmal peinlich, mit ihm zu sprechen, wenn man weiß, daß Monique im Zimmer ist, aber daran sollte man sich gewöhnen. Schließlich werden die beiden heiraten. Sie hat recht, da können wir nichts machen. Gut, dann ruf ihn im Büro an. Wenn er nicht zum Telefon geht, dann spricht man ihm etwas auf den Anrufbeantworter und bittet um Rückruf, oder man ruft ihn zu Hause an, wenn Monique in der Klinik arbeitet. Ja, das bedeutet, nach fünf Uhr nachmittags New Yorker Zeit anzurufen. Oh, er rufe Sam immer an, wenn er ihm etwas zu sagen habe, Monique störe ihn nicht. Richtig, auch das Kind nicht. Nein, das heiße nicht, daß er überheblich sei, er sei nur weniger empfindlich. Nein, beim Essen sei er nicht mit Leuten zusammengewesen. Das sei doch die Spielregel: in Venedig niemanden zu kennen und sich nie mit anderen durchreisenden Amerikanern zu verabreden. Er habe allein gegessen, bei Nerone, ziemlich spät. Man könne nur staunen, wie Nerone den Betrieb so viele Stunden schaffe. Richtig, er sei spät dran gewesen, weil er einen Mittagsschlaf gehalten und keine Lust zum Aufstehen gehabt habe. Ja, und dann sei ihm doch nach Ausgehen zumute gewesen. Ach, die üblichen Leute. Zwei Tische mit Einheimischen plus französische und amerikanische Stammgäste. Übrigens sei ein französisches Paar dagewesen, das sie kenne. Er habe sich nicht zu den beiden gesetzt, sie hätten ihn begrüßt, als sie gerade gehen wollten, und sich dann noch zu ihm gesetzt. Ja, genau das habe er sich gewünscht. Simonnet. Arnaud Simonnet, der Banker, und die Ehefrau, die den echten Designer-Look zur Schau stellt. Yolande, sie heißt Yolande, aber Simonnet nennt sie Yo. Stimmt, auf jugendlich gemacht; als sie mit den Simonnets verkehrten, wird es Cardin gewesen sein. Stimmt, breite Schulterpolster und viel Bein. Heute abend? Sie hatte einen Hosenanzug an und Leder. Riemen, breiter Gürtel und Weste – bestimmt nicht S&M, eher Hermès. Nein, viel gesagt hätten sie nicht, vorwiegend über französische Politik geredet, die neuesten Schauergeschichten über Mitterand, solches Zeug. Mit ihm gegessen hätten sie nicht, sie seien schon fertig gewesen. Nur von seinem Wein getrunken. Das war in Ordnung so; hätte er die ganze Flasche allein ausgetrunken, dann wäre es vielleicht mit dem Rückweg zum Hotel schwierig geworden. Keine Pläne, sich noch einmal zu verabreden. Nein, habe er nicht. Yolande treffen? Was für ein bizarrer Einfall! Natürlich, Simonnet würde sich gern mit ihm anfreunden, er, Mistler, sei der Unsoziale. Das stimmt, genau wie Sam. Er rufe morgen abend wieder an. Ja, vor sechs Uhr nach ihrer Zeit.

Seit wann war sie so bleischwer und langweilig? Eine rein rhetorische Frage, eine von vielen, die Mistler sich stellte, um Dampf abzulassen. Dafür brauchte man keine Antwort. Wenn er aber ernsthaft darüber nachdachte, dann war ihm keineswegs klar, ob sie sich in dieser Hinsicht eigentlich sehr verändert hatte. Ihre Langsamkeit, diese Angewohnheit, alles, was er sagte, erst einmal in sich einsinken zu lassen und dann mindestens noch zweimal nachzufragen, um sicherzugehen, daß sie es auch wirklich verstanden hatte, diese endlose Fragerei: Wenn du sagst, du rufst morgen abend an, meinst du dann New Yorker Zeit, nicht, wenn es Abend ist in Timbuktu? und dergleichen – war das neu an ihr? Früher einmal hatte dieser besondere Tick, mehr war es ja nicht, ihn amüsiert; er neckte sie damit. Er war derjenige, der sich verändert hatte. Nun reagierte er gewöhnlich mit Ungeduld. Und selbst wenn er sein bestes Benehmen bemühte, so wie gerade eben, konnte der Anschein von Fürsorglichkeit schnell in Herablassung umschlagen, und diese war der Filter, der ihr flehentliches Bitten um Bestätigung in das unerträgliche Nörgeln einer verunsicherten, unzufriedenen Ehefrau verwandelte. Nein, schlimmer, einer gedemütigten Frau. Clara, gefügig und zur Ordnung gerufen wie ein Hund, als er sie wegen Peter Berry zur Rede stellte. Alle Beteiligten hatten sich gleichviel Erniedrigung eingehandelt; Erniedrigung als Währung für ihren Deal: eine säuberlich ausgeglichene Transaktion. Sie konnte nicht eine Minute lang glauben, er habe vergeben oder vergessen – da sie selbst nicht vergessen hatte. Wahrscheinlich war sie überzeugt, daß der Deal ihm immer gegenwärtig war, wenn er an sie dachte, und ganz bestimmt jedesmal, wenn sie fickten. Das war wohl die Formulierung, die sie für sich gebrauchte. Es hatte ihn ziemlich überrascht, ihm aber auch einen gewissen Kitzel verschafft, daß sie ihre erste Kopulation ganz ohne Umschweife mit diesem Wort bezeichnete, und seitdem blieb sie dabei, vielleicht, weil sie seine Erregung wahrgenommen hatte. Wäre es eine zusätzliche Demütigung für sie, wenn er ihr, bevor alles zu

Ende war, versicherte, daß sie sich irre, daß seine Erinnerung an das Unrecht und an den Haß nur anfallsweise auftrat, wie Sumpffieber?

Simonnet und Yolande hatten ihn überrascht. Daß sie ihn im Restaurant grüßten, war wohl unvermeidlich gewesen, allerdings hätte er an ihrer Stelle diese Höflichkeit unterlassen, da sie im *vaporetto* keinerlei Erkennungszeichen gegeben hatten; es wäre ganz leicht gewesen, aus einem solchen Lokal hinauszugehen, die Augen geradeaus auf die Tür gerichtet, auch wenn sie sich dermaßen geräuschvoll von Signor Nerone verabschiedet hatten, daß er von seinem panierten Schweinskotelett abgelenkt wurde und ganz zufällig aufsah. Das konnte noch als Dummheit durchgehen, die sich als Höflichkeit präsentiert. Aber war es dann, nachdem er sich schwerfällig erhoben hatte, um ihnen die Hand zu schütteln, nötig gewesen, ihn zu fragen, ob sie sich zu ihm setzen dürften, und mußten sie zudem auch noch sein sehr zögerndes Angebot annehmen und ein Glas Wein mit ihm trinken? Nicht zum ersten Mal hatte Mistler den Herdentrieb verflucht, der Touristen überkommt, diesen Zwang, bei der Begegnung mit einem Bekannten auf ausländischem Boden sofort zu einer Vertraulichkeit überzugehen, die keineswegs durch frühere Verhältnisse gerechtfertigt ist. In Simonnets Fall mußte das Bedürfnis – oder war es Schulung? –, Geschäftskontakte bei jeder Gelegenheit zu pflegen, selbst dann, wenn die Umstände besonders ungünstig sind, eine Rolle gespielt haben. Aber die grobe Taktlosigkeit danach war stark. Wie kamen sie dazu, ihm zu erzählen, daß sie ihn am selben Tag an Bord des *vaporetto* gesehen hatten, und dann auch noch Bemerkungen darüber zu machen, daß seine charmante junge Begleiterin nicht mit ihm am Tisch saß! Damit war die einzige wohlwollende Erklärung für ihr Verhalten im Boot hinfällig: daß sie ihn nicht gegrüßt hatten, weil sie die altmodische Regel befolgten, die vorschreibt, einen Mann in Begleitung einer Frau zu übersehen, wenn diese weder mit ihm verheiratet noch verwandt ist, es sei denn, er gibt zuerst zu erkennen, daß er gesehen werden möchte. Und dann noch zu fragen – das hatte Yolande getan –, ob die Simonnets die junge Dame kennenlernen dürften, falls sie alle vier noch bis Sonntag in Venedig blieben? Er sagte mit so brutaler Endgültigkeit nein, daß sie ihn eigentlich im selben Moment hätten fluchtartig verlassen müssen. Statt dessen wurde er erneut überrascht: Yolande schenkte ihm ein Lächeln, das nachsichtig und wissend zugleich war. Sie tätschelte Simonnets Arm, als ob auch er ihr Mitgefühl brauchen könne, und bemerkte: Ah, Ihre junge Freundin mußte schon vor dem Wochenende abreisen! Sie arbeitet, macht Karriere. Diese jungen Menschen, sie sind immer in Eile – sie können sich keine Zeit zum Glücklichsein nehmen, nicht einmal an diesem himmlischen Ort.

Mistler sagte nichts.

Offenbar entschlossen, ihren Gedanken zu Ende zu führen, obwohl er keinen Zusammenhang erkennen konnte, fügte sie hinzu: Und die arme Elisabeth Portes! Was für eine Tragödie! So jung sterben zu müssen. Wir haben Sie noch nicht gesehen, seit sie dahinging.

Sie standen ihr so nahe. Ihre Schwester, Mireille Leroux, die Witwe von Professor Leroux, dem Kardiologen, natürlich kennen Sie sie auch, spricht voller Bewunderung von Ihnen.

Das war die dritte Überraschung, und eine besonders unwillkommene. Er erinnerte sich, daß Simonnet irgendwann am Ende einer Geschäftssitzung gesagt hatte, er kenne die Schwester von Madame Portes und habe von ihr erfahren, daß Mistler zu ihren Freunden zähle, und er wußte noch, daß Clara und er ein einziges Mal zum Essen bei Simonnets gewesen waren und daß er zusammengezuckt war, als Yolande den Namen Madame Portes erwähnt hatte. Da er nicht die mindeste Absicht hatte, Dinge, die nur ihn allein angingen, mit diesen Geschäftsbekannten zu erörtern, hatte er seine Reaktion auf ein neutrales Brummen beschränkt.

Mireille sagte uns, es war eine furchtbare Krankheit.

Ja.

Mireille erzählte, Sie hätten Elisabeth regelmäßig besucht. Das tun so wenige wichtige Männer – und Sie kamen eigens aus New York! Kannten Sie sie schon lange?

Eine Freundin von Mutter.

Natürlich, auch von ihren Musikfreunden waren viele sehr anhänglich. Sie hat so viel für die Musik getan, und Künstler nehmen sich Zeit für Freundschaft. Sie sind anders als so vielbeschäftigte Männer wie Sie und Arnaud. Was für ein vergeudetes, unerfülltes Leben! Sofort nach der Nonnenschule mit einem unsympathischen Freund des Vaters verheiratet zu werden, mit einem Mann, der ebenfalls ihr Vater hätte sein können – und er starb auch gleich danach und hinterließ ihr keinen Pfennig. Nicht, als ob dies *une polichinelle dans le tiroir* gewesen wäre, eine »Mußheirat« sagt man in Ihrem Land, glaube ich. Sie hat nie wieder geheiratet, war ohne Familie, bis auf die arme Mireille und deren Sohn. Sie wissen, daß der Junge jetzt in Brasilien lebt. Ganz *entre nous*, es bricht Mireille das Herz, daß er so weit fort ist. Alleinleben ist schwer für Frauen, wenn sie älter werden. Besonders in der Lage von Elisabeth Portes. Und dann so vereinsamt sterben zu müssen! Meinen Sie nicht auch, daß auf dem Totenbett nur die Familie zählt?

Simonnet unterbrach sie: Hatte Elisabeth nicht lange eine Beziehung zu einem Mann, der sie nicht heiraten wollte oder konnte?

Ich weiß nicht, gab Yolande zu. Ich glaube, da gab es viele Männer. Wahrscheinlich ganz ungehörige Geschichten.

Madame Leroux mußte die Affäre ihrer Schwester mit Mistlers Vater, in ihren Augen ein skandalöses Konkubinat, der geheime Schandfleck auf der Familienehre, in der Tat höchst anstößig gefunden haben. Sonst wäre sie nicht so diskret gewesen. Hätte sie einen ungewöhnlichen Namen wie Mistler ausgesprochen, dann hätten diese aufdringlichen, taktlosen Menschen den Namen wohl kaum vergessen, und selbst wenn sie ihn wie durch ein Wunder vorübergehend aus dem Gedächtnis verloren hätten, dann wäre er ihnen bestimmt wieder eingefallen, während sie hier seinen Barolo schlürften und über eine tote Frau herzogen, die sie überhaupt nicht gekannt hatten. Mistler erinnerte sich mit Abscheu an Madame Leroux. Während jener grauenvollen Wochen hatte sie sich abgesichert, daß ihre Schwester nur ja nicht in einem Augenblick von Schwäche oder Umnachtung die Familienpflichten vergaß und am Ende ihr Geld dem Sohn ihres Liebhabers vermachte. Diese Angst schien sie schon lange gehegt zu haben. Wann immer er mit ihr allein war, zum Beispiel im Flur vor dem Krankenzimmer, während die Schwestern hinter der Tür, die durch einen Vorhang abgetrennt war, mit einer nicht näher zu beschreibenden Aufgabe beschäftigt waren, klagte Madame Leroux über die Inflation, die ihre Witwenpension aufgezehrt habe, und über den nach Meinung ihres Anwalts trostlosen Zustand ihrer Finanzen. Sie sei gezwungen, ihr Kapital anzugreifen. Natürlich könne Elisabeth ganz nach Belieben über ihr Vermögen verfügen, *cher Monsieur*, aber wenn sie nur ein wenig darüber nachdächte, würde sie begreifen, daß es in ihrer Macht stünde, ihrem Neffen Unabhängigkeit zu schenken. Welche Erleichterung das für seine Mutter bedeutete! Der Junge sei mit einem Mädchen aus guter Familie verlobt, das jedoch keinen Pfennig besitze. Wenn die beiden heirateten und Kinder bekämen, dann hätten sie buchstäblich keine Sicherheit außer dem kleinen, schwindenden Vermögen der Mutter. Mistler vermutete – es war ihm sogar vollkommen klar –, daß sie an sein Taktgefühl, wenn schon nicht an den Familiensinn zu appellieren hoffte, der bei ihrer Schwester, wohl wegen deren unkonventioneller Lebensführung, womöglich verkümmert war. In diesem Fall mochte Mistler im Verlauf der vielen Stunden, die er *tête à tête* mit Madame Portes verbrachte, vielleicht darauf verzichten, sie zu überreden, daß sie ihr eigen Fleisch und Blut enterbte. Oder, falls sie schon böser Absicht sei, mochte er sie vielleicht im letzten Moment noch daran hindern, ein solches Verbrechen zu begehen! Unter anderen Umständen hätte Mistler vielleicht darüber gelacht, daß man ausgerechnet ihm eine Aufgabe anvertraute, die eigentlich dem Gemeindepfarrer hätte zufallen müssen. Er fragte sich, ob sie zu hoffen wagte, daß Mistler, wenn es zum Schlimmsten käme, zugunsten des natürlichen Erben auf die Erbschaft verzichten würde.

Die Möglichkeit, daß sie auch Madame Portes mit ihren Geldsorgen zur Last fiel, entsetzte Mistler. Mit unendlicher Vorsicht bat er diese, Madame Leroux zu beruhigen, sie habe in Bezug auf die Erwartungen ihres Sohnes nichts zu befürchten.

Madame Portes lachte – das Timbre ihrer Stimme und die funkelnde Kaskade ihres Gelächters hatten sich nicht verändert. Ach, das Leroux-Bübchen! Wenn mir der *esprit de famille* fehlen würde, hätte ich wirklich alles dir vermacht. Dein Vater war so großzügig, und alles, was ich nicht sofort ausgab, wurde sehr klug angelegt. Zuerst machte er mich zu einer glücklichen Frau, Thomas, und dann machte er mich reich. Du weißt, daß er meine Hilfe ablehnte, als seine schrecklichen Geldsorgen anfingen.

Das war nicht nötig, Tante Elisabeth. Er hatte mehr als genug, um die Verluste zurückzuzahlen.

Ich sollte dir wenigstens den Schmuck vererben. Den hat er mir geschenkt. Diese kleine Pflaume, die das Leroux-Bübchen heiraten will, wird ihn nie tragen. Er wird verkauft werden. *L'esprit de famille!* Du bist der Sohn, den ich haben wollte, der Sohn, den er und ich hätten haben müssen. Thomas, dein Erfolg, der ist doch nicht nur an der Oberfläche?

In meinem Leben?

Auch das. Aber in deinem Unternehmen?

Tante Elisabeth, heute lebt niemand mehr im Überfluß, aber ich bin vielleicht reicher, als er je war. Und sonst? Ganz ordentlich, *sans histoires*. Jedenfalls bin ich nicht wie Vater. Wenn ich morgens aufwache, geht es mir gut. Was der kommende Tag oder die Woche von mir fordern, belastet mich nicht.

So war er auch, sagte sie, aber nur nach außen hin. Dann zog sie den Ring mit dem riesigen Saphir vom Finger, ließ ihn in Mistlers Hand gleiten und deckte seine Finger darüber.

Den gab er mir, nachdem wir dich zum ersten Mal im Internat besucht hatten. Das hast du doch nicht vergessen? Keine Widerrede, ich will, daß du ihn behältst.

Mistler sah über den Tisch. Die Simonnets waren nicht verschwunden. An die würde er sich auch mit Abscheu erinnern. Und doch, was für ein günstiges und zugleich merkwürdiges Zusammentreffen, daß gerade diese Leute ihm den Saphir wieder ins Gedächtnis gerufen hatten. Clara hatte den Ring nie gesehen. Gleich wenn er wieder in New York war, wollte er ihn aus dem Banksafe holen und ihn Sam geben, wenn er käme, beim Mittagessen im Club, falls es nicht schon zu spät war, in dem rissigen roten Lederkästchen für Manschettenknöpfe, das seinem Vater gehört hatte und in dem er den Ring von Anfang an aufbewahrt hatte. Er würde einiges erklären müssen, damit Sam verstehen konnte, daß nicht nur der Preis des erstaunlichen Steins wichtig war. Sein Sohn konnte dann entscheiden, ob und wann er ihn Monique schenken wollte.

Wartete Madame Simonnet etwa auf eine Antwort? Simonnet hatte sein Glas leergetrunken. Vielleicht wollte er sich nachschenken lassen. Weder Mann noch Frau rührten sich. Das Schweigen war grotesk.

Wie geht es der Bank? fragte Mistler. Ich nehme an, wir arbeiten mit Ihnen zusammen.

Längst nicht genug. Darüber würde ich mich bei Gelegenheit gern einmal mit Ihnen unterhalten.

Das überlasse ich mittlerweile anderen Leuten. Sprechen Sie mit dem Direktor unserer Finanzverwaltung in London. Aber jetzt dürfen wir Yolande nicht mit Geschäftlichem langweilen, und Nerone möchte auch schließen.

Es hatte aufgehört zu regnen. Yolande sagte, sie wohnten im Monaco – sein Hotel lag auf dem Weg dorthin –, sie könnten doch zusammen zurückgehen. Dieses Paar klebte an einem wie Leim.

Ich habe mir den Knöchel ganz übel verstaucht, entgegnete er. Am besten humple ich allein nach Hause.

Sein Bett war gemacht und aufgedeckt, das Bad aufgeräumt, frische Blumen auf dem Kaffeetisch im Wohnzimmer. RAI Tre zeigte einen Film aus den fünfziger Jahren. Fette Burschen von der Staatspolizei Louisiana beschimpfen in fließendem Italienisch einen Halbwüchsigen mit Bürstenschnitt, dem ein Kamm aus der Hemdtasche herausschaut. Der Motor des Streifenwagens läuft, im Radio knistern atmosphärische Störungen, das Blaulicht dreht sich. Mistler meint, den Film zu kennen, erinnert sich aber weder an Titel oder Handlung noch an den Namen des Hauptdarstellers. Er könnte weiter zusehen, um sein Italienisch zu verbessern, aber was soll's, in zwei Tagen fährt er ab. Er drückt auf eine Taste der Fernbedienung, findet den Wetterbericht auf CNN, zwei italienische Politiker, die sich gegenseitig mit einem wahren Wortschwall überschütten, einen Film in deutscher Sprache von jener Sorte, die Sam immer als intensiv bezeichnet, und einen zweiten mit einem Mädchen, das sich vor den Augen eines Mannes auszieht, während dieser völlig desinteressiert weiter ißt. Was soll das Fernsehen? An den Apparat ist ein Videogerät angeschlossen. Jetzt hätte Mistler gern eine Videokassette. Er öffnet die Minibar. Das Eisfach ist leer. Man könnte den Portier anrufen und eine Flasche richtigen Whiskey, San Pellegrino und einen Kübel Eis heraufschicken lassen, das würde die jämmerliche Lage etwas verbessern. Aber allein in seinem Zimmer zu trinken, würde ihn deprimieren. Dann kann er sich auch gleich die Zähne putzen, zwei Schlaftabletten schlucken und das Beste hoffen. Nachsehen, ob die Hotelbar noch geöffnet ist? Oder den Nachtclub mit dem arabischen Namen auf der anderen Seite der Accademia-Brücke ausprobieren?

Unzählige Male ist er daran vorbeigegangen. Weiß der Himmel, was für Kunden dort verkehren. Man kann darauf wetten, daß sie noch offen und gut besucht ist. Nur für alle Fälle putzt er sich die Zähne und geht die Treppe hinunter. Leider, Sir. Die Bar schließt um elf Uhr. Zum Teufel. Wegen einer Bar, die *louche* ist, wenn auch in einem anderen Genre, muß man nicht über die Brücke laufen. Er wendet sich zum Rialto und geht daran vorbei. Das Lokal ist genau, wie er es in Erinnerung hat. Sieh an, jetzt, da der Regen aufgehört hat, sitzen sogar ein paar Männer draußen an den Tischen. Es ist ein Etablissement, in dem Mistler sich unter normalen Umständen nicht sehen lassen würde, schon gar nicht allein, ohne Begleitung einer Frau. Darüber wird er sich jetzt nicht den Kopf zerbrechen. Er muß sich ja nicht draußen auf der Terrasse aufhalten, das geht zu weit. Das Licht im Innenraum ist grell und weiß, wie früher in den altmodischen italienischen Billigkneipen in New York. Er setzt sich und wedelt mit der Hand, um einen Kellner auf sich aufmerksam zu machen.

Einen doppelten Scotch mit Soda und nur einem Eiswürfel. Das spült den Schmerz weg, der über seine Stirn zieht, es wirkt wie Eintauchen in das kabbelige, aufgewühlte Wasser der Bay, damals vor Jahren, als Sam noch einen Teil der Sommerferien mit ihnen verbrachte, in der Zeit, als er, Mistler, nach einer Woche in der Stadt und einer Autofahrt, während der er mit dem Schlaf und einem Stapel Geschäftskorrespondenz kämpfen mußte, endlich in Crow Hill ankam und lärmend begrüßt wurde. In diesem Augenblick spürt er eine Hand auf seiner Schulter und hört eine vertraute Stimme: *Siete voi qui, Ser Tomasso?* Er erkennt sie sofort. Barney Fine. Niemand sonst würde so reden. Es spielt keine Rolle, daß sie sich zum letzten Mal, Gott weiß wann, vor drei? vor fünf? Jahren gesehen haben.

Er dreht sich um. Heiliger Moses, da ist er, grinsend, unverschämt braun, dünner und, weil er gebeugt steht, nicht mehr ganz so hochaufgeschossen. Oben auf dem Kopf ziemlich kahl, dafür hat er lange weiße Haarsträhnen, die ihm hinter den Ohren hervorzuwachsen scheinen; er trägt noch dieselben Khakihosen wie damals in Harvard Yard, Jahr für Jahr, im Herbst, Winter und Frühjahr, sie enden immer noch gut drei Zentimeter oberhalb derselben schmutzigen Tennisschuhe an seinen Füßen. Weiter geht die durch Kleidung gestiftete Identität dann nicht. An diesem Abend hat Barney sich mit einem dunklen Wollhemd geschmückt, wie die Gondolieri sie tragen, nicht mehr mit dem fadenscheinigen braunen Tweedjackett, das an den Ellbogen Lederflecken hatte und dessen ausgefranste Knopflöcher und Ärmelkanten mit Wildleder eingefaßt waren. Mistler muß zugeben, daß ihm seine Kleidung sehr gut steht.

Schämst du dich denn gar nicht, dich hier von deinem alten Kumpel erwischen zu lassen? Wenn das rauskommt, was dann? Mann, du wirst Schlagzeilen in der *Village Voice* machen! Ernste Probleme mit Clara wird das geben! Sie wird die Ehe annullieren lassen!

Wenn das der Preis dafür ist, daß ich dich sehen kann, dann will ich es hinnehmen. Aber was machst du denn hier, in Venedig meine ich? Ich weiß noch, daß du mir eine Karte geschickt hast mit der ständigen Adresse in Chania. Warum bist du nicht dort? Jetzt muß die beste Zeit für Kreta sein.

Du kannst dir nicht vorstellen, wie schön es ist. Das Haus habe ich noch. Weißt du was? Ein venezianischer Kaufmann hat es gebaut, als dieses Städtchen uns kolonisiert hat. Übrigens, erinnerst du dich an meinen Freund Leo?

Und ob. Der Graphiker, er war in der Agentur. Ging nach kurzer Zeit.

Genau! Wir sind uns in der Agentur begegnet. Waren seitdem Partner, und jetzt hat er mich sitzenlassen. Wegen eines griechischen Ziegenhirten, Herrgott noch mal, so ein Kerl wie von Anno dazumal, einer, der dich flachlegte, deine zwei Dollar einstrich und sich einen Dreck darum kümmerte, ob du kamst oder nicht. Den hat er sich in mein Haus geholt! Auf einmal war mir das Haus und die ganze Scheißinsel zu voll. Ich fuhr hierher, um die Geschichte auszusitzen. Entweder ist es für Leo nur eine Laune, die bald vergeht, oder ich muß alle beide rauswerfen.

Wäre das nicht schwierig?

Bei dem Griechen bestimmt, da kannst du dein knackiges Ärschchen drauf wetten. Erinnerst du dich an Bobby Crane? Er hatte ein Haus am Hafen, drei Türen weiter als wir, und seinen eigenen Ziegenhirten, nur daß der Pisser eigentlich Kellner in der Taverne war. Jedenfalls, eines Tages merkte Bobby, daß der die Leuchter von Bobbys Mutter gestohlen hatte, also lief er zur Polizei. Der Knabe wurde auch richtig eingelocht, aber als er seine Zeit abgesessen hatte, kam er wieder und hackte Bobby den Kopf ab, mit einem Fleischbeil, das er in selbiger Taverne ausgeborgt hatte. Wie findest du das?

Sehr bedauerlich!

Es wäre gut, wenn Leo die Moral von der Geschichte in seiner cabeza behält. Nur schade, daß alles Silber im Haus mir gehört. Ich wohne hier auf der Giudecca, bei Bunny Cutler.

Ist das ein Er oder eine Sie?

Eine Sie. Du kennst sie. Sie war in Radcliffe in unserem Jahrgang.

Ich kenne sie nicht.

Du hast sie vergessen. Warum auch nicht. Ich glaube, ich habe nicht mehr als zwanzig Leute aus meinem Jahrgang gekannt, und ich wette, die habe ich alle bis auf fünf vergessen. Sie lebte jahrelang mit Feretti, bis er starb. Den müßtest du kennen. Deine Mutter hat ihn bestimmt gekannt.

Du meinst den Komponisten Enrico Feretti? Ja, Mutter kannte ihn. Ich nicht. Dieser Teil ihres Lebens spielte sich im Winter in New York ab, als ich im Internat und dann im College und bei der Navy war. Nur ganz wenige ihrer Künstlerfreunde tauchten in Crow Hill auf.

Das ist wirklich schade. Da ist dir eine bemerkenswerte Persönlichkeit entgangen, und damit meine ich nicht nur, daß er ein Genie war. Er war das letzte grandiose italienische Monster. Nagelte alles, was gehen, schwimmen oder kreuchen konnte – alles, was zum Tierreich gehört, sogar Frauen. Wahnsinnig reich natürlich. Er gab hinreißende Feste. Sodom und Gomorrha voll in Aktion und unter einem Dach vereint. Die reine Wonne, das kannst du mir glauben. Schwule und Lesben flogen zu Wochenendparties aus Paris und London ein. Bunny hatte wirklich Pech. Er hat alles einem Knaben aus Costa Rica vererbt, auch den hinreißenden Palazzo in Venedig, ein uralter Familienbesitz. Am Ende hat er den *bambino* auch noch adoptiert, so daß das Bübchen sich jetzt Marchese Lopez-Feretti nennt. Aber Bunny schafft es ganz gut. Du, komm doch zum Lunch!

Glaubst du, ich passe in den Rahmen dort?

Werden wir sehen. Zu Enricos Zeiten hätte ich dir eine Goldkette und irgendwas Ledernes geliehen. Aber jetzt gibt's keinen Kleiderzwang.

Also gut, ich komme. Könntest du bis dahin noch diesen Epheben dazu bewegen, daß er uns einen Scotch bringt? Und diesmal zur Abwechslung mit viel Eis?

Barney kennt sich aus, denkt Mistler. Macht auch gute Lyrik. Der Allen-Ginsberg-Lack ist so dünn, daß es einem nicht auf die Nerven geht. Ah, ein Berg Eiswürfel, damit könnte man die ganze *Titanic* versenken. Was von Mistlers Kopfweh noch übrig war, ist vergangen. Jetzt schwappt nur noch die Galle über. Zeit für eine Zigarre. In diesen Dingen ziert sich Mistler nicht; obwohl irgendwo in einer Tasche des Blazers eine Schachtel Streichhölzer stecken muß, gibt er sich mit dem Bic-Feuerzeug für tausend Lire zufrieden. Aber obwohl er zweimal eine Stichflamme daranhält, will das verdammte Ding nicht ziehen, vielleicht weil es feucht ist. Vorsichtig schabt Mistler mit der Klinge seines Federmessers am abgeschnittenen Ende. Die Besserung an dieser Stelle tritt sofort ein. Mistler wünscht sich, er könne dasselbe von seinem Magen sagen. Kusch, Rover! Es gab einmal eine Zeit, noch nicht so lange her, daß er sie vergessen hätte, da war sein Leib eine Quelle schlichter Zufriedenheit. Später half ein Trick: Man mußte ihn auf Distanz in guter Kondition halten, damit er als eine Art Schneiderpuppe zu brauchen war. Jetzt ist er die Hölle. Ein paar Monate ist das auszuhalten. Aber wenn es eine Ewigkeit dauert? Vergiß es.

Wo ist die schöne keusche Clara? Ihr habt euch doch nicht getrennt?

Nein.

Gut! Dann weiß ich Bescheid: Sie schläft sich aus, erholt sich im *letto matrimoniale* vom Tourismus des Tages, der Partylöwe Mistler hingegen *fa un piccolo giro*. Schäme dich, Thomas! In deinem Alter.

Mistler sieht jetzt ganz klar: Barney und Peter Berry stehen in Verbindung. Barney hat alle Einzelheiten erfahren und sticht nun zu. Zu dumm, daß er Clara nicht selbst genau befragt hat. Er hätte sie zwingen sollen, alles zu erzählen und ihm dann wieder und wieder zu zeigen, wie sie es gemacht hatten, alle diese Sachen, die er nie verlangt hat, weil sie seine Frau ist. Ha! Was soll das? Schnee von gestern. Phantasien, die ihn dreißig Jahre lang verrückt gemacht haben – Erregung, Begehren –, sie sind so tot wie die Vergangenheit. Alles, was er jetzt noch spürt, ist schuldbewußte Verlegenheit, die sich in nichts unterscheidet von dem

Gefühl beim Durchblättern eines Pornomagazins am Zeitungsstand im Hotel, solange der Boy das Gepäck holt.

Derweil kichert Barney. Kann dieser jüdische Hundesohn Gedanken lesen? fragt sich Mistler. Warum sieht er mich so seltsam an?

Genaugenommen ist sie in New York und tut mir zuliebe Gutes, teilt er Barney mit. In dieser Stunde wird sie mit dem Anwalt der Agentur und seiner nicht ganz keuschen Frau dinieren.

Nicht zu fassen! Du hast dich tatsächlich verändert. Gung ho Mistler macht Junggesellenferien!

Prompt wird er vorsichtig: Wenn er Barney die Wahrheit sagt, wird Barney Peter anrufen. Dann könnte er auch gleich eine Pressekonferenz einberufen und den Deal mit Omnium abblasen! Deshalb antwortet er: Dies ist das Ende einer Geschäftsreise nach Mailand, Barney, das ist alles. Ich habe mir ein paar Tage freigenommen, weil ich dem einen oder anderen Tizian meine Reverenz erweisen wollte. Übrigens, ich glaube, ich habe dich seit der Party nicht mehr gesehen, die du im Apartment von irgend jemand in der East End Avenue gegeben hast, ungefähr da, wo meine Eltern wohnten.

Das kommt, weil ich kaum mehr in New York war. Ich habe mit deiner Londoner Geschäftsstelle zu tun.

Hast du noch Kontakt mit der Bande von damals in New York? Du und Peter Berry, ihr wart doch immer dicke Freunde.

Das waren wir, in den Zeiten des *Advocate* und in

der Agentur, auch später, als er und Jill noch verheiratet waren. Bis sie ihn verließ und er für den August danach mein Haus mietete. Ich hatte es gerade von A bis Z renoviert und brauchte Geld, um einen Teil der Kosten zu decken. Mann, haben die das Haus zugerichtet. Die reinste Abbruchparty. Die Nachbarn konnten es nicht fassen. Ein Wahnsinnsszenario. Nach einer Woche konnte der Junge, der den Garten versorgte, es auch nicht mehr aushalten und kündigte. Als wir wiederkamen, war alles, was Leo und ich gepflanzt hatten, vollkommen vertrocknet. Peter hat nicht mal die Pflanzen gegossen. Ich Idiot: Weil er es war, hatte ich nicht mal eine Kaution verlangt. Na ja, genug wäre es sowieso nicht gewesen. Er weigerte sich, den Schaden zu bezahlen. Seitdem habe ich kein Wort mehr mit dem Scheißkerl gesprochen.

Mach keine Witze!

Leo sagte, mir sei ganz recht geschehen, man dürfe nur an Schwule vermieten. Zum Glück sind genug davon in Chania!

Das ist ja eine scheußliche Geschichte. Ich vertrage mich mit Peter auch nicht mehr. Weißt du eigentlich, daß ich nie auf Kreta war? Clara ist mit Sam einmal in den Ferien nach Knossos gefahren, als ich wieder mal meinte, in der Agentur gäbe es Dinge zu erledigen, die nur ich tun könne. Ich wollte immer dorthin. Dädalus und Ikarus! Der Palast von König Minos! Der Minotaurus! Alle meine Lieblingsgeschichten. Dein Haus hätte ich auch gern gesehen.

Es ist nicht zu spät. Für dich mache ich vielleicht sogar eine Ausnahme von meiner Regel, nur an

Schwule zu vermieten – das heißt, wenn Leo je den Ziegenhirten aus meinem Bett wirft.

Barney, laß uns noch eine Runde von diesen fabelhaften Drinks bestellen.

Schlucken. Mistler lauscht der wohlklingenden Stimme eines anderen Mannes. Der Mann beichtet Barney: Es ist zu spät für Chania, alter Kumpel, für alles zu spät, weil ich nämlich sehr bald tot bin. Ich habe dir eben eine kleine Lüge erzählt. Es gab keine Besprechung in Mailand. Ich kam hierher, um allein zu sein. Niemand sonst weiß es, Clara nicht und Sam auch nicht. Nur der Anwalt, mit dem Clara heute abend ißt, und die Ärzte. Also mußt du mir versprechen, es bis nächste Woche für dich zu behalten. Dann will ich aufhören, sie und Sam zu belügen. Also, du bist, abgesehen von denen, die beruflich mit dem Tod zu tun haben, wirklich die erste Person, die Bescheid weiß. Jetzt, wo ich es dir erzählt habe, geht's mir besser – auch wenn es etwas unfair ist – unfair gegen dich, meine ich.

Du armes Schwein! Krebs?

Die stille Sorte. Sitzt einfach da und wächst. Frißt mir die Leber auf. Die Ärzte meinen, das könnte mit einem Virus zusammenhängen, den ich mir gefangen habe, als ich mit der Flotte vor Taiwan lag. Chinesen mit Hepatitis eines bestimmten Typs sind anfällig für diesen Krebs. Bis jetzt hat noch niemand vermutet, es wäre der Suff!

Solltest du den nicht sowieso lassen?

Warum? Um ein paar Tage mehr zu haben? Das ist nicht Grund genug, eine lebenslange Gewohnheit aufzugeben. Wahrscheinlich bleibt mir genug Zeit für die paar Dinge, die ich noch tun muß. Wenn ich mir's überlege, ist es vielleicht ganz fair, daß wir beiden darüber reden, wie mein Leben zu Ende geht. Du hast am erwachsenen Teil davon mitgeschrieben. Ich hätte mich wohl nicht auf die Werbung eingelassen, wenn du nicht von deinem Job erzählt hättest. Stell dir bloß vor! Ohne dich wäre ich vielleicht Großwildjäger oder Versicherungsvertreter geworden.

Oder Schriftsteller. Das haben jedenfalls alle von dir erwartet. Ich auch. Weißt du noch: Geplant war, daß du Werbetexte schreibst, damit du kein Geld aus dem Familiensparschwein nehmen mußtest. Aber doch nicht, um ein verdammter Mogul zu werden, so war das nicht gedacht!

Ich hab's verkackt. Der Roman, den ich schrieb, war schlecht. Das dachtest du auch. Wenn nicht, hast du es mir jedenfalls nie mitgeteilt. Außerdem hatte ich das Gefühl, ich hätte das Letzte aus mir herausgeholt. Mehr war da nicht. Ich hatte nichts mehr zu erzählen. Du warst anders.

Ich bin beim Schreiben geblieben.

Nicht nur das – weitergekommen bist du. Ich fand deinen letzten Band sehr gut. Das habe ich dir sogar geschrieben, und es war mein Ernst. Du kannst jetzt Verse schreiben und genau das sagen, was du meinst, ohne Verschleierung und ohne Rückgriff auf die Werke anderer.

Thomas, du weißt nicht, was du in dir hast, wenn du nicht wieder hingehst und mit aller Kraft versuchst, noch mehr herauszuholen. Ich glaube, du hast aufgegeben, weil du dich in etwas anderes vertieft hattest, was du nicht unterbrechen wolltest. Damals, als ich dir den Job in der alten Agentur verschafft habe, warst du von Anfang an gut. Mann, du hattest eine Glückssträhne, und du hast einfach immer weiter gewonnen. Das war in Ordnung, solange es dabei blieb. Später änderte sich irgendwas. Als ihr drei mit eurem eigenen Laden anfingt, war es, als hättest du dich ganz vereinnahmen lassen. Ein Schriftsteller muß Raum für sich behalten, so daß er die Dinge auf seine Art sehen und tun kann. Eine Attacke auf das Unerkennbare reiten!

Was für ein Scheiß!

Entschuldige. Als du Unternehmer wurdest, hieß es für dich nur noch alles oder nichts. Wenn ich in meiner Ecke mir so überlege, wer du hättest sein können, dann war die Richtung ganz verkehrt. Sicher, du hast nichts zu bereuen. Du bist der große Held der Werbung. Der Playboy der Postmoderne. Ich bin ein respektabler minderer Poet, ich schmiere Werbetexte zusammen und bin für meine Randexistenz auf Burschen wie dich angewiesen. Da fällt mir ein, ich hoffe, du kannst es so einrichten, daß mein Deal mit Mistler Berry weiterläuft, wenn du nicht mehr da bist. Also, wer hat es richtig gemacht, angenommen, man hätte irgendwas zu entscheiden?

Wer weiß? Für mich würde ich fast sagen, ich konnte gar nicht anders, nicht zu jener Zeit. Der Wunsch, ein eigenes Unternehmen aufzuziehen, kam mir unmittelbar nach der Blamage meines Vaters. Jetzt, im Rückblick, ist es absurd, aber damals hatte ich das

Gefühl – es war wie ein Zwang –, daß ich sie wiedergutzumachen hätte. Die interessante Frage ist: Bei wem? Hätte ich Vater erzählt, was ich vorhatte, hätte er gesagt, ich sei nicht bei Trost. Total verrückt! Aber ich dachte – ich war fest überzeugt –, ich müsse allen beweisen, wie fabelhaft kompetent ich sei. Daß ich das mit einem neuen Roman schaffen könnte, habe ich nicht geglaubt, das ist mir überhaupt nicht in den Sinn gekommen. Es gab eine schlichtere Lösung: Wenn Mr. Mistler Senior nicht mehr der Hahn auf dem Mist der Wall Street ist, dann kann der junge Mistler König in der Madison Avenue sein. So einfach war das und so dämlich.

Ich habe gar nicht gewußt, daß bei deinem Vater etwas schiefgegangen ist.

Das wußten nur ganz wenige, abgesehen von den Wall Street Typen. Du weißt, daß mein Großvater der Direktor der Investmentbank war. Unser Name steht noch immer dran. Er hatte Format, war sozusagen eine Legende, denn er hatte tatsächlich während der Wirtschaftskrise immer weiter Geld gemacht. Es war nicht gerade leicht, seinen Nachfolger in der Firma zu spielen. Trotzdem hat mein Vater genau das getan, gleich nach dem College. Als der Krieg kam, war er alt genug, um sich in allen Ehren herauszuhalten, aber das ist ihm wohl gar nicht eingefallen. Er zog all die richtigen Drähte, mein Großvater konnte ebensogut Drähte ziehen, weil nämlich Colonel Stimson sein Anwalt gewesen war, mein Vater wurde Offizier und nach angemessener Zeit zum Geheimdienst in Frankreich abkommandiert. Er sprach perfekt Französisch und war tapfer bis zur Monotonie. Ich rede so von ihm, weil ich ihn von ganzem Herzen liebte. Großvater kümmerte sich unterdessen ums Geschäft. Selbst nach dem Krieg hatte Vater weiter mit den Spionen zu tun. Leute, die etwas davon verstehen, meinen, von Zeit zu Zeit habe er sehr diffizile Sachen geschafft. Unter uns gesagt, waren ihm seine geheimnisvollen Europareisen, die meine Mutter nicht mißtrauisch machen konnten, aus privaten Gründen sehr willkommen. Zur selben Zeit nahm er natürlich seinen Platz in der Bank wieder ein. Da mein Großvater inzwischen sehr alt war, hieß das, daß er die Firmenleitung übernehmen mußte. Und das war wirklich eine andere Welt. Vater machte unmittelbar nach Kriegsende eine Depression durch – vielleicht eher einen Nervenzusammenbruch –, und diese Depressionen kamen in abgeschwächter Form immer wieder, aber anscheinend dachte keiner, daß er deshalb nicht mehr geeignet wäre für die Arbeit *pro patria* oder für die Bank. Größtmögliche Diskretion war angesagt. Er war, wie sich zeigte, ein sehr guter Banker. Nicht mit Großvater zu vergleichen, aber die Bank wuchs und machte bemerkenswerte Gewinne, und Vater stellte an der Wall Street und in New York etwas dar. Das alles war ganz und gar berechtigt, denn er war ein feiner Mensch wie keiner sonst, und er dachte sehr klar. Er dachte sogar so klar, daß er das Finanzchaos vorhersah, das am Ende der Eisenhower Ära anfing. Deshalb steuerte er einen unruhigen Zickzackkurs – ich will damit sagen, er legte das Bankkapital sehr unorthodox an, ohne seine Partner zu fragen, was nicht außergewöhnlich war, weil weder Großvater noch er gewohnt waren, jemanden um Erlaubnis zu bitten, wenn sie wußten, daß sie recht hatten. Unglücklicherweise fiel er fast unmittelbar danach in eine Depression, und als die Zeit zur nächsten Kursänderung gekommen war, hatte er keinen klaren Kopf. Er tat gar nichts, seine Partner waren so entsetzt, daß sie auch nichts taten, und eine enorme Menge Geld war verloren. Das Bankkapital, das Geld auf den Konten der Kunden, der ganze Haufen. Daraufhin tauchte Vater aus der Depression wieder auf und ersetzte allen ihr Geld. Das hieß, er mußte seine Sammlung und alles, was er besaß, bis zum letzten Stück verkaufen, außer der Wohnung und Crow Hill natürlich, die auf seinen und Mutters Namen eingetragen waren, er wurde alles Geld los, das nicht treuhänderisch festgelegt war, und mußte das Vermögen beleihen, das er erben würde, wenn Großmutter starb. Das tat sie übrigens ziemlich prompt, vor Scham, wie meine Mutter gerne erklärte. Er hatte nichts Gesetzwidriges getan, verstehst du. Es war nur der ungeheure Mißgriff eines Mannes, der hätte wissen müssen, daß Drahtseilakte nichts für ihn waren. Die Bank stand am Rand des Ruins. Das ist alles. Danach wurde er sofort Gesellschafter mit beschränkter Haftung, theoretisch, um das Gesicht zu wahren, in Wirklichkeit aber, weil die anderen Gesellschafter nicht wußten, was sie mit ihm anfangen sollten, außer daß sie ihm jeden Tag, der ihm noch blieb, zur Hölle machten. Dann bekam er mehrere leichte Schlaganfälle. Ich hätte trotz allem tun können, was du sagst – ich hätte mir meinen privaten Spielraum erhalten und mir einen oder zwei Romane abquälen können. Statt dessen bin ich einem Anfall von genetisch bedingtem Puritanismus erlegen. Also ist das nun eine Geschichte, die ich nie schreiben werde.

Mann, jemand muß sie schreiben!

Warum nicht du? Du hast doch sonst Prosa geschrieben. All die einfühlsamen Geschichten von den guten jüdischen Jungen mit den Identitätsproblemen. Dann hast du die Horazische Ode entdeckt! Gott sei Dank ist das auch vorbei.

Mistler, du bist und bleibst ein Arsch!

Interessant. Das letzte Mal, als ich Peter sah, hat er genau dasselbe gesagt. Wenn zwei das Gleiche sagen, stimmt's? Nein? Hey, nimm's nicht persönlich, es ist reiner Zufall, aber ich muß kotzen. Muß das Klo finden, *prestissimo*. Geh nicht weg. Danach geht's mir besser.

Türkische Toilette. Auch gut, denn es ist nicht nur Erbrechen, sondern außerdem Durchfall von beängstigender Farbe. Mistler denkt an den Tag, ein Leben lang ist es her, als er weinend zu seinem Kindermädchen lief und beruhigt wurde: Keine Sorge, das sind die Roten Bete, die du beim Abendbrot gegessen hast. Er opfert der Hygiene das Leinentaschentuch aus der Hosentasche, und als das nicht reicht, auch das quadratische Tüchlein aus Charvet Seide aus der Brusttasche seines Blazers.

Barney ist noch da, er starrt in sein Glas und hält es mit beiden Händen. Er sieht verwahrlost und alt aus.

Vielleicht sollte Mistler der Versuchung nachgeben, ihm das Geld für eine Brücke anzubieten, damit die Lücke in seinem Mund geschlossen wird, dort, wo einmal die unteren Schneidezähne saßen? Wie viele Exemplare von seiner *Ribald Muse* wohl verkauft worden waren? Viertausend? Anscheinend kann man ganz gesund bleiben, auch wenn man nur noch auf einer Seite kauen kann. Was nützen Mistler die wohltrainierten Muskeln und der bewegliche Körper, das gelassene Gesicht und der üppige, vom besten Friseur der Stadt perfekt geschnittene Haarschopf? Die ganze Pracht ist schon unterwegs zum Komposthaufen. Das ist ungerecht, muß man doch denken, man kann nicht anders. Trotzdem bleibt das gepflegte Gesicht gelassen. Er setzt sich. Der Kellner steht mürrisch in der Nähe herum.

Barney, bestell uns doch noch Scotch bei deinem Freund.

Er tut es. Mistler hält sein eigenes Italienisch für besser. Zum Beispiel benutzt er liebend gern den Konjunktiv. Warum hat dieser Poet das nicht gelernt?

Barney legt seine Hände auf Mistlers Handrücken und spricht ihn an: Mann, diese Frage ist brutal, aber ich frage trotzdem: Hast du Angst? Du weißt schon – vor dem Schmelzen, Zergehen und dem ganzen Scheiß?

Noch nicht, solange ich überzeugt bin, daß nicht mehr dahintersteckt. Ich habe zwei Wünsche: Nummer eins, ich würde mich gern schmerzlos davonmachen, bevor ich so schwach oder so wirr im Kopf werde, daß ich diese wohlmeinenden Burschen mit ihrem Eid des Hippokrates und den komischen Initialen hinter ihrem Namen nicht mehr davon abhalten kann, mir die Wunder der modernen Medizin vorzuführen. Nummer zwei, wenn es sich irgendwie vermeiden läßt, möchte ich keine Rechenschaft über meine Sünden ablegen müssen. Erinnerst du dich an das Gedicht von Baudelaire über die anatomischen Tafeln, wo er von einem Gerippe spricht, das einen Spaten in der Knochenhand hält und bis in alle Ewigkeit Erde umgräbt? So was soll nicht passieren, das will ich nicht.

Amen! Das kannst du zweimal sagen, Baby. Was glaubst du, wie ich dann in der Scheiße säße!

Mit dem ersten Wunsch ist es so eine Sache. Man sollte ja meinen, daß ich, sozusagen ein Patrizier, in meiner Villa in Rhode Island meine treuen Sklaven Primus und Secundus hätte, die mir das heiße Bad einlassen und die Vene in der Armbeuge öffnen würden. Aber so ist es nicht. Ich kenne auch keine Agentur, die mir eine befristete Hilfe dieser Art vermitteln könnte. Mir wird nur Selbstbedienung übrig bleiben. Genau das, was ich immer am meisten gehaßt habe. In den letzten Tagen habe ich mir die schwarzen Plastiksäcke in Übergröße in den venezianischen Mülltonnen genau angesehen. Was meinst du: Sind die großen besser als die kleineren, die man in der Küche verwendet?

Das ist schwer zu schaffen, Mann. Kennst du Eddie Laker? Er war auf einem Auge ganz blind, mit dem anderen konnte er fast nichts mehr sehen, wog nur noch hundert Pfund, er hatte die Pillen, aber er brachte es nicht fertig, sie zu schlucken. Ich sagte zu Carl:

Warum packst du ihm nicht ein Kissen aufs Gesicht und läßt es einfach liegen? Er sagte: Das muß Eddie selbst entscheiden. Vielleicht hatte er recht. Kann sein, daß jeder Augenblick Bewußtsein besser ist als das große *Niente*.

Im Moment glaube ich das nicht. Wenn du dran denkst, dann frag mich in drei oder vier Monaten noch mal.

Hast du dir überlegt, was dieser Müllsack Clara antun wird? Oder deinem Sohn? Herrgott, Thomas!

Was willst du hören? Offen gesagt, über Clara habe ich mir nicht weiter Gedanken machen können. Dafür gibt es Gründe, und ein Arschloch bin ich außerdem. Mein Sohn Sam, den du nicht kennst, ist ein guter Junge. In den letzten Jahren haben wir uns nicht oft gesehen, weil er an der Westküste wohnt. Er lebt mit einer netten Frau zusammen, die schon ein Kind hat. Sie wollen heiraten. Ich denke mir, wenn sie schon ein Kind hat, spricht nichts dagegen, daß sie noch eins bekommt. Das würde ich gern sehen. Ein neugeborenes süßes Baby. Es müßte nicht lange sein – nur so lange, daß ich es im Gedächtnis behalten kann. Dann gibt es ein paar Dinge, ein paar Gegenstände, die zurückzulassen mir schwerfällt. Ein Auto, das mein Vater mir gab, als ich im College war. Das habe ich nie zu Bruch gefahren. Es ist in gutem Zustand, ich fahre es, wenn ich auf dem Land bin, und Clara wird es wohl an den Tankstellenbesitzer verkaufen, und der wird es irgendeinem Mistkerl weitergeben. Eine große Buche am Ende des Rasens vor dem Haus in Crow Hill. Man kann natürlich der Ansicht sein, die

Buche und ich, wir würden am Ende vereint. In meiner Familie heiraten wir auf diesem Rasen und lassen uns unter ihm begraben, wenn ich mich also auflöse und zersetze, werde ich seine Wurzeln nähren.

Und das ist es dann?

Nicht ganz. Ich habe eine entfernte Kusine in New York; sie wird höchstens zweiundzwanzig sein. Ein antizyklisches Kind: sehr hübsch und sehr gepflegt, bis hin zu den zauberhaften Fußnägeln, die sie mit farblosem Lack anmalt. Die habe ich im letzten Sommer gesehen, aber das Bild steht mir noch vor Augen. Wir aßen zusammen, und sie trug Sandalen mit hohen Absätzen und keine Strümpfe. Ich schaue mir das Mädchen gern an. Nein, Barney, mehr ist da nicht, weil nicht mehr sein kann.

Thomas! Hast du mal auf die Uhr gesehen? Ich habe keine Ahnung, wann ich jetzt mitten in der Nacht einen *vaporetto* zur Giudecca hinüber bekomme.

Geh nur. Ich zahle. Wenn dir das Warten auf den *vaporetto* zu langweilig wird, kannst du in meinem Wohnzimmer im Hotel schlafen. Ich sage dem Pförtner Bescheid, daß er dich einläßt.

Kommst du morgen zum Lunch zu Bunny? Du wirst sie mögen. Es ist das sechste Haus rechts von Sant' Eufemia. Hohe gotische Fenster. Zwei Uhr?

Wenn ich morgen noch irgendwas von diesem Abend weiß, komme ich.

IX

Der Rektor trägt einen weißen Talar und ein kurzes schwarzes Schultercape, ein Ornat, wie man es bei der Morgenandacht noch nie gesehen hat. Und es ist auch gar nicht Morgen, sondern entweder die nachmittägliche Studienzeit oder eine Zusammenkunft vor dem letzten Footballspiel der Saison. Das Team sitzt, schon mit Helmen, in den vordersten Kirchenbänken. Mistler darf nicht spielen, weil sein Knie ihm noch immer zu schaffen macht. Er sitzt genau hinter Peabody, dem Verteidiger, der sich nicht gewaschen hat und stinkt wie ein Scheißhaufen. Mistler merkt, daß es den anderen Spielern auch auffällt. Kendall stupst seinen Nachbarn zur Rechten – wer das ist, kann Mistler nicht sehen, er erkennt auch nicht die Nummer auf seinem Rücken –, der soll rutschen, damit Kendall von Peabody abrücken kann, aber Peabody mag das nicht und schiebt seinen Hintern weiter, bis er noch dichter neben Kendall sitzt. Man darf die Andacht verlassen, wenn einem wirklich schlecht ist, und Mistler überlegt, ob er nicht gehen soll, denn er wird fast ohnmächtig von dem Gestank, aber es ist zu spät, der Rektor hat schon mit der Predigt begonnen.

Ihr seid wie die Tiere, hebt er an, undurchlässig für das Licht Gottes seid ihr. Darum könnt ihr Gott nur empfangen, wenn ihr durchbohrt werdet vom Strahl der Gnade, wie die Hände und Füße Jesu Christi von

Nägeln durchbohrt und seine Seite von der Lanze des Hauptmanns durchstochen wurde.

Stimmt das? Mistler versucht verzweifelt, sich zu besinnen, die Bibelstelle geht ihm im Kopf herum, Worte fehlen. Wer führt die Lanze, war es der Hauptmann oder einer der römischen Soldaten? Ihn schwindelt's im Kopf wegen des Gestanks, aber das macht nichts. Er hat einen Geschmack im Mund wie von einem essiggetränkten Schwamm.

Flagellanten, Mönche in eisiger Kälte ausgestreckt auf dem Steinboden, Ketten, Winternächte, Gestank, gequältes wundes Fleisch, Menschen, die sich in Leid verzehren, auf daß die Seele erweckt werde und sich der Gnade des Herrn öffne. Die Martern des Herrn erneuern sich mit jedem Mal, da ein Mensch durch Vergessen, Gestank, säuische Erniedrigung des Fleisches sündigt. Thomas Mistler, mein Auge ruht auf dir, dein Stolz wird gebrochen sein, bis Sein Reich kommt und Sein Wille geschieht, eine einzige Welt ohne Ende. Das Böse in euch wurde geboren aus ärgerem Bösen, ihr seid Flüsse und Bäche, die vom Meer fortfließen. Ihr werdet diese Wahrheiten aus dem Wort herleiten und erschließen.

Gottes Wort erklingt weiter, obwohl der Rektor auf den Altartisch geklettert ist, um als Cheerleader den Schlachtruf des Teams zu dirigieren, derweil der Löwe der St. Markus-Schule brüllt wie ein Wasserfall, weil das Team ihn jagt. Peabody greift das Tier als erster an, und das ist nicht richtig. Er stürzt sich auf den Löwen und trifft ihn genau an der Stelle, wo Mistler grausame Schmerzen hat. Der Rektor hält Peabody eine Strafpredigt. Das ist ein Irrtum, denn eigentlich meint er Mistler, er redet ihn in einer Sprache an, die Italienisch sein muß. Wenn es Latein wäre, würde Mistler ihn verstehen. Jahr für Jahr ist er in Latein der Primus. Er versteht die Worte: *Non ti piange ancora*, weiß aber nicht, was sie bedeuten. Nun hat sich auch der Altartisch verwandelt: Jetzt ist er ein großer Platz, wie der *campo*, auf dem die Kirche Santi Giovanni e Paolo steht, die nichts mit dem Tisch in der Schule zu tun hat. Der Schmerz drängt sich vor, und Mistler nimmt schemenhaft wahr, daß er geträumt hat, aber der Traum ist nicht zu Ende, fängt von vorn an, *da capo*, mit Variationen, die er selbst erfindet, das weiß er, und dabei wünscht er sich aus tiefster Seele, daß der Traum ein Ende nähme. Er greift nach seinem Glas Wasser, leert es, hätte gern mehr, will aber das Bett nicht verlassen. Oh, er fühlt sich elend. Es ist nicht nötig, aufzustehen. Eine ganze Flasche Mineralwasser ist in greifbarer Nähe auf dem Nachttisch, hinter dem Telefon. Er schluckt zwei Valium, nicht um zu schlafen, nur gegen die Einsamkeit und die Angst. Was hatte Kendall in der Kapelle zu suchen? Er war im Jahr davor von der Schule gewiesen worden, nachdem Mistler sich im dritten Viertel des Andover Spiels das Knie verdreht hatte. Aber dies war das Wochenende, als sie ein Heimspiel hatten, das Wochenende, als Vater zu Besuch kam und Tante Elisabeth mitbrachte.

Er wußte, daß sein Vater mit dem Citröen kommen würde, dem langen schwarzen Prunkstück, das Vorderradantrieb hatte und beim Anfahren sein Hinterteil hob wie ein Kamel beim Aufstehen. Vater, Mutter und er waren damit im Sommer zuvor eine Woche lang unterwegs gewesen, von Paris nach Antibes, und zwei Tage später war sein Vater dann nach Paris zurückgefahren, weil er dort geschäftlich zu tun hatte. Der Wagen wurde per Schiff nach New York gebracht; seine Mutter mochte ihn nicht so gern. Normalerweise hätte der Vater vor dem Spiel mit dem Rektor, mit dem er zur Schule gegangen war, zu Mittag gegessen, aber diesmal war Mistler senior anscheinend erst in letzter Minute angekommen und hatte gerade noch Zeit, seinem Sohn die Hand zu schütteln.

Zum Abendessen fahren wir nach Boston, kündigte er an. Ich habe es mit dem Rektor besprochen. Du darfst über Nacht bleiben. Wir treffen uns nach dem Spiel am Auto.

Der Citröen war nicht zu übersehen. Auf dem Beifahrersitz saß eine Frau, die er nicht erkannte. Vater und sie lächelten und winkten. Als Mistler zurückwinkte, kurbelte sein Vater das Fenster herunter und sagte, er solle seine Tasche in den Kofferraum stellen und hinten einsteigen.

Du hast zwei feine Pässe geworfen, sagte er. Ich bin stolz auf dich. Dies ist Madame Portes, meine engste Freundin. Daß du sie kennenlernst, habe ich mir ganz besonders gewünscht. Bitte, sag Tante Elisabeth zu ihr.

Hallo, Thomas. Ich freue mich sehr.

Vivien Leigh, seine Lieblingsschauspielerin: Genauso klang Madame Portes, englisch, gar nicht französisch. Ihr Haar war kraus wie das von Vivien Leigh; es war fast rot und, wie ihm schien, länger als bei anderen Damen. Als sie ihm ihr Gesicht zuwandte, sah er, daß sie schön war wie ein Filmstar und jung, wahrscheinlich nicht viel älter als Mrs. King, die Frau des neuen Chemielehrers. Wie alt Mrs. King war, wußte er nicht, aber wenn man sie in der Gruppe der Professorengattinnen sah, konnte man sie für deren Tochter halten. Madame Portes trug einen spitzen grünen Hut mit einer roten Feder. Sie erinnerte ihn an eine Dame auf einem Gobelin, die mit dem Falken auf der Hand zur Jagd aufbricht.

Sie sprach wieder mit ihm: Tommy hat mir viel von dir erzählt. Deshalb bin ich gar nicht überrascht, daß du so ein guter Spieler bist und fast so groß wie er.

Er brummte eine Antwort, die so klang, als wolle er lieber in Ruhe gelassen werden. Danach redeten sein Vater und Madame Portes pausenlos französisch, eine Sprache, die er zwar verstand, aber nicht gern sprach, mit gutem Grund: Sein Vater korrigierte ihn ständig, obwohl er besser war als seine Mutter, deren Fehler der Vater nicht zu bemerken schien. Die Unterhaltung drehte sich um gemeinsame Freunde in Paris und Pläne für den Besuch seines Vaters, der vor Weihnachten stattfinden sollte. Mistler verlor das Interesse und achtete nun auf die Fahrweise des Vaters. Sie war ausgesprochen unruhig. Meist fuhr er sehr langsam. Und plötzlich und unerwartet raste er los, oft gerade dann, wenn der Verkehr dichter wurde. Als sie die dreispurige Fernstraße erreichten, nahm er die Mittelspur ein, als ob er einen Notarztwagen steuerte. Vielleicht war das eine Wirkung dieses außergewöhnlichen Wagens oder so etwas wie ein Scherz, oder er wollte damit zeigen, daß er tun konnte, was ihm gefiel. Madame Portes' Gelassenheit war auch außergewöhnlich. Vielleicht redete sie soviel, daß sie abgelenkt war. Mistlers Mutter hatte den Vater schon unter weniger provozierenden Umständen aufgefordert, anzuhalten und sie am Straßenrand aussteigen zu lassen.

Als sie im Hotel waren, sagte Mistlers Vater: Wir wollen Tante Elisabeth ein bißchen Ruhe in ihrem Zimmer gönnen. Die wird sie brauchen, nachdem ich so verrückt gefahren bin. Das sind die Nerven. Du packst deine Sachen weg und kommst dann zu mir. Ich habe Champagner kalt gestellt. Dann wird Tante Elisabeth ein Glas mit uns trinken, und wir gehen zum Essen hinunter. Du bist bestimmt schon halb verhungert.

Die Tür zur Suite stand offen. Sein Vater rief ihm zu, er solle sich's gemütlich machen, es dauere nur noch einen Augenblick. Mistler ging ins Wohnzimmer und stellte sich ans Fenster. Unten, in den *Public Gardens*, blinkten Lichter wie Kerzen. Als sein Vater eintrat, sah Mistler, daß er sich umgezogen hatte und nun einen der dunkelblauen Zweireiher trug, die Sulka in Paris für ihn angefertigt hatte. Sie schmiegten sich eng an seinen Körper. Trotzdem trug er sie immer mit Weste. Vielleicht war das der Grund, warum er, wenn die Jacke nicht zugeknöpft war, noch wuchtiger aussah, als er in Wirklichkeit war. Wäre sein Gesichtsausdruck nicht so liebenswürdig und schüchtern gewesen, hätte man sich von ihm bedroht fühlen können. Der Vater machte sich an der Flasche zu schaffen, holte sie aus dem Eiskübel, stellte sie auf ein Tablett mit drei Gläsern, zog den Korken und schenkte Thomas und sich ein Glas ein.

Erzähl das nicht Dr. Endicott. Vielleicht würde er nur lachen, vielleicht aber auch nicht.

Ja, Vater.

Weißt du, als er und ich so alt waren wie du jetzt, kam Großvater immer zu den Spielen, und der hatte nichts dagegen, wenn wir etwas Wein bekamen, und wir hatten nichts gegen das Trinken. Ha! Ha! Aber der Rektor ist mit den Jahren ziemlich intolerant geworden. Ein Jammer. Man hofft immer, daß so etwas nicht passiert. Nur zu, trink noch ein Glas, wenn der Kellner es zu genau nimmt, kann ich dir am Tisch vielleicht keinen Alkohl geben.

Mistler wartete. Dies war nur Vorgeplänkel, eine von Vaters Anekdoten mit retardierender Wirkung, damit man nicht gleich zum Thema kam. Darüber machte er sich mit schöner Regelmäßigkeit selbst lustig.

Natürlich habe ich dich nicht hergebeten, um mit dir über den Rektor zu reden. Ich habe dir etwas Wichtiges zu sagen. Du bist fast siebzehn, Thomas, und sehr erwachsen. Als wir uns im Sommer über Karenin unterhielten, war ich beeindruckt, weil du sagtest, du hättest ihn gern. Weißt du, Wronsky zu mögen ist leicht, er hat Schwung und Mut, und er tut alles, was man von einem solchen Kerl erwartet: Er verführt Anna, ist gelangweilt, beschämt, zieht in den Krieg, um sein Leben zu lassen. Mit Karenin ist es schwieriger. Er hat so große Ohren, und er ist aufgeblasen. Gesellschaftliche und berufliche Rücksichten sind ihm wichtiger, als sie sein sollten. Darin bin ich ihm übrigens ähnlich. In all seiner Gemütsbewegung ist er nur kalt und klebrig. Er ist nicht einmal in den Momenten anziehend, in denen er versucht, Anna zu halten. Man nimmt ihm die Güte nicht ab. Aber du sagtest, du könntest ihn leiden, weil er sich wirklich Mühe gab. Es ist eine sehr erwachsene Reaktion, Mitgefühl mit einem unattraktiven Mann in auswegloser Lage zu haben. Mit einem Mann, der nicht weiß, wie er anders sein könnte, der anständig ist, aber nicht aus seiner eingefahrenen Spur heraus kann. Dann haben wir uns noch einmal unterhalten, am Strand von Antibes. Weißt du noch, wir sprachen über *Zärtlich ist die Nacht*. Du sagtest, du könntest verstehen, warum Dick Diver Nicole nicht verließ. Ich bin keine Romanfigur, aber vielleicht hilft es, wenn du dir einen Augenblick lang vorstellst, ich wäre eine. Ich glaube, du weißt schon, was ich dir erklären möchte: Ich liebe Elisabeth – ich liebe sie, seit wir uns in Frankreich begegnet sind, im Krieg, als sie fast ein Jahr jünger war als du jetzt, und ich bin nicht bereit, sie aufzugeben. Ich kann es nicht, das weiß ich.

Dann wirst du Mutter verlassen!

Darum geht es ja, weggehen will ich nicht.

Warum denn nicht, wenn du Tante Elisabeth liebst? Du und Mutter, ihr vertragt euch doch überhaupt nicht. Wenn ihr zusammenseid, ist es nicht auszuhalten mit euch.

Nicht immer, das kann nicht sein.

Meistens. Das macht mich krank. Es würde mir nichts ausmachen, wenn du gingst. Ich könnte abwechselnd Zeit mir dir und Zeit mit Mutter verbringen, statt euch beiden dabei zuzusehen, wie ihr heile Welt spielt.

Ich habe mit deiner Mutter darüber gesprochen. Nicht über Elisabeth, obwohl ich glaube, sie weiß, daß da eine andere Frau ist, aber ich habe ihr gesagt, daß wir einander nicht guttun und dir vielleicht auch nicht. Sie hat mir erklärt, sie werde mich nie gehen lassen. Gegen ihren Willen kann ich es nicht. Das hat sie nicht verdient. Und stell dir vor, was ich damit deinen Großeltern antun würde.

Sie würden toben. Nicht zum ersten Mal.

Thomas, auf dem Rechtsweg geht es nicht. In New York kann ich mich nicht scheiden lassen. Ich habe keinen Scheidungsgrund. Deine Mutter hat mir keinen gegeben. Du kannst dich nicht von einer Frau scheiden lassen, nur weil sie dich nicht liebt oder du sie nicht. Und ich kann nicht nach Reno oder sonstwohin in dem Staat fahren und behaupten, ich wohne dort, um eine Scheidung nach Nevada-Recht zu bekommen. Die Firma würde auseinanderbrechen. Und außerdem habe ich mir sagen lassen, daß die Scheidung nicht gültig wäre, wenn deine Mutter nicht zustimmte. Ich würde in Bigamie leben, wenn ich Elisabeth heiratete.

Und du liebst sie wirklich?

Nur sie – und dich. Wenn ich mit ihr zusammen bin, bin ich glücklich.

Aber dann kannst du doch einfach mit ihr leben,

warum denn nicht! In der 90th Street ist doch das Sandstein-Haus, das du so schön findest, mit Garage für die Autos. Ich könnte ein Apartment im Dachgeschoß bekommen, da wohne ich dann, wenn ich bei euch bin.

Daran habe ich auch schon gedacht, obwohl mir nicht klar war, wie vorteilhaft eine Garage wäre! Das kann man nicht machen, Thomas. Das gäbe einen Skandal. Ich müßte zurücktreten, könnte nicht Chef der Bank bleiben. Aber ich muß sie leiten, das ist meine Pflicht. Elisabeth sieht es auch so. Außerdem weiß sie nicht genau, ob sie in New York leben möchte.

Dann trenn dich von der Bank und lebe in Paris. Du bist doch gern dort.

Thomas, über all das haben Elisabeth und ich immer wieder geredet. Glaub mir! Etwas bestürzt bin ich schon, daß es dir so leicht fällt zu meinen, ich sollte Mutter verlassen und die Bank aufgeben, aber vor allem bin ich dankbar. Daß du so empfindest, wird es für uns leichter machen. Verstehst du, Elisabeth und ich, wir haben uns entschlossen, zusammenzuleben, aber auf diskrete Weise. In Paris und wenn sie hierher zu Besuch kommt. Sie hat gerade ein Apartment in New York gefunden. Ich muß nicht allzuviel vor deiner Mutter verbergen. Es genügt, ihr Peinlichkeiten zu ersparen.

So könnte ich nie leben.

Ich hoffe, du wirst es nie müssen. Prüfe sehr genau, ob du dir und der Frau, die du heiraten willst, wirklich trauen kannst. Höre, über zwei Dinge müssen wir sprechen: Zum einen natürlich über Elisabeth und mich. Bis heute habe ich dir nichts von ihr erzählt, weil du mir zu jung dazu schienst und weil ich wollte, daß du sie siehst, bevor ich etwas sage, weil ich wollte, daß du in dem Moment, in dem du es erfährst, auch begreifst, wie wunderbar sie ist. Das ist nun geschehen. Aber da ist noch etwas sehr Wichtiges. Ich möchte, daß ihr wirklich Freunde werdet. Mehr als das. Siehst du, ich führe die beiden besten Dinge in meinem Leben zusammen. Sie wird für dich dasein, wann immer du sie brauchst. Du kannst dich auf sie verlassen – jederzeit –, wenn ich nicht mehr da bin. Mach kein solches Gesicht. Ich habe nicht vor, mich in absehbarer Zeit zu verabschieden. Sag nie, daß ich es dir erzählt habe, aber du sollst wissen, daß sie mich vor den Deutschen gerettet hat, unmittelbar vor der Invasion. Das bedeutete damals mehr, als mir das Leben zu retten. Wenn sie hereinkommt, schau nach, ob du ein rotes Bändchen in ihrem Jackenaufschlag siehst, falls sie eine Jacke angezogen hat. An einem Abendkleid würde sie es nicht tragen. Das Bändchen ist das Zeichen der Ehrenlegion. Sie ist wahrscheinlich die einzige Frau unter den Lebenden, die dieses Band als militärische Auszeichnung für etwas bekommen hat, das sie tat, als sie noch ein Schulmädchen war.

Was war es?

Etwas sehr Gefährliches, das genausoviel Verstand wie Mut verlangte. Sie hat es nicht gern, daß man davon spricht, aber eines Tages erzählt sie es dir vielleicht selbst. Bitte nimm die Dinge hin, wie sie kommen. Wenn es dir gelingt, Elisabeth zu lieben, dann wird sie das für vieles entschädigen, was sie entbehren muß. Ich weiß, ich tue meine Pflicht, aber aus einem anderen Blickwinkel betrachtet, bin ich selbstsüchtig und schwach. Wie Wronsky, nur ohne Charme. Und sie gibt ihr Leben auf.

Wie kannst du das zulassen, Vater?

Ich habe dir doch erklärt, ich liebe sie. Sie liebt mich.

Schön und gut, dieser Rat, den sein Vater ihm da gegeben hatte. Er hätte ihn noch erweitern können: Auch Kinder solle man nicht haben, bevor man den eigenen Charakter erforscht habe und zu beruhigenden Ergebnissen gekommen sei. Man wüßte gern, was er wohl von Clara gehalten hätte oder davon, daß Mistler mit ihr verheiratet geblieben war oder Clara mit ihm. Tante Elisabeth hatte sich nicht einen Augenblick hinters Licht führen lassen, seit sie zum ersten Mal in New York mit ihm und Clara kurz vor der Verlobung essen gegangen war. Wie schade, daß er zu sehr damit beschäftigt war, ein Superman zu werden, und deshalb nicht begriff, was sie ihm so zartfühlend, so schön zu sagen versuchte. Sie war sehr traurig; sie hatte nach dem Tod seines Vaters kaum Zeit gehabt, sich wieder darauf zu besinnen, wie man einen Fuß vor den anderen setzt. Später hatte er dann gar nichts mehr in der Hand, nicht einmal die widersinnigen Erklärungen seines Vaters über die Bank und die Scheidungsgesetze des Staates New York, nichts, um seine Lebensweise zu rechtfertigen. Andererseits hatte er auch keine Elisabeth Portes zum Lieben und

Geliebtwerden. Seit Sam im Internat war, hatte Mistler außer mehr oder weniger schäbigen *passades* nichts in die Waagschale zu werfen, was eine zuverlässige eheliche Kopulation auf Anforderung und Claras souveränes Rollenspiel als Gattin des Vorsitzenden aufwiegen konnte, und nichts wog so schwer wie der Grundsatz, alles zu vermeiden, was seiner Arbeit, seiner Leidenschaft für die zermalmende Machtausübung, für das Durchsetzen des eigenen Kopfes in die Quere kommen konnte. Armer Mann: Der Vater hatte sich nicht einmal im Bett bei Mutter durchsetzen können. Wenn man dem Anschein trauen durfte, dann hatte Mistler sein Dasein einer unbefleckten Empfängnis zu verdanken. Eines wußte er gewiß: Wenn Clara sich benommen hätte wie Mutter, hätte er sich nicht nur scheiden lassen. Er hätte sie entzweigebrochen. Merkwürdig, daß Sam nie ein Wort gesagt hatte, weder der Mutter, noch beiden Eltern, noch sich selbst zuliebe. Nicht einmal der heilsamen Vernunft zuliebe. Das war natürlich Mistlers, nicht Sams Schuld. Trotz Kriegsheldentum samt Orden, *Croix de Guerre* oder *Distinguished Service Medal*, und trotz seiner Depressionen war Vater relativ zugänglich und immer milde gewesen. Mit Mistler dagegen über ein Thema zu sprechen, von dem er nichts hören wollte – undenkbar!

War etwas dadurch zu gewinnen, daß er Sam seinen Fall darlegte, ehe der Vorhang fiel? Wie der Zaubermeister, der am Ende seinen Kratzfuß macht und um Nachsicht bittet, weil ihm zum Zaubern jetzt die Kraft fehlt? Vielleicht hätte das befreiende Wirkung auf Mistler, aber sollte man dafür das Risiko eingehen, daß Sam sich wieder vor Verlegenheit drehen und winden würde? War das denn unumgänglich? Eines schien klar zu sein: Er konnte nicht zulassen, daß Sam die Studentenarbeiten beurteilte, sich mit dem anderen Universitätskram befaßte, den er im Kopf hatte, und dann noch zum Lake Victoria abreiste, bevor er das nächste Mal nach Hause kam. Aber angenommen, er ließ sich überreden, vor den Rockies noch einen Besuch bei seinem Vater einzuschieben – was bei seinem ausgeprägten Eigensinn fraglich genug war –, was war damit gewonnen? Konnte Mistler ihn mit der Nachricht überfallen, sobald er in der Tür stand, oder beim Lunch im Club, wenn er ihm Elisabeths Ring aushändigte? Und wenn Sam wirklich, wie vorauszusehen, Monique und das Kind mitbringen wollte? Sicher, es wäre verlockend zu sagen, diesmal nicht, es ist die falsche Zeit. Aber wie würde Sam zumute sein, wenn er es erfahren hatte? Er brauchte dann vielleicht jemanden, an dem er sich festhalten konnte, jemanden, der nicht starb und nicht seine Mutter war. Einen Menschen, zu dem er nachts ins Bett kriechen konnte. Und am Ende war es vielleicht einfacher, Monique und das Kind in New York oder Crow Hill dabei zu haben – zum Teufel mit Venedig, Umbrien und diesem Ort in Schottland, wo man auf Moorhuhnjagd gehen kann. Empfange sie lieber auf heimatlichem Boden. Das ärztliche Bulletin kann dann die Begleitmusik sein. Wenn sie in Crow Hill wären, könnte das Kind am Strand spielen, oder Mistler würde es zum Segeln mitnehmen. So tun, als wäre es Sams Kind, auch wenn es eine freche Göre ist. Es gibt keine Garantie, daß die eigenen Enkelkinder auch nur einen Deut besser geraten. Würde Clara dem gewachsen sein? Eine so gute Gelegenheit, mit Monique zu halbwegs zivilisierten Umgangsformen zu finden, würde sie wohl nie wieder bekommen. Mit größter Wahrscheinlichkeit würde sie die Chance verspielen: Warum sollte eine einzige Familienzusammenkunft, selbst unter diesen dramatischen Umständen, die Arbeit von zwei Jahrzehnten auf der Couch mit Dr. Freud überflüssig machen? Aber vielleicht wäre es auch ein Ausweg für sie.

Sollte er anrufen oder schreiben? Die Vorstellung, ihn von New York oder Venedig aus telefonisch zu informieren, war ungeheuerlich. Hallo, hallo, hier ist Dad. Geht's dir gut? Schön. Übrigens, von wegen Heimkommen, da gibt es was Neues, ich sterbe. Nein, nicht auf der Stelle, du mußt nichts überstürzen, um mir die Augen zudrücken zu können, aber in weniger als sechs Monaten. Dachte mir, du möchtest vielleicht mal vorbeikommen, solange ich noch auf den Beinen bin. Richtig! Wenn es sich einrichten läßt.

Für einen Brief sprach auch nicht übermäßig viel. Sie telefonierten, um Kontakt zu halten, und das war soweit ganz in Ordnung. Im Lauf der Jahre hatten seine schriftlichen Äußerungen sich ganz den »Mistler Regeln« angepaßt, die er seinen Filialen von Thailand bis Norwegen auferlegt hatte: Schreiben Sie, um zu überzeugen. Lassen Sie den Leser nicht entschlüpfen. Wenn Sie Ihr Anliegen nicht in einem Satz formulieren können, haben Sie es nicht durchdacht.

Stellen Sie nie eine Frage, die nicht mit ja oder nein zu beantworten ist. (Zum Beispiel: Werden Sie mein Sofa am Montagmorgen liefern?) Sparen Sie Zeit – wenn Sie einen Brief bekommen, schreiben Sie Ihre Antwort an den Rand, machen Sie eine Kopie für die Akten und schicken Sie das Original an den Absender zurück. Wenn Mistler überhaupt an Sam schrieb, dann meistens deshalb, weil er einen Grund sah, auf's hohe Roß zu steigen – ein Bedürfnis, das sich verloren hatte, seit Sam halbwegs genug zum Leben verdiente und außerdem eine Menge Geld bekommen hatte, das für ihn treuhänderisch verwaltet worden war. Mistlers Schriftstücke zeigten dann den bewußten Stil in Reinkultur. Zum Beispiel:

> Memorandum an Sam, betr.: Umgang mit Geld. Als Dein Treuhänder habe ich erneut X tausend Dollar an die Donald Duck Bank überwiesen, um die Kontenüberziehung von Y Dollar auszugleichen, die mir mitgeteilt wurde. In der Hoffnung, die Unannehmlichkeit einer weiteren derartigen Mitteilung für die nächste Zukunft vermeiden zu können, bitte ich Dich, mir freundlicherweise eine ungefähre Schätzung Deines vierteljährlichen Bedarfs zukommen zu lassen. Ich werde die Summe anweisen. Es hat keinen Sinn, mir zu sagen, Du brauchtest kein Geld von der Familie, wenn Dein frugales Leben in Kalifornien bedeutet, daß Du ungedeckte Schecks ausstellst. Die Donald Duck Bank schätzt das nicht, und ich auch nicht. Bedauerlicherweise muß ich Dir als Dein Treuhänder

mitteilen, daß ich kein Recht habe, die Hypothek auf Moniques Haus abzulösen. Ich bin jedoch gern bereit, das Treuhandkapital anzubrechen und Dir eine Summe in vernünftigem Rahmen zur Verfügung zu stellen, damit Du Dir selbst ein Haus kaufen kannst. Wer in Deinem Haus mit Dir lebt, ist weitgehend Deine Sache. Und, um einem möglichen Protest zuvorzukommen: Bitte verstehe, daß dies weder bloße Formalitäten sind, noch ein Beweis dafür, daß ich kein Interesse daran hätte, Monique glücklich und zufrieden zu machen. Großvaters Trust gestattet mir, Dir Zinsen auszuzahlen. Nicht ausgezahlte Zinsen – und sie sind beträchtlich, weil Du nicht willst, daß ich sie Dir auszahle – werden dem Kapital zugeschlagen. Das Kapital darf ich nur angreifen, um Dir in Notlagen zu helfen, wenn es um Deine Gesundheit geht, oder um Dir Hilfe bei der Existenzgründung zu leisten, durch den Kauf eines Hauses zum Beispiel.

Solche Memoranden unterschrieb er immer mit: »Herzlich, Dein Vater«, als ob es keine anderen Floskeln gäbe. Wäre es besser gewesen, dem Anwalt der Familie derartige Aufgaben zu übertragen? Er hatte das seltsame, abartige Gefühl, dadurch würde die Distanz zwischen ihm und seinem Sohn noch größer werden. Hätte er eine Eingabe beim Gericht machen und darum bitten sollen, als Treuhänder abgelöst zu werden? Von der Staatsbank? Von Onkel Abthorp, der sich bestimmt geweigert hätte?

Dies war etwas anderes. Auf Samtpfoten wollte er

sich dem Thema nähern, das ihm am meisten Angst machte: dem Schweigen, das ihn von seinem Sohn trennte. Er konnte zum Beispiel schreiben: Sam, insgeheim bin ich überzeugt, daß Du über alles, was ich Dir so gern sagen möchte, solange mein Verstand noch nicht umnebelt ist, und solange Dir noch Zeit zum Fragen bleibt, schon längst und gründlich nachgedacht hast und die schmerzlichen Antworten kennst. Aber wie kann ich Gewißheit haben? Es wäre furchtbar, wenn ich mich irrte und wir die Chance verlören, weil wir so unsicher und verkrampft miteinander umgehen. Ich war dankbar, daß Du nicht feindselig gegen mich wurdest, als Du anfingst, erwachsen zu werden, daß Du nicht zum Rebell wurdest, als fast alle Deine Altersgenossen sich im Aufruhr übten. Gern sage ich es nicht, aber mich schaudert bei der Vorstellung, wie ungeschickt und destruktiv ich angesichts offener Ablehnung gewesen wäre, wie ich auf ein Verhalten reagiert hätte, das ich Dir ins Gesicht flegelhaftes Benehmen genannt hätte. Aber es brach mir das Herz (verzeih die Rührseligkeit, sie wird wieder vorkommen), als ich sah, wie Du Dich abgeschottet hattest. Nicht nur gegen Mom und mich; das hätte man vorhersehen und, bei einiger Selbstlosigkeit, auch begrüßen können! Aber Du hast Dich gegen alles verbarrikadiert. Gegen Anstrengung und Vergnügen, Erfolg und Fehlschläge, gegen Abenteuer. Auch gegen Sex. Jedenfalls hat es für mich so ausgesehen, und das hat mich bekümmert. Du kennst mich als einen gleichgültigen Ehemann, als kalten Menschen ohne Zärtlichkeit, und so findest Du es vielleicht komisch, daß ich mir Glück nur mit einer Frau vorstellen kann. Ich glaubte, Dich immer weiter auf einer Straße ziehen zu sehen, an deren Ende, wie in einer Allegorie, eine von scharfkantigen Felsen und dunklen Eiben gesäumte Höhle gähnte. In ihrem Inneren sah ich die gestaltgewordene Negation: skelettartig, halb nackt, mit Spinnweben behangen. Und deshalb war ich heilfroh, als Du Dich entschlossen hattest, nach Palo Alto zu ziehen, dort zu arbeiten und ganz verschieden und ganz weit weg von mir zu leben. Deine Traurigkeit und das Scheitern, das ich für Dich befürchtete, würde ich nun nicht aus unmittelbarer Nähe mitansehen müssen. Oh, ich wollte wohl über Dich nachdenken, mir Sorgen und Vorwürfe machen, aber aus der Distanz.

Le pire est toujours certain. Dein Großvater liebte diesen Spruch; er benutzte ihn recht oft. Er muß ihn von Tante Elisabeth gelernt haben. Aus diesem Grund liebe auch ich ihn, aber es stimmt nicht immer, daß alles schlecht ausgehen wird. Dein verändertes neues Leben zum Beispiel. Dein Glück. Daß Du nun ein Mann geworden bist, wie ich ihn mir erhofft habe, als Du ein Baby und später ein kleiner Junge warst, bevor Du verletzt wurdest. Verletzt von mir. Was hat Dich davon geheilt? Daß Du gelernt hast, wie gut Deine Arbeit sein kann, oder daß Du Monique gefunden hast? Vielleicht war das eine nicht ohne das andere möglich. Ich bezweifle, daß Du ihr gestattet hättest, Dich zu lieben, wenn Deine Heilung nicht schon eingesetzt hätte.

Ach Sam, weißt Du noch, wie wir zusammen Tennis gespielt haben, bevor Du entschieden hast, daß mein Aufschlag eine tödliche Beleidigung sei, die Du nie mehr dulden wolltest? Das hast Du mir mitgeteilt, ungefähr zu der Zeit, als wir auf die Nachricht warteten, ob Du Deine erste Stelle an der Universität bekommen würdest. Wir hatten so viele Stunden zusammengesessen, die Unterhaltung hatte sich beklemmend im Kreis gedreht, wir hatten auf die Nachricht gewartet, gewartet. Weil ich wußte, wieviel diese Nachricht für Dich zu bedeuten hatte, war die Spannung wie der Vogel, der an Prometheus' Leber frißt.

Halt, Mistler, stop! Um Gottes willen, finde eine andere Metapher.

Du wurdest am Montag benachrichtigt, Stunden nach meinem Aufbruch in die Stadt. Deine Mutter rief mich an, um es mir zu sagen. Natürlich war es in Crow Hill schon Mittag, wegen der Zeitdifferenz, obwohl sie Dich gleich morgens anriefen. Du fuhrst sofort ab, um das Flugzeug in Hartford zu erwischen, und flogst, wie geplant, nach Alaska. Und ich habe nichts mehr von Dir gehört, wochenlang nicht, bis Du anriefst, weil ich Dir Geld auf das Konto überweisen sollte, das Du in Palo Alto eröffnet hattest. Sonst nichts: Die Tatsache, daß Du bekommen hattest, was Du wolltest, daß Du dort Erfolg hattest, wo ich mir Erfolg für Dich am meisten wünschte, das Thema war passé, darüber hatten wir kein Wort mehr zu verlieren.

Darauf entschied ich, mein Herz gegen Dich zu verhärten. Dad, hast du dich über mich geärgert? fragtest Du Monate später. Natürlich antwortete ich:

Nein, wie könnte ich wütend auf meinen einzigen Sohn sein, und so weiter und so weiter. Ich habe nicht einmal gelogen. Allerdings habe ich Dir auch nicht gesagt, was ich inzwischen begriffen hatte, daß nämlich Deine Liebe zu mir und meine Liebe zu Dir nicht miteinander in Einklang zu bringen sind. So muß es sein, das ist die natürliche Ordnung. Eine gute Übung, wie man zu meiner Zeit bei der Navy gesagt hat. Gelernt zu haben, daß ich mit meiner Liebe und Hoffnung allein bin, ist jetzt vielleicht von Nutzen für mich. Aber damals schien es mir so, als ob das, was in mir zerbrochen war, genausowenig wieder geflickt werden könne wie das, was ich in Dir zerbrochen hatte.

Ich rede um den heißen Brei herum. So lange, bis Du es nicht mehr zuließest, zwang ich Dir meinen Willen auf, immer und überall. Ich habe Dich gequält, bis Du schließlich gestreikt hast. Mit dem Wasser habe ich Dich gequält: So kalt kann Dir doch nicht sein, Du schuldest mir noch zehn Züge, und bleibe bitte beim Kraulen; was soll das heißen, es ist zuviel Wind für das Dingi, den Pokal gewinnst Du nicht, wenn Du nicht trainierst, Du weißt, daß wir gewinnen können. Familientradition: Dein Urgroßvater, Dein Großvater und ich, alle haben wir in der Schulmannschaft gespielt, wie kannst Du Dich weigern, es wenigstens zu versuchen? Die Vergleiche mit mir: Ich bin nicht müde, schläfrig, durstig, hungrig, mir ist nicht zu kalt, nicht zu heiß. Warum Dir? Wenn es einen Weltenrichter gäbe, vor den ich treten müßte, eine Psychostasie wie auf dem wunderbaren Mosaik in Torcello, mit Engeln und Teufeln zu beiden Seiten der Waagschalen, auf denen die Seelen gewogen werden, dann würde Er vielleicht befinden, es seien läßliche, entschuldbare Sünden. Die eine Sünde, von der kein Richter, am wenigsten ich selbst, mich entlasten kann, das ist der Zwang, den ich auf Deinen armen kleinen Körper ausgeübt habe. Oh, alles nur zu Deinem Besten, nur nach dem Rat von Dr. Spock und den idiotischen Ärzten, die ich angeheuert und bezahlt habe, und Du hast gebrüllt vor Kolikschmerzen, aber Du warst in meinen Riesenhänden, die sich durch nichts zurückhalten ließen, nicht, wenn eine Arbeit zu tun war. Es ist eine Erinnerung, die ich im finstersten Brunnen meiner Seele versenkte, wo sie untergetaucht blieb bis zu dem Tag, als Dein Flugzeug aus Balsaholz die gelbe Ming-Vase Deiner Urgroßmutter umwarf. Wütend zerbrach ich das Spielzeug, und Du schriest weinend Daddy, Daddy, Daddy. Du konntest nicht glauben, daß ich so etwas fertigbringen würde.

Mistler, der fest in seine Decken gewickelt war und mit den Armen die Kissen umklammerte, merkte, daß auch er weinte. Was kann schmerzlicher sein als eine Erinnerung an vergangenen Kummer, die in gegenwärtigem Elend wieder auftaucht? Nichts kann schlimmer sein, dachte Mistler. Erschöpfung, die Tabletten, die er geschluckt hatte, viel zuviel Alkohol: Wie zuvor der Traum von Dr. Endicott, so verschwamm auch jetzt sein Brief an Sam und verlor sich in schmerzlicher Ferne. Er konnte seine Gedanken nicht mehr zusammenhalten.

Als er aufwachte, war das Zimmer gleißend hell. Er mußte die Fensterläden geöffnet haben, um mehr Luft einzulassen, bevor er zu Bett ging. Er taumelte zum Fenster im Wohnzimmer und sah auf den Canal Grande hinaus. Sein Kopf dröhnte fürchterlich! Verglichen mit diesem Brummschädel war die Kuppel der Salute ein Stecknadelköpfchen. Seine Uhr zeigte einige Minuten vor zwölf. Die Kirchenglocken zu beiden Seiten des Hotels begannen im selben Augenblick mit ihrem Läuten, hielten inne, fingen von vorn an, eine Kirche setzte ein, sobald eine andere aufgehört hatte. Zu seiner Überraschung behielt Mistler sein Frühstück bei sich. Was du heute kannst besorgen, das verschiebe nicht auf morgen. Er legte die Faxe, die der Kellner mit dem Frühstückstablett hereingebracht hatte, deutlich sichtbar auf das Sofa, damit er sie nicht vergaß, holt das kleinformatige Notizpapier aus der Schreibtischschublade, setzte sich hin und schrieb:

Ich bitte Dich sehr, liebster Sam, warte nicht bis August, komm eher nach Hause. Ich habe es nicht über mich gebracht, am Telefon davon zu sprechen, aber es gibt einen Grund zur Eile. Vor ungefähr zwei Wochen haben die Ärzte entdeckt, daß ich unheilbaren Krebs habe. Der Versuch, ihn chirurgisch zu entfernen oder ihn zu behandeln, wäre sinnlos. Nicht aufregen! Es geht mir nicht besonders schlecht, und das wird wahrscheinlich auch noch einige Monate lang so bleiben. Leider kann man sich nicht darauf verlassen, daß solche Dinge sich an Zeitpläne halten, und mir wäre es sehr viel

lieber, wenn Du kommst, solange ich noch aussehe und mich fühle wie der, den wir gewohnt sind. Ich zähle darauf, daß Du Monique und Linda mitbringst, falls Monique es einrichten kann. Mom wird nett zu ihnen sein, ich garantiere das, und ich würde mich besonders freuen, Linda in Crow Hill herumtoben zu sehen. Mach' Dir keine Sorgen um Mom. Ihr werdet Euch wahrscheinlich besser verstehen, wenn ich aus dem Weg bin. Du weißt, daß sie als Ehefrau schon seit langem unglücklich ist. Meine immense Freude über Deine größere Nähe zu mir, hat sie zwangsläufig verstimmt; sie hat sich über Dich wie über mich geärgert und auch über Monique, obwohl die arme Monique mit unseren Schwierigkeiten nichts zu tun hat und in ihrer Art eigentlich so ist, wie Mom junge Frauen mag. Übrigens, falls uns Zeit bleibt, kann ich hoffentlich mit Dir über die Fehler reden, die ich gemacht habe. Ich weiß nicht mehr genau, wie Dr. Johnson es formuliert hat, nur ungefähr: Das Wissen, daß man gehenkt wird, konzentriert das Denken. Und ich kann Dir versichern, das ist sehr wahr!
Da ich diesen Brief mit Eilboten schicke, wirst Du ihn am Tag meiner Rückkehr von Venedig nach New York haben. Mom weiß nicht, daß ich krank bin. Bitte, sprich nicht mit ihr darüber, bevor ich anrufe und Dir sage, daß sie inzwischen Bescheid weiß.

Das war das. Im Minikühlschrank fand sich Tomatensaft. Er mischte ein kleines Quantum davon mit

Gin. Es gab Dinge, auf die noch Verlaß war. Wenn ein Mann wie er, *integer vitae scelerisque purus*, lustgewohnt, wenn so ein Mann einen unschönen Tod hat, muß man dann sagen, er habe kein glückliches Leben gehabt? Vorläufig neigte Mistler zum Gegenteil. Der Spruch, man solle den Tag nicht vor dem Abend loben, war altkluges Geschwätz. Man lebte den Tag Stunde für Stunde und das Leben Tag für Tag. Warum sollte allein die letzte Spanne zählen?

Er zündete sich eine Zigarre an, stellte fest, daß sie gut zog und daß ihm nicht übel wurde, und setzte sich auf das Sofa, um die Faxe zu lesen. Das erste war von Clara, seiner Sekretärin diktiert. Sie hatte versucht, ihn zu erreichen, nachdem sie das Gespräch beendet hatten, aber die Auskunft bekommen, er dürfe nicht gestört werden. Gott sei Dank habe ich daran gedacht, dem Portier in der Rezeption zu sagen, ich würde keine Anrufe annehmen, bevor ich zum zweiten Mal ausging! Sie hätte die ganze Nacht durch angerufen, würde auch jetzt am Telefon hängen. Clara wollte ihn daran erinnern, zwölf Sherbet-Becher aus ungefärbtem Glas zu kaufen und mitzubringen, als Ersatz für die zerbrochenen. Warum nicht? Er würde auch Sektgläser erwerben. Man weiß nie, wann man ein zweites Dutzend brauchen kann. Das zweite Fax war von Voorhis. Die Omnium Aktien waren weiter gesunken. Der Marktanalytiker der Investmentbank, der Omnium beriet, machte sich Sorgen wegen der Sprunghaftigkeit. Er sah voraus, daß die Aktien weiter fallen würden, sobald die Transaktion bekanntgegeben würde. Deshalb hatte Jock

Burns Voorhis angerufen und ihn beim Dinner gestört, um eine Verschiebung der Transaktion um einige Wochen zu erbitten, damit die Aktienpreise sich stabilisieren könnten. Was sollte Voorhis antworten? Mistler spürte, wie ihm die Röte ins Gesicht schoß, und griff zum Telefon. Voorhis hätte dieses unverschämte Ansinnen sofort zurückweisen sollen; da er es nicht getan hatte, würde Mistler dies selbst übernehmen. Kurz nach sechs Uhr morgens in New York. Das würde Jock ganz recht geschehen, jetzt durch einen Anruf von Mistler geweckt zu werden. Aber sein Ärger schwand, als er die Nummer wählte. Eigentlich reichte es, wenn er zu einer vernünftigeren Zeit den armen Voorhis anrief und ihn beauftragte, Jock zu erklären, wenn er und seine Ratgeber es so wenig eilig hätten, dann müsse Mistler vielleicht auch noch einmal überdenken, wie attraktiv er den Handel eigentlich finde. Daraufhin würde bei Omnium mit hoher Wahrscheinlichkeit Panik ausbrechen, sie würden sich entschuldigen und den alten Zeitplan wieder in Kraft setzen. Andernfalls behielt womöglich der Krebs in ihm das letzte Wort. Und wenn schon. Die Agentur würde auf jeden Fall verkauft, wenn auch vielleicht für weniger Geld, als er gehofft hatte.

Er sah auf die Uhr. Das Mittagessen bei Barneys Freundin – den Namen hatte er nicht mehr im Kopf – fand bestimmt nicht vor zwei Uhr statt. Wenn er im Bad nicht trödelte, kam er nur wenig zu spät.

X

Auf dem *vaporetto*, der von den Zattere zur Giudecca hinüberfährt, ein eng umschlungenes Paar: eine junge Frau mit naturrotem Haar und ein unrasierter Mann. Er schiebt sie gegen die Metallwand neben dem Eingang zur Passagierkabine, seine Zunge fährt so tief in ihren Mund, daß er ihr die Mandeln putzen könnte. Mistler hat eine ausgezeichnete Sicht auf die Vorgänge. Er lehnt mit dem Rücken an der Trennwand, die das Ruderhaus abteilt. Da er sich nicht die Mühe gemacht hat, eine Fahrkarte zu kaufen, meidet er jeden Augenkontakt mit dem *marinaio*. Die Strecke bis zur nächsten Haltestelle ist so kurz, daß der *marinaio* seine Fahrkartentasche nicht eigens aus dem Ruderhaus holen wird. Wahrscheinlich ist Mistler auf der sicheren Seite. Es ist ein Spiel wie jedes andere. Mistler spielt gerne, wenn es keine Spielregeln gibt. Er rückt ein klein wenig zur Seite, um die Gesichter des Paares besser sehen zu können. Mehr denn je ist ihm klar, daß Ficken die Schubkraft ist, die die Welt bewegt. Was sonst wäre der Grund für diese knapp unterhalb des Schoßes endenden Röcke, die unverhüllten Oberschenkel, deren Innenseiten geradezu zum Streicheln auffordern; für diese Sandaletten mit Plateausohlen und die trunkenen hohen Absätze, die an Bilder venezianischer Huren erinnern; für die entblößten Taillen und Bauchnäbel, Mascara, die vielfach von Ohrringen durchstoßenen Ohrläppchen, die eine obszöne Ergebenheit versprechen? Dies ist nicht mehr seine Welt. Und trotzdem starrt er das Mädchen unverhohlen an und pfeift, nicht mit Linas peinlicher Genauigkeit, aber deutlich: *Bella figlia del'amore*. Der Mann mit den Kinnstoppeln und einem kleinen Nasenring, wie Mistler jetzt erst sieht, hat alle Hände voll zu tun mit dem Hinterteil der jungen Frau, er hört nichts, aber sie hat jeden Ton wahrgenommen. Sie zwinkert Mistler zu. Wenn er die Adresse eines erstklassigen Bordells wüßte, würde er sofort dorthin stürzen, statt den blöden Barney zu suchen. Wie widersinnig das alles ist, entgeht ihm nicht. Er hätte sich nur ein klein wenig Mühe geben müssen, und Lina wäre geblieben, bis er wieder nach New York kam und Claras Schicht begann. Nur, daß er heiß ist.

Der verdammte Barney hat noch nie etwas ordentlich hingekriegt. Oder Mistler hat vergessen, wie viele Häuser er nach der Kirche abzählen soll. Gotische Fenster. Das fünfte oder sechste Haus. Schön und gut, aber die Namen am Klingelbrett sind italienisch und sagen Mistler nichts, bis auf einen von unklarer Herkunft, und das ist der Name einer Diva, die Mistler, wie er sich dunkel erinnert, vor ungefähr hundert Jahren in irgendwas hat singen hören. Das kann nicht der Name von Barneys Freundin sein. Das nächste Haus hat eine Glastür. Man kann durch sie hindurch auf einen Hof von unerwarteter Schönheit sehen. Bravo, Barney! Nein, wieder nichts; ein Messingschild informiert Mistler, daß dies der Eingang zu Archiven ist, von deren Existenz er noch nie gehört hat. An einer Seitentür findet sich jedoch, außer einer gemischten

Kollektion von Fabri-Vinci und Vinci-Fabri, neben einem Klingelknopf der diskrete Hinweis: *Piano nobile*. Das muß es sein. Er drückt den Daumen auf die Klingel. Darauf gellt ein Lärm, der Tote aufwecken könnte. Keine Antwort. Noch einmal auf den Knopf drücken. Immer noch keine Antwort, aber das Türschloß öffnet sich klickend. *Piano nobile*, also eine Treppe hoch. Aber natürlich! Dort, auf dem Treppenabsatz, steht Barney und sieht ganz entsetzlich aus. Entweder ist er überhaupt nicht ins Bett gekommen, oder er hat in seinen Kleidern geschlafen. Obwohl Mistler praktisch schon tot ist und deshalb nicht mehr so sehr wie früher dazu neigt, seinen Mitmenschen zur Weiterbildung zu verhelfen, wird er Barney nach dem Essen vielleicht doch darauf aufmerksam machen, daß man sich wirklich in jeder Lebenslage besser fühlt, wenn man sich die Zähne geputzt, das Kinn rasiert und etwas Sauberes angezogen hat. Egal was: Sogar ein T-Shirt mit dem aufgedruckten Spruch »Up Mine!« erfüllt den Zweck. So ein T-Shirt hat Mistler noch nie gesehen, warum eigentlich nicht?

Ach du Schreck, Thomas! Ich glaub's nicht.

Ich hoffe, ihr habt mich erwartet, du und deine Gastgeberin! Wenn du nicht mehr daran gedacht hast, kein Problem. Meine Kantine ist nebenan. Darf ich dich einladen?

Sei nicht albern. Bunny ist schon ganz aus dem Häuschen vor lauter Vorfreude auf dich. Ich habe nur nicht geglaubt, daß du aus dem Bett findest. Du bist doch der Bursche, der sterben soll, weißt du nicht mehr? Aber eins will ich dir sagen: Der Aasgeier, der bin ich. Hallo, Bunny, er ist da! Thomas in alter Frische und doppelt so natürlich!

Er führt Mistler durch einen Vorraum in den *salotto*, dessen Fenster auf den Kanal hinausgehen. Das Licht ist farblos und hart, weil das diesseitige Ufer jetzt im Schatten liegt. Mistler kennt den Blick gut, hat aber noch nie von einem Punkt oberhalb der *Fondamenta* hinübergeschaut. Ein griechisches Vergnügungsschiff hat am anderen Ufer festgemacht. Daneben eine Art Autofähre. Das große Zimmer wirkt eher schäbig: Hochlehnige, mit altem Samt bezogene Stühle neben skandinavischen Holiday Inn Sitzmöbeln, ein durchgesessenes Sofa, ein Couchtisch, übersät mit Seiten der *Herald Tribune* der letzten Woche, und ein paar Ledersessel. Der alte Teppich hat Risse, die von Abnutzung zeugen. Auf der purpur- und gelbgestreiften Tapete hängt ein Sammelsurium von Porträts, lauter Männer mit roten, über die Ohren reichenden Kappen, Dogen also, und ein paar Gemälde von übergewichtigen, in Gruppen herumhüpfenden Göttinnen. Vermutlich zweitklassige Kopien aus dem neunzehnten Jahrhundert, die noch nicht den Weg zu einem der einschlägigen Händler auf der anderen Seite von San Marco gefunden haben. Auch ein großformatiges, farbtriefendes violettes Machwerk, das aussieht wie ein Yves Klein, aber wohl keiner ist. In diesem Fall ist die Nicht-Authentizität nach Mistlers Geschmack ein Vorteil. Warum Geld für Zeug ausgeben, das jeder Banause, wenn er eine Dose Farbe hat, mit derselben Wirkung machen kann? Aha, vor dem Fenster ist ein Tisch für vier Personen gedeckt.

Aus dem Zimmer zur Rechten hört er erst hohe Absätze auf venezianischen Fliesen klappern und dann die Stimme – kehlig, verschleiert die Enthüllung des heiligsten Geheimnisses versprechend.

Thomas, das ist ja nicht zu fassen! Daß Barney dir über den Weg läuft! Oder war's umgekehrt?

Warum sollte Barney ihn so an der Nase herumführen? Der Name Cutler fällt Mistler wieder ein. Er weiß genau, daß er niemanden, weder Mann noch Frau, namens Bunny Cutler kennt. Aber die Stimme! Jeder Zweifel ist ausgeschlossen, die Stimme kennt er genau.

Sie ist ins Zimmer gekommen. Bedauerlich in die Breite gegangen, und dennoch: Ein Wunder war am Werk und hat die Elfenbeinfarbe ihrer Haut erhalten, leider nicht die Glätte, sonst hätte man sagen können, ihr Gesicht sei unverändert: ausgeglichene, ruhige Formen, nicht verfettet, erstaunlich große, weit auseinanderliegende Augen und schweres Haar. Pallas Athene! Das Haar war wie blasses Gold gewesen – lang, bis auf die Schultern fallend, in der Mitte gescheitelt und offen. Im Wind flatterte es wie ein Banner, wenn sie mit ihrem roten Schwinn-Fahrrad auf der Massachusetts Avenue durch den Verkehr brauste, auf dem Weg zur Widener Bibliothek oder zu Bickford's, zum Tee mit englischen Muffins, aus denen die gesalzene Butter tropfte, oder auf dem Rückweg zum Radcliffe Quadrangle. Sonne und Wind haben das Haar ausgebleicht, oder vielleicht altert solches Haar auf diese Weise. Sie trägt ein blaues trapezförmiges Kleid, vorn durchgeknöpft. Es ist ärmellos, und über die Schultern hat sie einen dunkler blauen, im Zopfmuster gestrickten Baumwollpullover geschlungen. Mistler wagt, einen Blick auf ihre Beine zu werfen. Sie sind noch immer schlank, die Fesseln zierlich. Die hohen Absätze, die ihr Kommen ankündigten, gehören zu feuerroten Sandalen. Nur eine Erklärung ist hier möglich. Sie ist ein Gast. Die richtige Bunny wird gleich auftauchen.

Bella, sagt er, ich freue mich. Nein, das ist zu blaß. Ich bin ganz wahnsinnig glücklich. Wie hätte ich ahnen können, daß du zum Lunch hier bist?

Barney, du unnützer Spinner! Hast du's Thomas nicht erklärt?

Aber ich dachte, er weiß es. Nein, umgekehrt. Er hat mir gesagt, er wisse es nicht.

Bella, wer bist du?

Trinken wir einen Schluck Wein, antwortet sie. Prosecco?

Ich kann auf keinen Fall etwas mit Bläschen trinken, sagt Mistler. Es muß Wodka pur oder Gin sein. Oder Rotwein, wenn das einfacher ist.

Sie klingelt. Die Klingel ist neben dem in Pink gehaltenen Reigen von Göttinnen. Getränke werden gebracht.

Ist es wirklich wahr, daß ich dich seit dem College nicht mehr gesehen habe, Thomas? Kurz bevor ich nach England ging?

Mistler nickt. Er hat die Jahre gezählt. Nun wartet er auf eine Erklärung.

Ich habe dort geheiratet, fast umgehend, einen

Mann namens Cutler. Thomas Cutler, er wurde Tommy genannt.

Wie mein Vater.

Bella lächelt, und Mistler wird sofort rot. Circe hat Männer in Schweine verwandelt, Bella verwandelt ihn in einen Idioten. Unfehlbar. Sie lächelt, ohne ihre Lippen zu öffnen, genau so, wie Mistler es in Erinnerung hat. Das Mona-Lisa-Lächeln. Er vermutet, daß sie nie etwas wegen ihrer Zähne unternommen hat, die zu weit auseinanderstehen.

Tommy war ein sehr lieber Junge, aber nach ein paar Jahren schwängerte er das Mädchen, das die eigentliche Leiterin seiner Galerie war – er handelte mit islamischer Kunst –, und er wollte nicht, daß sie eine Abtreibung machen ließ. Wir hatten es nicht geschafft, ein Kind zu bekommen, und er erklärte mir, er sei polyphiloprogenitiv. Wirklich wahr! Er ist der einzige Mensch, von dem ich dieses Wort je gehört habe.

Es steht bei T. S. Eliot, klärt Barney sie auf. In einem der Sweeney Gedichte.

Da muß er es gefunden haben. Beim Lesen hatte er immer ein Wörterbuch zur Hand. Im ersten Moment hatte ich Angst, es handle sich um eine scheußliche Krankheit, und dann fragte ich, was das Wort bedeutet. Er löste das Familienproblem, indem er mich hinauswarf. Mit großer Bestimmtheit. Ich ging und nahm nichts mit, nur die Kleider, die ich auf dem Leib trug. Alles andere brauchte er. Zu der Zeit hatte ich ein paar Artikel und einen Reiseführer unter dem Namen Cutler geschrieben, also entschloß ich mich, dabei zu bleiben.

Aber warum Bunny?

Bella konnte er nicht ausstehen. Als wir uns kennenlernten, erklärte er, wenn ich keinen anderen Namen fände, würde er nicht mit mir schlafen. Mir fiel keiner ein, deshalb sagte ich: Nenn mich Du. Das tat er zuerst auch, aber dann sagte er, Bunny, Häschen, sollte ich heißen, denn genauso würde ich ficken! Barney, dir muß ich die Geschichte schon tausendmal erzählt haben. Jedenfalls blieb der Name Bunny. Ganz *entre nous*, ich glaube, er paßt eigentlich gut zu mir. Damit lebt sich's leichter als mit den Erwartungen, die der Name Bella weckt! Thomas, du wirst dich daran gewöhnen müssen. Wird dir das sehr schwerfallen, Thomas? Du hast dich gar nicht verändert, scheint mir.

Den neuen Namen zu lernen? Ich denke, in der normalen Unterhaltung kann ich es schaffen, wenn du mir gelegentliche Ausrutscher verzeihst.

Du hattest immer alles in deinem Kopf sehr gut unter Kontrolle. Auch das kann nicht anders geworden sein. Barney, von meiner neueren Geschichte hast du Thomas wohl nichts erzählt?

Oh, ich glaube, doch, gestern nacht, als ich sturzbetrunken war. Wie schade, daß er dich nun nicht in vollem Glanz, im Palazzo der Familie, sehen konnte! Das wird Joe sein, fügte er hinzu, als die schauerliche Klingel wieder schrillte. Ich mache ihm auf.

Schwatzen im Vorraum. Mistler ist erfüllt von dem, was er jetzt vor sich sieht, und dem, was einmal war. Er schiebt eine *Herald Tribune* beiseite, um Platz für sein Glas auf dem Couchtisch zu schaffen, und merkt, daß die Tischplatte aus einem großen, trüb gewordenen Spiegel besteht. Bunny ist offensichtlich zufrieden, daß er sie so intensiv wahrnimmt; ihr Lächeln ist dermaßen breit, daß es jeden Moment in Lachen umschlagen kann. Dann wird sie gurren wie eine Turteltaube. Statt zu lachen, zwinkert sie ihm zu. Das findet Thomas sehr charmant. Auftritt Joe: Er sieht sehr jung aus, aber in dieser Gesellschaft ist das leicht. Über vierzig wird er schon sein. Ein sauberes, klares Gesicht, ein ganz frisches Brooks Bros. Hemd und Bluejeans, die gerade gestärkt und gebügelt aus der Reinigung gekommen sein müssen. Er küßt Bunny dreimal auf die Wangen und schüttelt Thomas die Hand.

Ich freue mich sehr, Sie kennenzulernen, Mr. Mistler, Sie sind ja Legende.

Autsch, schon wieder ein kreativer Teilzeitarbeiter aus dem Inneren einer Werbeagentur. Die Leute werden zu gut bezahlt. Warum können sie nicht in ihren Kabinen oder Schreibstuben sitzen, statt dauernd unterwegs zu sein? Das wäre ein Thema für die nächste Sitzung der Geschäftsführung. Der Gedanke, an einer solchen Sitzung teilzunehmen, ist so absurd, daß er Mistler sichtlich aufheitert, und prompt meint Joe, daß Mistler sich seinerseits freut, ihn zu sehen.

Er sagt: Wirklich, Sie sind eine echte Inspiration!

Bunny eilt zu Hilfe, sie sagt: Joe, du bist so spät gekommen, daß du keinen Drink verdient hast. Setzen wir uns zum Essen.

Auf der Pasta ist jede Menge Soße. Mistler gefällt es, wie Bunny sich eine Ecke der Serviette oben in ihren eng die Kehle umschließenden Kragen gestopft hat. Ihre Kehle ist eher füllig. Joe hat eine geschickte Art, die Serviette mit der linken Hand so zu halten, daß sie die tadellose Hemdenbrust schützt. Ein nützlicher Trick, den Mistler auf der Stelle nachmacht und auch anzuwenden gedenkt, wenn er grünen Salat ißt. Niemand soll sagen, er könne sich nicht ändern – wenn er dies nur als junger Mann gelernt hätte, nicht auszudenken, wie viele Krawatten dann verschont geblieben wären. Barney kümmert sich einen Dreck, das sieht man. Braune Kleckse tropfen auf sein schwarzes Hemd. Von Zeit zu Zeit taucht er seine Serviette in sein Wasserglas und tupft an den Flecken herum. Mistler lobt Bunnys Wein.

Er kommt von der Feretti *azienda* in Friaul. Francisco-der-Erbe schickt ihn. Mit Wein ist er sehr großzügig.

Barney ereifert sich: Das ist das mindeste, was er tun kann! Der Knabe hätte dir die Wohnung lassen und eine Rente zahlen sollen!

Er hat mir die im dritten Stock angeboten, aber sie ist dunkel. Diese hier ist mir lieber. Enrico wird schon gewußt haben, wer was verdient. Francisco hat Dinge für ihn getan, die er von mir nie bekommen hätte.

Joe kichert. Nach einem Augenblick des Nachdenkens stimmt Barney ein.

Wie lange bleibst du, Thomas?

Nur bis Sonntag.

Wie schade! Aber du kommst wieder. Vielleicht im Herbst. Dann ist Venedig am schönsten.

Sie zeigt auf den Himmel über dem Kanal: Wolken

in den Grau- und Rosatönen Tiepolos bilden einen Halbkreis über dem Turm von San Trovaso.

Ich weiß. Ich komme schon seit Jahren her. Ich wünschte, ich hätte gewußt, daß du hier bist. Aber ich habe mich nie verabredet. Die Idee war: Sachen anschauen, lesen und diese kleinen jungen Artischocken hier essen.

Warum hat er nichts von Clara gesagt? Wenn er jetzt versucht, das Versäumnis wiedergutzumachen, wird es nur noch peinlicher. Mistler kann sich nicht überwinden, noch nachzuschieben: Oh, und Clara ist ganz versessen auf Muranoglas. Obwohl ihr das nur recht geschähe. Am liebsten würde er den Kauf der Sherbet-Becher streichen. Es ist nicht klar, ob Barney Bella – das heißt Bunny – von Mistlers Krankheit erzählt hat; nach ihrer Frage zu urteilen, hat er ihr nichts gesagt. Zartgefühl und Takt? Das wäre ihm durchaus zuzutrauen. Er könnte sich in einen Regenwurm einfühlen. Oder leichtlebige Herzlosigkeit? Es gibt keinen Grund, die Gastgeberin am Morgen gleich mit der unangenehmen Neuigkeit zu überfallen, daß es sehr schlecht steht um den Mann, den man ohne ihre Erlaubnis zum Essen eingeladen hat. Obwohl es auch in Ordnung gewesen wäre, ihn ungefähr so anzukündigen: »Ich bin gestern abend in dieser zauberhaften Lasterhöhle über Mistler gestolpert, ja genau, der Supersportler mit den literarischen Ambitionen; er sagt, er stirbt demnächst an Krebs, da habe ich ihn gefragt, ob er herkommen will.«

Die Artischocken sind die Beilage zu dem gedünsteten Aal, der nach der Pasta gereicht wird. Wirklich sehr gutes Essen, und ein Quartett von herzhaften Essern: Kein Wunder, daß Bunny nicht mehr das zierliche Geschöpf von damals ist. Noch scheinen alle drei bei bester Gesundheit zu sein. Sie fallen über eine Meringue-Torte her, die in der Konditorei an der Ecke gekauft worden sein muß. Undenkbar, daß die mütterliche Dame mit den Warzen auf beiden Wangen und dem beginnenden schwarzen Ziegenbart, die das Essen serviert und wahrscheinlich auch kocht, die Meringue gezaubert hat. Hat Bunny vielleicht einen Koch? Aus Gewohnheit – einer, die er abschütteln will – nimmt Mistler nur die Hälfte des Stücks, das ihm angeboten wird. Was sucht er zu beweisen? Daß er, wenn auch mit etwas Zerren und Ächzen, noch immer in die Kleider paßt, die er vor dreißig Jahren trug? Ihr dagegen, meine Lieben, schaut euch doch an! Als die alte Dame zu seiner Überraschung die Torte erneut anbietet, nimmt er sich ein deftiges Stück, das er am Ende nicht bewältigen kann.

Joe arbeitet doch nicht für Mistlers Agentur. Er redigiert die Sparte Essen und Trinken für die britische *Vogue*. Warum ein Amerikaner damit beauftragt wird, während in New York inzwischen alle derartigen Stellen von Briten besetzt sind, das sollte man wirklich untersuchen. Mistler fragt danach. Ah, Joe ist dort angestellt, damit die Berücksichtigung des englischen Geschmacks gesichert ist – also gekochtes Hammelfleisch, *bread sauce, meat pie* und der Essensstandard englischer public schools. Die Engländer, die über Essen schreiben, halten es alle mit der *nouvelle cuisine*. Die großen Planer am Ruder der

Vogue denken global, Talente in Kategorien einzuteilen wäre ihnen ein Greuel. Heute englisches Essen, morgen Picasso und deutsche Politik. Joe wünscht sich von Mistler Tips für Restaurants in Mailand, seiner nächsten Station, und in Paris, wo man immer noch Bistros mit solider bürgerlicher Küche finden könne.

Mistlers Antwort ist grob: Ich überlasse es meinen Gastgebern, sich darüber den Kopf zu zerbrechen.

Dann schaltet Barney sich ein, um zu erklären, wie ein Essen mit Joe auf der Stelle zum chinesischen Dinner wird, weil er ungefähr alles bestellt, was auf der Speisekarte steht, und kosten will, was man selbst auf dem Teller hat, und nach und nach wird klar, daß Joe nicht Bunnys, sondern Barneys Gefährte ist.

Die bärtige Dame hat Kaffee, Biskuits und Grappa gebracht. Sie gehen zu dem Sofa und zu den Lehnsesseln hinüber. Mistler stellt fest, daß er gegessen und getrunken hat, als gäbe es kein morgen, und leider ist es ja auch so. Er mustert Bunnys Gesicht, besonders die Augen, und ihre Hände, während Barney, wohl zu Mistlers Belehrung, das Band von der letzten rauschenden Party abspult, die Enrico kurz vor seinem Tod noch gab. Man hat das Gefühl, daß Bunny und Joe die Geschichte nicht zum ersten Mal hören und daß auch andere Zuhörer schon in ihren Genuß gekommen sind. Die Art, wie Barney »Ich« sagt, ist eine spiegelbildliche Verkehrung des pluralis majestatis. Es heißt keineswegs, daß er allein war. Vielmehr hat Leo ihn bestimmt auf alle Bälle begleitet, es sei denn, der griechische Ziegenhirt hatte ihm Leo bereits abspenstig gemacht. Jahrelang hieß es, Barney lebe in einer eheähnlichen Beziehung. So, wie Joe wissend nickt und genießerisch lächelt, war er wohl auch dabei, selbst wenn Barneys erste Person Singular ihn nicht miteinschließt. Vielleicht hat er nur schon mehrmals zugehört, wenn Barney die Geschichte erzählte.

Baby, es war Wahnsinn. Auf der Kanalseite flammte der Palazzo im Schein der Kronleuchter, Fackeln brannten in den zauberhaften Haltern am Gondelsteg, und an der Einfahrt in den *rio* hingen rubinfarbene Banner mit dem Wappen der Feretti Venier von allen Fenstern herab! Maud Rodman bat mich, sie auf den Ball zu führen. Ich sagte, na gut, Schätzchen, nur mußt du unbedingt für diesen Abend eine Gondel mieten. Herrliches Wetter! Kein Windhauch! Du konntest hören, wie das Ruder ins Wasser tauchte und wieder herausglitt. Gleich beim Anlegen sah ich, wie recht ich gehabt hatte – die anderen kamen alle mit dem Wassertaxi. Eine ganz andere Wirkung. Übrigens wundert es mich, daß Enrico nicht auf die Einladungen geschrieben hat: »Die Gäste werden gebeten, zu Fuß oder mit der Gondel zu kommen.« Weißt du noch, was in Rom auf der Einladung stand, wenn er zum Essen bat? »Cocktails um neun, die Wagen um Mitternacht«. Typisch Enrico! Ich hatte einen entsetzlichen Nachmittag, mußte mit Maud von Laden zu Laden pilgern und ihr helfen, eine Maske für den Ball zu finden. Unglaublich! Am Ende habe ich gesagt, Baby, keine Sorge, dein Gesicht ist perfekt, wie es ist, es ist eine Totenmaske. Wirf dein schwarzes Cape um und geh als Schnitter Tod! Sie hat gelacht und gelacht.

Kurz vor der Party ging ich zu ihr in die Suite im Cipriani und half ihr, so lange Reispuder aufzulegen, bis sie aussah wie Marcel Marceau, nur tot. Ich trug meinen Kabuki Kimono, und als wir vom Landesteg in den Ballsaal schritten, haben alle applaudiert. Was für eine Szene! Enricos Geigenorchester spielte Vivaldi, auf allen Stufen in dem wunderbaren Treppenaufgang präsentierten Kellner Tabletts mit Champagner und Blini mit Kaviar! Das konnte nur Enrico einfallen. Ich hielt nach dir und Enrico Ausschau. Du warst eine Königin, trugst grünen Samt und diese wahnwitzigen Feretti Perlen. Als ich nach Enrico fragte, legtest du den Finger an die Lippen und machtest ein geheimnisvolles Gesicht. Weißt du noch? Er trat erst nach Mitternacht auf, mit zwei Doggen an der Leine. Francisco erzählte mir später, daß er in seinem Zimmer vor dem Fernseher gesessen hatte.

Das waren seine irischen Wolfshunde. Ich habe ihn angefleht, die Party zu lassen. Er war schon viel zu schwach.

Aber gib zu, es war Enrico in Reinkultur, daß er den Ball über die Bühne gehen ließ, ohne dabeizusein. Wie damals, 1984, als er im Garten an der Brenta ein Essen für Gianni gab. Einhundert Gäste, Zelte, Geigen, hinreißende Dekoration, ein Wald von Magnolienblüten und diese Frau, schwarz wie die Königin von Saba, die Brahmslieder sang. Er erschien überhaupt nicht! Am Ende traf eine Nachricht ein. Aus Capri! »Ich habe mich aufgemacht, unserer Freundschaft auf der Insel zu huldigen, wo Gianni und ich uns zum erstenmal begegnet sind, allein mit dem

Meer und der Sonne.« Das hast du nach dem Dessert vorgelesen.

Barney findet kein Ende. Nichts zu machen, er raubt Mistler die letzte Gelegenheit, mit Bunny zu sprechen. Er lächelt sie an und sagt, er müsse gehen. Höchste Zeit für seinen Mittagsschlaf. In diesem Augenblick dreht Fortuna an ihrem Rad. Barney sieht auf die Uhr und sagt: Ach, wir gehen auch. Ich habe eine Verabredung mit dem Direktor der Marciana-Bibliothek. Er macht eine Privatführung für uns. Joe kommt mit. Du und Bunny, ihr könntet doch auch mitkommen. Sie liegt an der *piazetta*, nicht weit von deinem Hotel.

Bunny rettet ihn: Barney, geht ihr nur, du und Joe. Ich kenne die Marciana sehr gut. Enrico hat der Bibliothek einen Teil seiner Sammlung geschenkt. Wenn Thomas sich noch ein paar Minuten wachhalten kann, möchte ich gern, daß er hierbleibt. Wir haben uns zu lange nicht gesehen!

Sie läßt den Kopf an die Sofalehne sinken und bläst eine Reihe konzentrischer Rauchringe. Sie hat es tatsächlich nicht verlernt.

Ciao, ciao!

Also bleibt Mistler. Sobald er wieder sitzt, macht er mit der Hand eine Bewegung in Richtung der Grappaflasche auf dem Kaffeetisch. Ein bestätigendes Senken der Augenlider. Er füllt die Gläser und zieht sein Zigarrenetui aus der Tasche. Wieder ein Zeichen der Zustimmung. Ihre Augen sind sehr klar, das Blau dunkler, als er es in Erinnerung hat. Flüchtig fragt er sich, ob sie farbige Kontaktlinsen trägt. Vergebliche

Neugier: Die Jahre der Abwesenheit sind wie Räume mit vermauerten Türen und Fenstern. Nicht zu betreten, selbst wenn er Welten von Zeit hätte.

Sie rückt in die Sofaecke, um ihm näher zu sein, drückt ihre Zigarette aus und sagt: Barney hat es mir erzählt, unmittelbar bevor zu kamst. Es klingt gar nicht gut. Ist es so schlimm?

Diese rauchige Stimme. Berge von Zigarettenkippen. Mag das sein Requiem sein.

Das ist die Auskunft, die ich bekommen habe. Bis jetzt geht es mir die meiste Zeit ganz ordentlich. Eigentlich nicht anders als vorher.

Bist du nicht verheiratet, und hast du nicht ein Kind? Manchmal lese ich Artikel über dich und deine wichtigen Unternehmungen. Und Barney hat natürlich von seiner Arbeit für dich erzählt. Du bist sehr großzügig gewesen. In seiner Schilderung klingt es wie ein Guggenheim-Stipendium auf Lebenszeit.

Barney hat eine große Begabung, und mich hat es gefreut zu sehen, daß er sie nutzt. Er ist auch ein unglaublich gescheiter Texter, jeden Dollar wert, den wir ihm bezahlen. Ja, ich habe eine Frau, sie heißt Clara, und einen Sohn, Sam. Sam ist praktisch ein alter Mann, er heiratet demnächst eine Frau mit einem Kind, das nicht von ihm ist. Ein kleines hispanisches Mädchen.

Stört dich das?

Um Himmels willen, nein! Wenn er allein bliebe, das würde mich stören.

Und deine Frau? Warum ist sie nicht bei dir?

Ich bin ganz spontan nach Venedig gefahren, ich

habe ihr und Sam noch nichts gesagt. Ich wollte erst ein paar leere Tage für mich haben. Aber so etwas gibt es gar nicht, das hat sich gezeigt. Die Leere verkehrt sich in Chaos, scheint mir, oder die beiden sind ununterscheidbar – zumindest in meinem Fall. Aber vielleicht ist das ganz generell so.

Enrico hat bis ganz zum Schluß gearbeitet. Er weigerte sich, etwas an seiner alltäglichen Routine zu ändern. Als ich fragte, warum er nicht aufhöre, sagte er, man hört nur dann auf, wenn man glaubt, die Zeit zur Versöhnung mit Gott nutzen zu können. Natürlich hat er nie mehr als ein paar Stunden am Tag arbeiten können. Nein, das ist nicht ganz richtig: Die Musik hatte er immer im Kopf.

Da liegt der Unterschied. Er war ein großer Künstler. Meine Arbeit ist nur eine andere Form von Leere – eine strukturierte Leere!

Warum sagst du das? Hast du nicht ein riesiges Unternehmen aufgebaut, hast du nicht vielen Barneys und Leos Arbeit verschafft? Wenn man Barney hört, kommt dir keiner gleich.

Für mein Unternehmen im besonderen stimmt das, da hat er recht. Unter einem anderen Blickwinkel, zufällig meinem, übe ich eigentlich nur Macht aus, und die Zahl derer, die es genauso machen, ist Legion. Ich unterschätze weder mein Talent noch die Energie, die ich immer hatte, und ich sehe auch, wie gut ich geschafft habe, was ich mir vorgenommen hatte. Aber Macht ist wie elektrischer Strom. Sehr nützlich, wenn man Licht einschalten will. Wenn man das Zimmer lieber dunkel läßt, ist er gar nichts, nur eine

Kraft, die einfach vorhanden ist. Freilich, wenn ich wieder in New York bin, werde ich Massen von Glühbirnen brennen lassen, solange ich kann, einfach, um alles geordnet zurückzulassen. Ich werde Macht ausüben. Aber kannst du nicht verstehen, wie gern man damit aufhören möchte? Freilich, wenn man Musik oder Verse im Kopf hat, möchte man sie wohl hören, bis kein Laut mehr da ist. Venedig, das war für mich der Wunschtraum, einmal alles nur geschehen zu lassen, ohne einzugreifen.

Ungefähr so lebe ich schon immer.

Da siehst du es. Hier handelt es sich nicht nur um einen Fall von Sentimentalität am Lebensende. Sehr oft, sogar dann, wenn ich vollkommen darauf konzentriert war, daß alles nach meinem Plan ging, wenn ich beim Machtausüben in Hochform war, sogar dann überfiel mich quälende Sehnsucht nach einem anderen Leben. Das Leben, das ich im Sinne hatte, glich der Vorstellung, die man früher vom Leben einer schönen Frau hatte: Sie kümmert sich um sich und alltägliche Dinge, steht einem Mann zur Verfügung, darf oder soll sogar ein bißchen verantwortungslos sein. Diese Vorstellung ist heute ein Anachronismus, wenn ich mir also wieder ein Leben ausmalen würde, wollte ich leben wie ein schöner, kluger Kater in einem Haushalt, in dem alle ihn gut behandeln. Kater sind die einzigen Gentlemen, die ich kenne: Sie verdienen sich ihren Lebensunterhalt nicht mit Arbeit, sind aber immer beschäftigt, sie spielen gern, schließen Freundschaften, wie es ihnen gefällt, und sie lassen sich nichts befehlen. Sie sind elegant!

Thomas, als Kater wärst du unwiderstehlich gewesen! Hast du denn wirklich nie etwas nach deinen Wünschen tun können?

Das ist es ja. Ich wünschte und wünschte und mühte mich, mir meine Wünsche zu erfüllen. Katzen und schöne Frauen haben das nicht nötig. Sie tun nichts, sie sind!

Dann konnte er nicht länger an sich halten. Er sagte: Bella, dich habe ich mir gewünscht. Das ist der Wunsch, der sich nicht erfüllt hat. Du hast mir das Herz gebrochen, zerschmettert hast du mich, mir meine Hoffnung genommen. Warum? Warum hast du diesen Mann mit dem Kamelgesicht geliebt? Warum nicht mich?

Thomas, mein Lieber, ich trau meinen Ohren nicht! Meinst du etwa Tim, den armen Tim Lewis? Den habe ich nie geliebt. Er war jemand, mit dem ich Spaß hatte, das ist alles.

Ich meine den gräßlichen Mann mit dem langen dämlichen Gesicht, fettiges schwarzes Haar hatte er, eine kleine Glatze, für die er viel zu jung war, eine Brille mit schwarzer Fassung, einen falschen Trenchcoat und schwarze Slipper, die so ausgelatscht waren, daß man denken mußte, er hätte nasse Füße.

Sie lachte. Das war seine Talentsucheruniform! Sein Onkel bei MCA hielt eine Stelle für ihn bereit, gleich nach dem Examen sollte er sie antreten. Auf diesem Weg wollte er mir eine Filmrolle verschaffen oder wenigstens einen Termin für Probeaufnahmen, sobald er die Stelle angetreten hätte. Du glaubst nicht, wie brennend gern ich zum Film gegangen wäre! Viel lieber als zum Theater. Was aus Tim wohl geworden ist? Er war ab und zu auf der Durchreise in London. Der Onkel ließ ihn gehen, und er nahm eine Stelle bei der *Voice of America* an. Oder war es *Radio Free Europe*? Die habe ich nie unterscheiden können, habe auch nie herausgefunden, ob es einen Unterschied gibt.

Die Karriere von Timothy Lewis interessiert mich nicht. Sein Name ist mir egal. Nicht egal ist mir die Party im Lowell House, nach dem Spiel gegen Yale. Stevie Merrymans Party. Die Mäntel lagen in Stevies Schlafzimmer. Ich war im Aufbruch und ging hinein, um meinen zu suchen. Das Zimmer war dunkel. Ich habe das Licht angemacht. Du hast auf dem Boden gelegen, auf dem Kerl drauf, und hast ihn gevögelt. Dein Kleid war hochgerutscht bis zur Taille, so konnte ich sehen, wie wunderbar und weiß dein Hintern war. Er hatte die Hosen aus, aber weder die Jockey-Unterhosen noch die Socken noch diese schwarzen Slipper. Ich blieb eine Minute stehen, da ich weder ihn noch dich zu stören schien. Dann nahm ich meinen Mantel und ging.

Das war nicht besonders nett. Dazubleiben und zuzuschauen, meine ich.

Ich hatte mich schon reichlich vollaufen lassen, aber ich goß mir noch einen Martini aus einem Krug im Wohnzimmer ein. Dann holte ich mein Auto und machte mich auf den Weg nach New York. Ob du es glaubst oder nicht, ich wollte zu meinem Vater, wollte ihn fragen, wie so etwas sein kann, damit er mir versicherte, daß an mir nichts Abstoßendes sei. Eine solche Idee konnte nur im Hirn eines betrunkenen Studenten sprießen. Trotzdem, genau das hatte ich vor. Ein paar Kilometer vor Worcester kam ich von der Straße ab, und das Auto überschlug sich. Nichts Ernstes, bloß ein Auto, das auf dem Schrottplatz landete, und Knochenbrüche in Arm und Schulter. Die Bullen fanden mich. Ich war bewußtlos, aber ich glaube, den Gin haben sie nicht gerochen, jedenfalls haben sie keinen Ärger gemacht. Daran erinnere ich mich.

Es tut mir so leid, Thomas. Ich erinnere mich auch an das Zimmer und daran, daß jemand hereingestürzt kam. Dein Gesicht habe ich nicht gesehen.

Du warst beschäftigt.

Stimmt. Ich habe mit vielen Jungen geschlafen, als ich im College war. Was macht das schon für einen Unterschied? Warum war es so schlimm für dich, daß du mich gesehen hast? Ich habe dir nie Hoffnungen gemacht.

Nein, das hast du nicht. Aber warum nicht? Stundenlang habe ich vor der Radcliffe Bibliothek auf dich gewartet, und dann, wenn du herauskamst, so getan, als ginge ich zufällig vorbei. Mein Fahrrad habe ich mitgebracht, damit ich dich, falls du mit dem Rad gekommen warst, fragen konnte, ob du mit mir zum Harvard Square fahren wolltest. Wenn du kein Fahrrad hattest, ließ ich meines stehen, gab vor, ich wäre zu Fuß gekommen, und fragte dich, ob ich mit dir gehen dürfe. Dann saßen wir zusammen auf einer Bank in den Commons und unterhielten uns. Zweimal habe ich dich zum Essen eingeladen, ins Henri IV, und du hast die Einladung angenommen. Aber ich habe nicht gewagt, dich zu berühren oder zu küssen, als ich dich nach Hause brachte. Einmal hielten wir Händchen. Das war alles. Ich dachte, mehr wolltest du nicht. Du hast mich in dem Glauben gelassen. Du wußtest, daß ich in dich verliebt war. Warum dann das Kamelgesicht und nicht ich?

Du hast mir angst gemacht, Thomas. Du hattest all dieses Zeug im Schlepptau – dein Auto, dein Rennrad, deine feinen Gabardine Anzüge, deine Clubkrawatte, deine Reisen nach New York, wann immer dir danach war –, aber du warst nicht wie die anderen reichen Knaben, die auch ruderten und auch in Clubs waren. Man konnte mit ihnen ausgehen, und nichts passierte. Klar, wenn man sie ließ, steckten sie ein paar Finger in dich hinein und kamen in ihre Hosen. Und morgen war wieder ein Tag. Oder Tim. Er nagelte mich, schaffte es, daß ich zuerst kam, und brachte mich dann zum Lachen mit Witzen darüber, daß wir es gut hätten. Mit dir konnte ich nicht lachen. Du warst stark und scheu zugleich. Damals hätte ich es nicht in Worten ausdrücken können, aber jetzt weiß ich: Du warst wie ein eifersüchtiger Ehemann, ohne verheiratet zu sein. Außerdem wußten alle, daß du so verdammt intelligent bist. Mach nicht so ein Gesicht. Wenn es jemand nicht wußte, hast du schon dafür gesorgt, daß er es bestimmt merkte. Thomas Mistler, der perfekte Student und, seien wir ehrlich, der öde Langweiler! Ich weiß noch, wie ich dir meine Gedichte zeigte. Du fragtest, ob du sie über Nacht behalten könntest, und am nächsten Tag tauchtest du vor dem Wohnheim auf und gabst sie mir mitsamt deinen schriftlichen Kommentaren und redaktionellen Veränderungen zurück. Wie ein Seminarleiter. Das Ärgerliche war, daß deine Änderungen gut waren! Du hattest recht. Das konnte ich nicht ertragen. Ich wünschte, wir wären uns erst begegnet, als wir beide viel älter waren.

Dein Haar war wie Asche und Gold. Dein geheimnisvoller Mund. Ich weiß, daß du dich wegen deiner Zähne geschämt hast. Deine Brüste. Als ich damals in diesen Raum hineinplatzte, wünschte ich, dich nackt zu sehen. Ich hätte gern gewußt, wie deine Brüste sind.

Schau jetzt!

Sie knöpfte ihr Kleid oben auf, ließ es von den Schultern gleiten und schüttelte den Pullover ab. Als sie ihren Büstenhalter aufhakte, sah er, daß die Brüste so gewaltig und aufrecht waren, wie er noch nie welche gesehen hatte.

Groß, nicht wahr? fragte sie. Wie reife Melonen. Wenn du magst, darfst du sie anfassen.

Ich habe eiskalte Hände, antwortete er.

Siehst du? Du hast dich überhaupt nicht verändert!

Sie berührte ihre Brüste selbst, zuerst ganz zart rund um den Ansatz. Sobald die Warzen sich aufrichteten und durchblutet waren, als wollten sie bersten, unterbrach sie die kreisenden Bewegungen und drückte sie.

Die Jungen mochten sie, und wie, gurrte sie. Ich war das einzige Mädchen in der Schule, das einen so großen BH brauchte. Sie streichelten und leckten sie, und ich kam so heftig wie später nie mehr, nie. Das hättest du tun können, Thomas, du hättest mit ihnen spielen können, soviel du wolltest, aber du warst eben so ernsthaft. Ich glaube, ich komme jetzt, aber das wäre nicht dasselbe, oder?

Bella, darf ich? Laß mich machen, daß du kommst. Ich möchte sie jetzt anfassen. Wirklich.

Sie hielt abrupt inne.

Zu spät. Wir sind keine Teenager mehr. Wenn wir uns jetzt lieben wollen, dann wie zwei Erwachsene in mittleren Jahren.

Wollen wir? Bitte!

Heute nicht. Barney wird bald zurück sein. Außerdem bist du müde. Sieh doch – sie zeigte auf die Beule in seiner Hose –, du würdest es keine Minute aushalten. Vielleicht morgen. Möchtest du mich gegen Mittag besuchen?

Es war kurz vor halb sieben, als er über die Accademia Brücke ging; wenn er die Richtung beibehielt, würde er genau zum Hotel kommen. Kurz vor der Stelle, an der er sich entscheiden mußte, ob er abbiegen wollte, sah er auf die Uhr und stellte fest, daß er noch vor Toresschluß in der Gesuiti Kirche sein konnte, wenn er sich etwas beeilte. Dazu entschloß er sich. Wieder war die Kirche leer und noch dunkler und trauriger als während seines Besuchs mit Lina. Der prunkvolle, schwingende Innenraum kam ihm plötzlich beklemmend eng vor, wie ein Haus oder ein Platz, den man seit der Kinderzeit nicht mehr gesehen hat. In dem eingeengten Raum wirkten der Trompe-l'œil-Effekt der weißen und grauen Marmorarbeiten an den Wänden und auch die gedrehten Säulen zu beiden Seiten des Altars aufdringlich, allzu gekünstelt. Er zuckte die Achseln. Schließlich hatte er sich nur vorgenommen, einen letzten Blick auf den wundervollen Tizian zu werfen. Für die Selbstgefälligkeit des Dekorativen im achtzehnten Jahrhundert hatte er nie viel übrig gehabt. Er steckte eine Münze in den Lichtautomaten. Nichts. Das Gemälde blieb im Schatten. Wütend rüttelte er am Kasten, schlug dann mit der Faust dagegen, gab sich schließlich geschlagen und fütterte den Automaten mit einer zweiten Fünfhundert-Lire-Münze, die er noch in der Tasche gefunden hatte. Das half. Entweder waren die Startschwierigkeiten überwunden, oder der Geschäftsgeist des Himmlischen Vaters regte sich, jedenfalls leuchteten für tausend Lire die Halogenlampen auf. Ja, es war ein großes Kunstwerk. Vielleicht Tizians größtes, vorausgesetzt, es hätte Sinn, hier eine Rangordnung herzustellen. Denn wie konnte man dieses Bild vernünftig vergleichen mit der Venus in der Ca' d'Oro, der Himmelfahrt in der Frarikirche oder dem Tempelgang Mariä, diesem Bild, das er jedesmal, wenn er in der Accademia war, mit Ehrfurcht betrachtete? Hatte Tizian weniger Gefühl für die kleine Maria aufgebracht, die so verlassen, aber mutig oben auf der Treppe vor dem Hohenpriester steht, als für Sankt Laurentius auf dem Rost? Er war ein Meister, der seine Arbeit tat. So unterschiedlich wie die Themen mußte ihre Darstellung und die Sicht des dargestellten Lebens sein, und daß Tizian dazu fähig war, machte einen guten Teil seiner Genialität aus. Trotzdem registrierte Mistler, als hake er eine Inventarliste ab, wie die Forke des Folterknechts die Seite des Heiligen zwar berührte, aber nicht durchbohrte, wie sichtlich entsetzt der Ausdruck des Helfers war, der das Opfer niederhielt, und wie der Helm des Hauptmanns zu Pferde in der Helligkeit des Punktstahlers schimmerte. Dann ging das Licht aus. Mistler hatte keine Münzen mehr, um es wieder in Gang zu setzen. Außerdem hatten seine Augen sich an die Dunkelheit gewöhnt. Er wußte nicht warum, aber er konnte trotz fehlender Beleuchtung das Gemälde gut erkennen. Was er sah, bewegte ihn jedoch nicht. Er hätte genausogut auf eine leere Bühne schauen können.

XI

Der Tag hatte viel zu früh begonnen. Nach dem Frühstück zog er sich an, ging sofort hinunter ins Foyer und erklärte dem Portier, Signor Anselmo, was er vorhatte: Er wolle telefonisch Blumen bestellen und sie vor dem Mittagessen einer Dame, die auf der Giudecca wohne, bringen lassen. Signor Anselmos Reaktion ließ die gewohnte Begeisterung und Beflissenheit vermissen. Mistler konnte nämlich die Telefonnummer der Dame nicht angeben. Und wie sollten der Florist oder Anselmo sich überzeugen, daß Signora Cutler zu Hause war, wenn sie die Nummer nicht hatten? Anselmo kannte die Dame; er wußte auch, daß sie nicht im Telefonbuch stand.

Sie wird zu Hause sein, erklärte Mistler ihm, und wenn nicht, muß der Mann eben warten.

Als sie sich endlich über den Weg dorthin geeinigt hatten – Mistlers Vorschlag, über die Accademia-Brücke nach Dorsoduro zu gehen, zu den Zattere zu laufen und erst von da aus mit einem ACTV Boot überzusetzen, verstieß zu seiner Überraschung gegen feste venezianische Vorstellungen davon, wie man sich von einem Ort zum anderen zu bewegen hat –, und als ausführlich besprochen worden war, daß der *facchino* des Hotels Mistlers Karte zum Floristen tragen und dort bleiben solle, bis der Strauß gebunden war, um dann, falls das Blumengeschäft keinen Angestellten schicken konnte, selbst die kostbare Last zu überbringen und vor der Haustür zu warten, bis die Haushälterin oder die *signora* erschienen, hatte Mistler es sich anders überlegt. Einen Angestellten von Mistler Berry hätte er kurzerhand gefeuert, wenn er sich ebenso begriffsstutzig und träge verhalten hätte wie der Portier, aber diesem konnte er nicht kündigen, und natürlich würde er dem Mann auch das Trinkgeld nicht verweigern, das er bei Mistlers Abreise erwarten durfte, deshalb wollte er ihn wenigstens demütigen.

Ich sehe schon, wenn ich möchte, daß Mrs. Cutler die Blumen bekommt, und zwar zu einer Stunde, die ich bestimme, dann muß ich sie selbst kaufen und überreichen. Genau das werde ich tun. Sehr merkwürdig, daß Sie einen so einfachen Auftrag nicht erledigen können!

Der Racheakt hatte eine beruhigende Wirkung auf Mistler. Bei genauerem Nachdenken fiel ihm ein, daß er in Venedig nie einen Boten bemerkt hatte, der Blumen auslieferte. Vielleicht war es nicht üblich, Blumen zu schicken, außer in die Kirche zu Trauerfeiern. Auch zu Hochzeiten, ohne Zweifel. Eigentlich sprach nichts dagegen, daß er sich selbst um die Angelegenheit kümmerte. Vielleicht fühlte er sich angenehm befreit, wenn er auf dem Weg zum Campo Santo Stefano beim Blumengeschäft vorbeiging. Die Blumen waren ihm aufgefallen, und das Blumenmädchen auch. Er hätte wetten mögen, daß sie für einen Flirt leicht zu haben war. Wenn doch bloß Sonntag wäre! Das war der Tag, an dem man beobachten konnte, wie Damen und Herren seiner Altersgruppe, manchmal auch säuberlich gekämmte und gekleidete junge

Leute, vermutlich unterwegs zum Mittagessen bei den Schwieger- oder Großeltern, mit einem Blumenstrauß in der einen und einer in *pasticceria*-Papier verpackten Torte auf der anderen Hand vorsichtig und ziemlich steif durch die Straßen gingen. So hätte er sich als Teil der glücklichen Normalbevölkerung fühlen können. Dann fiel ihm ein, daß Blumen, obwohl sie unbedingt welche bekommen mußte, als Erinnerung an seinen Besuch nicht viel taugten, es sei denn, er kaufte eines dieser Trockenblumengestecke, die er scheußlich fand. In dieser Form konnten Blumen auch als *memento mori* fungieren. Auf der Suche nach einer anderen Kleinigkeit von längerer Lebensdauer – noch hatte er keine Idee; Schals, Gürtel, Handtaschen und dergleichen schienen ihm ungeeignet – schlug er den Weg nach San Marco ein. Er blieb vor den Schaufenstern der Glaswarengeschäfte stehen. Konnte man jemandem, der in Venedig wohnte, venezianisches Glas schenken? Unter normalen Umständen hätte er die Idee grotesk gefunden, aber Barney hatte angedeutet, daß sämtliche Gegenstände aus Enrico Ferettis Haushalt an den Jungen gegangen waren. Jedenfalls hatte er beim Mittagessen nicht gerade einen Überfluß an gedrehten, handgeblasenen Gläsern oder Schalen auf dem Eßtisch wahrgenommen. Unter einer Arkade, die auf die Piazza führte, stand im Schaufenster eines Geschäfts, das altes Glas und auch moderne Erzeugnisse verkaufte, ein unglaublich kunstvoll gearbeitetes Paar Leuchter, das er im Vorbeigehen schon mehrmals bewundert hatte. Sie waren meergrün und goldgesprenkelt, und ihre Arme – er zählte zehn –

waren Aufhänger für winzige Mohren an goldenen Drähten, mit Pumphosen, Westen und Turbanen in je verschiedenen Farbkombinationen. In ihren milchweißen Händchen hielten sie gläserne Kerzen. Die Sherbetbecher, die er in Claras Auftrag nachkaufen mußte, stammten aus diesem Geschäft. Wo er nun schon davorstand, beschloß er, die Becher und auch die Sektkelche gleich zu kaufen und nicht, wie geplant, erst am Nachmittag. Während seine Bestellung notiert wurde, fragte er den Verkäufer, ob es möglich sei, die Leuchter aus der Nähe zu betrachten. Sichtlich aufgeregt wegen dieser Aufgabe deckte der Mann ein beigefarbenes Filztuch über einen Teil der Theke und stellte die Leuchter vorsichtig darauf.

Spätes achtzehntes Jahrhundert, informierte er Mistler.

Wirklich? Bemerkenswert gut erhalten.

Mistler fand sie jetzt noch erstaunlicher als zuvor. Vor einem Monat noch hätte er sie vielleicht selbst haben wollen. Aber wie es nun stand, waren sie möglicherweise ein gutes Abschiedsgeschenk für Bunny. Sie hatte keine Katze, die sie von der Anrichte stoßen oder mit der Pfote nach den kleinen Mohren schlagen konnte. Die Leuchter würden dem enttäuschenden Wohnzimmer einen Hauch echter Vornehmheit geben – es sei denn, sie entschied sich, diese Prunkstücke in eine dunkle Ecke zu verbannen, weil sie erriet, was er im Sinn hatte, und weil sie fand, daß die großzügige Geste im Grunde genommen arrogant, herablassend und unpassend war. Mistler hielt dieses Risiko für gering, wenn man bedachte, wie nah sein Untergang bevorstand. Wer konnte im Ernst gekränkt sein über einen romantischen, wenn auch womöglich ganz unberechtigten Anspruch, der von ihm kam? Wenn sich zeigen sollte, daß er sich irrte und sie verärgert war, dann konnte sie, eine Frau, die schon so lange in Venedig lebte, bestimmt erreichen, daß das Geschäft die Leuchter wieder zurücknahm. Nachdem er seine Zweifel überwunden hatte, erklärte Mistler dem Verkäufer, an einem Kauf interessiert zu sein. Einen Moment, antwortete der Angestellte, ich muß den Besitzer holen.

Ein älterer Herr erschien, nach Mistlers Einschätzung eher Levantiner als Venezianer, und fragte, ob er französisch statt englisch sprechen dürfe. Mistler nickte zustimmend.

Dies sind ganz seltene Stücke, sagte der Mann, sie wurden von unserem Haus zur Hochzeit eines Mitglieds der Albrizzifamilie hergestellt, unmittelbar bevor Napoleons Armee Venedig besetzte. Die Hochzeit fand statt, jedoch in Padua, und der Kasten mit den Leuchtern wurde erst vor ein paar Jahren im Albrizzi Palazzo aufgefunden und ausgepackt. Aus diesem Grund sind sie so bemerkenswert gut erhalten. Wenn die Technik des Glasblasens und der Verbindung zwischen den einzelnen Teilen des Kandelabers sich nicht geändert hätte, könnte man leicht glauben, die Leuchter wären moderne Kopien. Wenn Monsieur sich freundlicherweise die Mühe machen würde: Hier sieht man es deutlich.

Er zeigte mit einem Finger, der in einem langen lackierten Nagel endete, auf Einzelheiten, die, wie Mistler zugab, interessant waren.

Sie könnten wirklich in einem Museum stehen, fuhr der Levantiner fort. Man sollte sie nach Möglichkeit einer Braut anbieten.

Leider wird das nicht der Fall sein. Und der Preis?

Nicht so hoch, wie Sie befürchten mögen. Ich habe sie in Kommission. Es gab viele Interessenten, aber keinen geeigneten Sammler, der bereit war, den ursprünglich geforderten Preis zu zahlen.

Er kritzelte eine Summe in Lire auf ein Stück Papier und daneben das Äquivalent in Dollar.

Ich kenne den Markt nicht, murmelte Mistler, aber der Preis ist immer noch enorm. Viel mehr Geld, als ich heute in bar für Sie auftreiben kann.

Monsieur können gern mit Scheck bezahlen. Oder wir schicken Ihnen eine Rechnung. Ein Kunstliebhaber, der die Schönheit dieser Arbeit begreift, genießt unser volles Vertrauen.

Also gut. Ich möchte die Kandelaber mitnehmen. Das heißt, könnten Sie sie jetzt gleich verpacken lassen, vielleicht einzeln, und mir jemanden mitgeben, der sie zur Giudecca, zum Haus der Dame trägt, die sie haben soll?

Darf ich nach dem Namen der Dame fragen?

Mrs. Cutler. Womöglich kennen Sie sie. Ich hoffe, Sie gestatten Mrs.Cutler, sie zurückzugeben, falls sie ihr nicht gefallen.

Ich garantiere Monsieur, daß Signora Cutler-Feretti nie den Wunsch haben wird, sich von ihnen zu trennen. Monsieur muß mir verzeihen, daß ich dies sage, aber, wenn es in meiner Macht stünde, wären sie sehr wohl ein Hochzeitsgeschenk für sie. Unser Haus rechnet es sich zur Ehre an, den Preis zu reduzieren. Ich hoffe, daß Monsieur die Geste nicht als indiskret empfindet.

Ein gutes Zeichen am Ende eines leidvollen Morgens. Vielleicht fand dieser attraktive alexandrinische Jude – nach Mistlers Eindruck war das seine wahrscheinlichste Herkunft – durch die Eroberung Bunnys zu seinen Kandelabern zurück. Ihr konnte so viel Schlimmeres zustoßen.

In dem Angsttraum, aus dem er früh morgens aufschreckte, hatte er an einem Ort, der ihm vertraut, aber kein Büro war, eine Sitzung geleitet; er hatte an der Stirnseite eines absurd langen Tisches mit einer Marmorplatte gesessen, rund um den Tisch hatten Männer Platz genommen, während er zu ihnen sprach, nein, sie standen, die meisten kannte er, aber er hatte ihre Namen aus dem Gedächtnis verloren. Er konnte sich kein Gehör verschaffen, obwohl er die Stimme hob und so laut sprach, daß die Steinplatte widerhallte. Es stand nicht in seiner Macht, das Ergebnis zu beeinflussen, aber es kam darauf an, daß er die Sitzung schloß: Er saß dort fest und wurde bereits anderswo erwartet, an einem Ort, den er nicht ohne den rastlosen grimassierenden Führer finden würde, der an der Tür von einem Bein aufs andere trat. Ah, was für eine Qual! In New York war es nach Mitternacht, zu spät, um mit Clara zu telefonieren, so gern er auch diese tägliche Aufgabe erledigt hätte, um nichts, buchstäblich keine einzige Verpflichtung mehr vor sich zu haben. In Kalifornien bei Sam konnte er um diese Zeit noch anrufen; er tat es. Nach dem Gemurmel im Hintergrund zu schließen, war dort eine Party im Gang, oder die Geräusche kamen aus einem Fernsehgerät, das zu laut gedreht war beziehungsweise zu dicht am Telefon stand. Sam sagte nicht, er könne nicht mit ihm sprechen, aber die Unterhaltung wurde immer verkrampfter, je länger sie dauerte. Mistler hatte das Gefühl, das Gespräch müsse nach jeder Antwort von Sam wie ein altes Auto neu angekurbelt werden. Es lag nicht an Sam. Seine Erwiderungen waren sehr freundlich. Man konnte nur nicht übersehen, daß es ihn Geduld kostete, so wie man die Augen nicht vom hervorblitzenden Saum eines Unterrocks lassen kann. Mit dieser unendlichen Geduld gab sein Sohn ihm deutlich zu verstehen, daß alles seinen gewohnten Gang ging: Die Arbeit lief gut, Moniques wie seine, keine Probleme mit der Gesundheit der Hausbewohner, das angenehme Gefühl, ein Wochenende vor sich zu haben. Das hätte genügen müssen; aber Mistler fand es nicht genug, ohne ausdrücken zu können, was er sonst noch wollte. Es gab nichts, was er hätte benennen können.

Als er über unerfüllte Pflichten nachdachte, fiel ihm Bunnys Einladung ein, die er beim Abschied stillschweigend angenommen hatte. Wäre es nur um ein gemeinsames Mittagessen gegangen, eine Wiederholung der Veranstaltung vom Vortag, hätte das allein schon eine schwere Bresche in seinen letzten Tag in der Freiheit geschlagen. Im allgemeinen braucht man nicht an zwei Tagen hintereinander mit derselben Person zu Mittag oder einer anderen Zeit zusammen zu essen, schon gar nicht, wenn es sich um eine alte

Freundin handelt, die plötzlich wieder auftaucht, nachdem man sich seit einer Ewigkeit nicht mehr gesehen hat. Was bleibt denn, nach dem anfänglichen Ausbruch von Neugier und Neigung? Alles, was zu sagen war, wurde gesagt, und der Rest ist jenseits der Grenzen sprachlicher Kommunikation, er kann bestenfalls von Zeugen erfaßt werden, die ständig an unserer Seite sind. Eine gesetzliche Verjährungsfrist sollte verbieten, intime Beziehungen, die längst schal geworden sind, wieder aufzunehmen. Aber Bellas Einladung bedeutete sowohl mehr als auch weniger – er weigerte sich, sie in Gedanken Bunny zu nennen und damit den dummen Witz des Flegels zu akzeptieren, der sie umgetauft hatte. Er zweifelte nicht, sie richtig verstanden zu haben: Sie wollte sich von ihm lieben lassen. Warum? Weil er sich dies damals so verzweifelt gewünscht hatte? Sie war viel zu lebensklug, um zu meinen, die Liebesübungen eines Nachmittags könnten ein Ersatz für etwas sein, das einem vor langem verweigert wurde, und sie verhehlte sich wohl auch nicht, daß der Vollzug enttäuschend sein mochte. Weil sie so klug war, wollte sie ihm vielleicht in Wahrheit die Banalität des Ereignisses vorführen, ihm zeigen, daß es im großen und ganzen mit ihr genauso sei wie mit irgendeiner anderen Frau, so daß er am Ende seines Lebens diesbezüglich nichts zu bedauern hätte. Die Demonstration war unnütz. Das Mädchen mit Tweedcape auf einem roten Fahrrad, in das er sich verliebt hatte, war unwiederbringlich, es konnte nicht in das Haus auf der Giudecca zurückgeholt werden. Wenn er Bella, dem Häschen, in ihr

Schlafzimmer folgte, zwischen die Laken, die zu diesem Zweck vielleicht auftragsgemäß von der bärtigen Lady gewechselt worden waren – wahrscheinlicher war, daß Bella daran nicht gedacht hatte –, dann würde er unter seinen Knien und Händen die Knie und Schenkel einer Dame finden, die zwar bemerkenswert gut erhalten war, aber ach so verschieden von der Walküre rittlings auf dem Mann mit dem Kamelgesicht. Es konnte auch sein, daß Bella ihn plötzlich attraktiv gefunden hatte, wobei das Interesse an seiner Situation den Kuppler spielte. Wenn es so war, hatte sie dann die Paradoxie ihres Vorhabens bemerkt? Sie war im Begriff, sich von einem sterbenden Mann einen Wunsch freistellen zu lassen!

Vor Jahren, aber zu einer Zeit, die nicht so lang her war wie die Nachmittage, die sie regelmäßig, über Literatur und die Unsterblichkeit redend, auf dem anheimelnden, übermäßig gepolsterten, abgewetzten Sofa verbrachten, das eine Buchhandlung in Cambridge ihren Stammkunden reservierte, vor Jahren also erzählte Barney Mistler von einem obskuren, doch genialen ausländischen Autor, dessen Roman er in einer Übersetzung gelesen hatte; veröffentlicht wurde er von einem Verlag, der als letzte Rettung für solche Bücher bekannt war.

Der Mann schreibt an diesem wilden Roman, sagte Barney, und plötzlich wird ihm klar, daß ihm kein Schluß einfällt. Was ist da zu machen? Diese Schwarte weiterdichten bis an sein Lebensende? Also läuft er zu seiner alten Kinderfrau, erklärt ihr die Lage und fragt sie um Rat. Sie sagt: Setz unten auf die Seite, gleich hinter das letzte Wort, das du geschrieben hast: »Basta und Schluß! Wer mich liest, ist 'ne dumme Nuß!« Das ist dann dein Romanende. – Kannst du das glauben? Der Spinner macht es genauso und fängt gleich mit dem nächsten Buch an!

Kein schlechter Rat. Sagt man nicht, Romane seien wie das Leben? Wenn das stimmt, dann muß noch ein anderer Spruch als »Rammel das Häschen« für das Ende seiner letzten Seite zu finden sein. Er konnte einfach versäumen, sich in der Fondamenta San Biagio einzustellen, und ihr statt dessen eine Postkarte aus New York schicken, die so abgefaßt sein mußte, daß Bella, wenn sie wollte, daraus schließen konnte, Mistler habe einfach nicht begriffen, habe vielmehr geglaubt, sie hätte ihn weggeschickt. Noch besser: Ihr Blumen senden, die mittags mit einem Briefchen im selben Sinn ankamen. Dies hätte den Vorteil, daß ihr das Ärgernis erspart blieb, vergeblich in ihrer Liebeslaube auf den Freier warten zu müssen. Falls sie das Hotel anrief, um ihm ihre Meinung zu sagen, würde sie erfahren, daß Mr. Mistler nach Torcello gefahren sei und nicht vor dem Spätnachmittag zurückerwartet werde.

Um acht Uhr, als er meinte, einen weiteren Aufschub seines Frühstücks nicht ertragen zu können, stand sein Entschluß fest, sich mit einer Pirouette herauszuwinden und abzureisen. Er mußte nur noch bis zur Öffnung der Geschäfte warten, damit er die Rosen bestellen konnte. Er dachte an neunzehn besonders rote und langstielige; eineinhalb Dutzend und eine dazu, so daß sich eine ungerade Zahl ergab, wären gerade richtig. Der Kellner hatte die Zeitungen hereingebracht, die früher vor seiner Tür abgelegt worden waren. Die Nachrichten in der *Herald Tribune* würden nicht abgestandener sein, wenn er sie bis zum Abend aufhob; nichts langweilte ihn mehr als der Wahlkampf zwischen zwei Präsidentschaftskandidaten, die ihm beide gleich zuwider waren, ausgenommen allenfalls der Wirtschaftsteil. Allerdings riskierte er einen Blick auf den Preis der Omnium-Aktien beim Börsenschluß. Zwei Dollar gestiegen! Das würde die bevorstehende Unterhaltung mit Jock Burns würzen. Er nahm *Il Gazzettino* zur Hand, sah, daß die Wettervorhersage so zufriedenstellend war wie der blaue Himmel vor seinem Fenster, und blätterte zum Horoskop. Für das Sternzeichen des Stieres, unter dem er geboren war, las er: »Sie werden in Versuchung geraten, sich von einem Freund abzuwenden. Rechnen Sie damit, daß Sie nach Ihrem Verhalten beurteilt werden. Ihre Gesundheit ist unverändert.«

Ah, die Richtersprüche des Minos waren meisterhaft! Wenn Tote doch reden könnten, dann würde er bald mehr darüber zu sagen wissen, als dieser scharfsinnige Astrologe je von den Sternen gelernt hatte. Für den Augenblick war die Ermahnung zu eindringlich, um ignoriert zu werden. Er würde seine Karten ausspielen, wie sie gefallen waren.

Und so fand Mistler sich auf dem gewohnten Weg wieder, an dem er sich entscheiden mußte, entweder zu dem Restaurant zu gehen, wo die Kellner, versammelt wie Cherubim, ihm ein Mahl vorsetzen würden, für dessen Qualität er die Hand ins Feuer legte und das er in ungestörter Ruhe, sein Gesicht den Sonnenstrahlen zugewandt, vollziehen konnte, oder ob er sich einem anderen Ziel, das nur wenige hundert Meter weiter lag, und einem Vollzug ganz anderer Art zuwenden wollte. Der Laufbursche des alexandrinischen Juden folgte ihm, in jeder Hand einen großen eckigen Karton. Mistler trug die Rosen, mit der Blüte nach unten, so sei es am besten, hatte man ihn belehrt. Zusammen bestiegen sie den *vaporetto*, zusammen gingen sie achselzuckend von Bord, nicht an der Haltestelle Sant' Eufemia, wie sie erwartet hatten, sondern an der Station Giudecca, eine Brücke weiter, wo das Boot willkürlich angelegt hatte.

Un tormento, betonte der Angestellte.

Das kann man wohl sagen.

Sie gingen und gingen. Hacken, Knie, Beine, und immer wieder Hacken, Knie, Beine, Laufen und Laufen, alle Stufen hinauf bis zur höchsten Stelle der Brücke und von dort aus hinunter und weiter. Nun gab es kein Zurück mehr – die kleine Kirche von Sant' Eufemia war erreicht. Zweckentfremdet oder nur aufgegeben, an den verschlossenen Türen kein Hinweis auf Gottesdienste, verpflastert mit Plakaten in vielen Schichten. Auf diesen Moment hatte Mistler gewartet: Jetzt bat er den *facchino*, die Kartons auf den Boden zu setzen, nutzte sie als Schreibunterlage für eine Visitenkarte, strich seinen Namen durch und kritzelte darunter »Ciao Bella«. Sollte der Laufbursche doch alles zur *signora* tragen, die Schachteln, die Rosen und die Karte. Wenn er ein Gesicht zog wegen der Blumen, dann würde Mistler ihm den Strauß abnehmen und der ersten alten Dame in die Hand drücken, die ihm auf dem Rückweg zum *vaporetto* begegnete. Oh, Bella! Ob sie wohl dem Boten den Auftrag gab, seine Ware dorthin zurückzubringen, woher sie kam, oder, schlimmer gar, zu Mr. Mistler persönlich? Er hegte keinen Zweifel, daß sie es verstand, ihren Ärger zum Ausdruck zu bringen. »Mein lieber Thomas«, würde sie schreiben, vielleicht auf die Rückseite seiner Visitenkarte: »Wie traurig! Warum tust Du das? Aus Angst, aus Grausamkeit, oder hast Du einfach keine Manieren?« Es sei denn, sie hatte alles vorhergesehen und war nicht zu Hause, hielt ihre Tür versperrt oder unter Bewachung der Dame mit Bart.

Ihm war sehr heiß, in seinem Kopf drehte sich alles. Unter dem zweireihigen Blazer, der zu schwer für diesen Morgen und ganz ungeeignet für die Jahreszeit war, klebte ihm das Hemd am Rücken. Er knöpfte die Jacke auf, gab dem Laufburschen die Blumen und griff nach den Aufschlägen, um sich Kühlung zuzufächeln. Häßliche feuchte Flecken breiteten sich vorn auf seinem Hemd aus. Ein großer finsterer Mann in dunklen Kleidern, schweißüberströmt, das Gesicht blutleer und scheußlich gelb. So sah er aus, so würde er ihr unter die Augen treten. Beim Rasieren war ihm die gelbliche Farbe aufgefallen, unterwegs hatte er die Sonnenbrille abgenommen, wenn er vor Schaufenstern stand, hatte sein Spiegelbild studiert und gefunden, daß der erste Eindruck richtig gewesen war. Zurück ins Hotelzimmer gehen, die Läden schließen und im kühlen Halbdunkel auf dem Bett liegen. Er würde sich nicht mehr rühren, bis die Dämmerung kam, oder noch besser, ein paar von Bill Hurleys Pillen schlucken und, falls sie noch einmal wie ein Hammer auf seine Nerven wirkten, schlafen bis zum nächsten Morgen. Dann würde er in die Sonne blinzeln und gleichgültig seine Taschen packen, zur Kasse gehen, warten, bis der Computer die horrende Rechnung ausspuckte, und die Heimreise antreten.

Er hörte auf, sein Gesicht mit dem Seidentüchlein aus der Brusttasche abzuwischen. Durchfall auf einer türkischen Toilette. Wie ein Schatten hörte auch der Laufbursche auf, mit dem Ärmel über sein Gesicht zu fahren. Sehr warm, bemerkte er.

Ich hätte ein Wassertaxi nehmen sollen, aber jetzt sind wir schon hier, gehen wir weiter.

Die sind so teuer! Der reinste Wucher! Am besten fährt man von San Zaccaria mit dem *vaporetto*.

Eindrucksvoll, wie gleichförmig die Ansichten der Einheimischen waren. Schade! Er hatte in Venedig nur Vergnügen für das Auge gesucht. Effizienz hatte ihm wenig bedeutet. Am Ende aber war alles eins; seine Empfindungen, vielleicht sogar die Erinnerungen, zum Tod verbannt, verklingend wie ein lange gehaltener, schmachtender Geigenton, den man durch ein offenes Fenster gerade noch hört, bevor die unsichtbare Hand aus Gründen, die man nie erfahren wird, den Bogen absetzt.

Sie waren die Stufen der kleinen Brücke ganz hinaufgestiegen. Am Fuß der Treppe auf der anderen Seite stand Bella, unbefangen und lächelnd.

Der Türsummer ist kaputt, erklärte sie ihm. Zuerst

habe ich vor meinem Haus gewartet, aber da ist es so langweilig. Jetzt war ich auf dem Weg zur *vaporetto* Haltestelle und zum Straßenleben. Was für schöne Rosen! Die sollen wohl für mich sein.

Sie legte den Kopf schräg und bot ihm die Wange zum Kuß.

Verzeih. Du möchtest doch nicht von einem verschwitzten Touristen geküßt sein.

Dann schleunigst ins Haus mit dir. Angelina hat die Läden gerade rechtzeitig geschlossen. Es ist herrlich kühl.

Sie merkte, wie er ihr Kleid musterte, ein langes formloses Gewand, das von der Taille abwärts fast durchsichtig war und ihn an Laura Ashley und die Protestmärsche der Bürgerrechtler erinnerte. Es ließ ein Unterkleid durchschimmern, das geschnitten war wie die Hosen altmodischer zweiteiliger Badeanzüge. An den Füßen schwedische Clogs aus Holz und rotem Leder.

Findest du es nicht komisch? Kein bißchen? Ich wollte dich an die sechziger Jahre erinnern! Beinahe unsere Zeit. Dann flüsterte sie ihm zu, während sie den Laufburschen mit einem Blick aus dem Augenwinkel streifte: Außerdem kann man es von oben bis unten aufknöpfen!

Du bist wunderbar! Das konnte nur dir einfallen. Ich hätte Khakihosen und schmutzige weiße Turnschuhe anziehen sollen!

Aber Mistler fand es gar nicht komisch. Ungenierte Laszivität widerte ihn so an wie ein Kellner an einem zweitklassigen Büffet, der einem Gast auf den schon mit Fisch in Sahnesoße gefüllten Teller noch grünen Salat und zerlaufenden Brie packt. Aber das war nicht der einzige Grund. Im August 1970, Clara und Sam waren in Crow Hill, hatte er sich zum Essen mit Peter und Jill Berry und Jills frisch geschiedener Kusine verabredet, in einem Restaurant in der Lexington Avenue, gegenüber von Bloomingdale, das damals als schrill und chic zugleich galt und so in einer heißen Sommernacht genau das richtige Lokal war für ein modebewußtes junges Paar, eine junge Frau ohne Begleitung und den besten Freund des Paares, einen Strohwitwer, den sie wegen des Gleichgewichts am Tisch dazu gebeten hatten. Das Lokal war immer laut und entsetzlich voll, Reservierungen waren sinnlos, nur ein Kniff half: Man mußte die Aufmerksamkeit des Besitzers auf sich lenken, der schlank und ungerührt in einem Maßanzug aus Rom dastand und die Kleider der Essensgäste zu Billigprodukten von der Stange degradierte. Der große Herr gab zu erkennen, daß er ihre Gegenwart registriert hatte, mit einem gutgelaunten Nicken, welches nach dem Brauch des Hauses signalisierte, daß sie ihren Tisch relativ bald, aber erst nach einer Bewährungszeit an der Bar bekämen. Sie tranken Martinis aus Gläsern, die so übervoll waren, daß der Alkohol ihnen auf die Finger troff. Die Kusine hatte langes Haar, runde Augen und Hängebrüste. Mistler hatte ihren Namen noch nicht verstanden und fragte sich, ob Peter wohl mit ihr schlief. Damit ihre Stimme den Geräuschpegel übertönen könne, erzählte sie Mistler direkt ins Ohr, was sie von ihrer Arbeit zu berichten hatte. Er mochte ihren Atem, der nach Zigarretten und Gin roch, ihre kräftigen weißen Zähne und ihre Art, kaum einen Zentimeter Abstand zu ihm zu halten und trotzdem Körperkontakt zu vermeiden. Sie hatte keinen Lippenstift aufgelegt. Später beim Grappa sagte Peter, Peggys ehemaliger Mann sei ein mieses Schwein. Welche Erleichterung, daß sie ihn endlich losgeworden sei. Er brachte einen Toast auf ihre Freiheit aus.

Peter und Jill gingen zu Fuß nach Hause und überließen es Mistler, Peggy zu ihrer Wohnung in Chelsea am anderen Ende der Stadt zu bringen. Im Taxi entdeckte er, daß ihr Mund ebenso unternehmungslustig wie angenehm war. Ohne ein Wort folgte er ihr die Treppe hinauf zum Apartment im obersten Stockwerk eines roten Backsteinhauses.

Zieh die Schuhe aus, sagte sie an der Tür. Ich will nachsehen, ob mit Jeb alles in Ordnung ist.

Das war eine Überraschung. Mistler zog die Brauen hoch.

Stimmt ja, du weißt es nicht. Er ist mein Sohn und Partner. Ein toller kleiner Kerl.

Jeb war nichts passiert. An seinem Zimmer vorbei ging man den Korridor entlang zu ihrem Schlafzimmer, das fast ganz von einem übergroßen, mit einer Daunendecke zugedeckten Wasserbett eingenommen wurde.

Ich hasse Bettenmachen, erzählte sie Mistler. Dies ist mein Lager.

Und wenn Jeb aufwacht?

Der wacht nicht auf. Oder wenn doch, dann erzähle ich ihm, daß du ein ganz besonderer Freund bist.

Als er ging, sagte sie: Peter ist dein Kumpel. Er soll es nicht wissen, das will ich nicht.

Ich auch nicht. Wir können uns weiter amüsieren, wenn die Sache unter uns bleibt.

Während der restlichen Sommerwochen sah er sie gelegentlich, wenn sie ihn dazu aufforderte. Sie erklärte abwechselnd, sie könne sich keinen Babysitter leisten und lasse Jeb nicht gern allein, oder sie finde keinen Babysitter, dessen Anwesenheit im Apartment sie und Jeb ertragen könnten. Sie blieb lieber zu Hause; der Abend mit den Berrys war eine Ausnahme gewesen. Warte, bis Jeb ein Wochenende bei seinem Vater ist, vertröstete sie Mistler. Unterdessen aßen sie beide zu Abend mit Jeb, der so alt wie Sam war, aber im Gegensatz zu Sam früh und ohne sich bitten zu lassen schlafen ging. Dann räumte sie das Geschirr weg und führte Mistler zum Wasserbett. Es war Mistlers erste Erfahrung mit einer Frau, die Sex nicht an die Bedingung knüpfte, daß er sie anrief und diese oder jene Unternehmung vorschlug.

Wenn dir nach Ficken ist, erklärte sie ihm, dann ruf an und frag, ob du herkommen kannst, und ich werde dir sagen, ob ich in Stimmung bin. An deiner Stelle wäre ich unbesorgt. Wenn ich Lust habe, melde ich mich.

Das war Mistler recht. Ihm gefiel es, daß er sich nicht fragen mußte, ob er sie hätte anrufen sollen, wenn er es nicht getan hatte. Sie erreichte ihn im Büro, denn seine Sekretärin, die außerordentlich taktvolle und diskrete Miss Tuck, zweifelte nicht daran, daß Peggys Anrufe durchgestellt werden mußten oder, wenn Mistler nicht allein war, einen prompten Rückruf erforderten.

Am letzten Augustwochenende war Mistler in Crow Hill. Das Telefon klingelte am frühen Samstagabend. Mistler nahm den Hörer im Wohnzimmer ab, wo er und Clara bei einem Drink zusammensaßen. Peggy war am Apparat, dabei hatte er ihr seine Nummer im Ferienhaus nicht gegeben. Seiner Meinung nach gehörte es nicht zu ihrem Pakt, daß sie ihn dort anrief.

Hey, komm am Sonntag früh in die Stadt. Jeb ist mit seinem Vater am Cape. Du kannst mit mir ins Kino und dann zum Essen gehen.

Ich bin gerade beschäftigt, entgegnete Mistler, da er merkte, daß Peggys Stimme reichlich durchdringend war, ich rufe später zurück.

Bist du nicht! Wenn du beschäftigt wärst, hättest du den Hörer nicht abgenommen. Kichern. Komm lieber, ich will dich, dringend.

Clara hatte nicht von ihrer Illustrierten aufgesehen. War sie so gefesselt von der Herbstmode? Mistler hatte den Eindruck, daß dies eher der »Haarspray-Effekt« ihrer guten Manieren war.

Als er etwas später von seinem Arbeitszimmer aus zurückrief, sagte Peggy, er solle sie am Kino in einer Nebenstraße der unteren 5th Avenue treffen. Er ging gleich vom Zug aus dorthin, kam etwas zu früh, kaufte die Eintrittskarten und wartete vor dem Foyer. Es war ein Warhol-Film. Nach Mistlers Eindruck entsprachen die Fans in der Schlange derer, die schon Karten hatten, ungefähr dem üblichen Warhol-Film-Publikum: Buchhalter von der Upper West Side, Ärzte aus den Vororten mit ihren kunstliebenden Frauen, ein, zwei vom Verleiher als Attraktion angeheuerte Punks. Endlich tauchte sie auf. Er hatte sie nie anders als in Bluejeans und Männerhemden oder in dem kurzen ärmellosen Leinenkleid gesehen, das sie an dem Abend mit Berrys getragen hatte. Als sie diesmal auf ihn zuschlenderte – ihr Gesicht nicht weniger offen als das Bellas –, trug sie ein Kleid, das dem Bellas glich wie ein Ei dem anderen, und dazu Clogs. Einziger Unterschied in der Aufmachung: Peggys Clogs waren braun. Sie lenkten die Aufmerksamkeit auf ihre Füße, fleischige, schwielige Füße, die nicht ganz sauber waren, worüber man sich nicht wundern mußte, da sie wahrscheinlich den ganzen Weg von der 23rd Street gelaufen war.

Sie schmusten während des Films, ihre Beine, die sie aus dem Kleid befreit hatte, wickelte sie, so gut es ging, um die seinen. Danach wollte sie auf der Terrasse eines Hotelrestaurants ein paar Straßen weiter essen. Das war eine gute Nachricht für Mistler; die Chance, daß dort einer seiner Bekannten aß, war sehr gering. Die 5th Avenue war fast leer. Vielleicht hängte Peggy sich deshalb an seinen Arm und schmiegte sich beim Gehen an ihn. Zu seiner Beschämung und mit Schrecken erkannte Mistler, daß er sich, falls ein Bekannter ihn so sah, viel stärker durch ihre schlampige Aufmachung kompromittiert fühlen würde als durch die zur Schau gestellte Intimität. Der Abend endete mit einem Kraftakt nach bewährtem Muster, jedoch mit einem Unterschied: Diesmal floh Mistler nicht mitten in der Nacht, um nur ja nicht von dem tollen kleinen Kerl in Mamis Bett vorgefunden zu werden und den Erklärungen für seine Anwesenheit zuhören zu müssen, sondern er blieb bis zum Frühstück im Bett, bestieg Peggy noch einmal, rasierte sich mit dem Apparat, den sie eigentlich für ihre Beine benutzte (nicht für die Achselhöhlen, die sie, ungewöhnlich bei einem Mädchen mit ihrem Hintergrund, haarig und feucht beließ) und fuhr direkt in sein Büro. Ohne daß ein Wort fiel, ging Miss Tuck von nun an anders mit Peggys Anrufen um. Es spielte keine Rolle. Kurz danach erzählte Peter Mistler, daß sie einen Physikprofessor geheiratet habe und nach L.A. gezogen sei.

Und diese eleganten Schachteln sind auch für mich? fragte Bella. Handschuhe oder Bücher können nicht drin sein. Thomas, du läßt dir doch nicht etwa dein Gepäck von diesem jungen Mann nachtragen? Nein? Dann muß es Essen für eine Woche aus Harrys Bar sein!

Nein, Bellissima, diesmal nicht. Wenn du möchtest, trägt der junge Mann die Schachteln nach oben und packt sie auch aus.

Dann mache ich die Augen zu, bis er fertig ist.

Als die Kandelaber schließlich wie geplant auf der Anrichte aufgebaut waren und er ihr sagte, nun dürfe sie hinschauen, da schien es Mistler, als erröte sie.

Thomas, sagte sie, die kenne ich. Monsieur Benamoun hat mir immer wieder versichert, daß sie nur an einen Kunden verkauft würden, der viel Glück verdient habe.

Er hat Wort gehalten. Ich ließ ihn wissen, daß sie für dich sind.

Er sah, daß der Tisch am Fenster, an dem sie tags zuvor gegessen hatten, diesmal nicht gedeckt war. Aber auf dem Kaffeetisch standen Flaschen und Gläser.

Kann ich einen Drink bekommen? fragte er. Etwas richtig Stärkendes, Vitaminreiches, einen Gin vielleicht? Es war so heiß auf dem Weg hierher und anstrengender, als ich gedacht hatte.

Wäre Weißwein mit Soda nicht besser? Wir wollen doch nicht, daß du schläfrig wirst, oder?

Wir wollen nicht? Warum stichelte sie? Wenn nur das Geschenk, ein altes Kunstwerk aus Glas, nicht zum Auftakt einer grotesken Maskenszene wurde. Eine majestätische Gestalt von großer Schönheit in spärlichem, durchsichtigem Gewand tritt auf, umgeben von sommerlicher Überfülle. Dürstend liegt ein Sterbender an ihrer schwellenden Brust. Mit milder Hand lenkt sie den weißen Strahl ihrer Milch in seinen ausgedörrten, lechzenden Mund. Dankbarkeit oder Barmherzigkeit? Weiche, Lina, hebe dich von mir. Wenn er Bella glücklich gemacht haben sollte, wäre das seit seiner Ankunft in diesem von Wasser umflossenen Kirchhof die erste Tat, die er nicht bereuen müßte. Vielleicht ging sie mit der Liebe einfach so um, wie es sich für freundliche, gutherzige Menschen von selbst versteht. Welches Recht hatte er, ihr die Show durch einen Wutausbruch zu verderben? Also schenkte er sich Gin ein, mischte ihn mit Eis, trank das Glas bis zur Neige und erklärte ihr: Ah, meine schöne Bella, mach dir keine Sorgen. Nichts kann meinen Sinn von dir ablenken.

Ihre Hand an der Innenseite seines Oberschenkels, wieder dieselbe Geste: Sie öffnete ihr Kleid und schüttelte es von den Schultern. Sie war bloß.

Hier, sie gehören dir.

Weil er sich ihr zugewandt hatte und ganz reglos war, fügte sie hinzu: Laß mich nicht warten. Warten kann ich nicht ertragen.

Später lächelte sie ihn strahlend an und sagte: Was für ein liebevoller Mann! Ich komme gleich wieder.

Ich glaube, ich brauche noch mehr von deinem Gin.

Sie kam mit einem eisgekühlten Handtuch zurück.

Tupf dir erst das Gesicht damit ab. Du bist so rot.

Ich weiß. Gesicht und Hände geschwollen, Augen blutunterlaufen. Deine Siegestrophäen. Bitte, bleib wie du bist, laß dein Kleid offen. Ich möchte nicht aufhören, dich zu sehen.

Du bist albern, Thomas. Warte in diesem Sessel auf mich. Du siehst schon wieder besser aus.

Ihr ins Schlafzimmer folgen. Sie würden sich entkleiden. Wahrscheinlich würde sie ihn ausziehen wollen; sie hatte nichts an außer diesem Gewand und dem bescheidenen Höschen, das darunter durchschimmerte. Gegen seinen Körper war nichts einzuwenden. Der Gedanke, gesehen zu werden, machte ihn froh. Und ihr Körper? Da wäre der Hügel ihres Bauches, vermutlich milchweiß und ohne Streifen, der Vorteil kinderloser Frauen. Mißfallen würde ihm dieser Bauch wohl nicht. Und alles übrige blieb zu berühren, zu probieren, zu lecken. Diesmal würde sie ihn in sich haben wollen, sie würde versuchen zu helfen. Warten, daß es geschah. Gerade jene Gesten, die ihn am schnellsten belebten, mußte er vermeiden. Am Ende würde sie verständnisvoll sein und ihm erklären, daß es genügt, einander zu halten. Nach einer Weile würde er sie in ihrer Badewanne hören. Hast du auch Lust auf ein angenehmes kühles Bad? Mit mir, oder brauchst du zuviel Platz? Wenn dies doch das Savoy mit den riesigen Wannen wäre. Man war wie gemacht für sie oder die Wannen für einen! Bella, sollte er lieber sagen, ich bin nicht mehr der Mann, der ich war. Ich spüre mein Alter noch mehr, als man es sehen kann. Und dann?

Als sie wieder ins Wohnzimmer kam, trug sie weiße Baumwollhosen und eine dunkle Tunika.

Du bist angezogen!

Natürlich. Wir gehen zum Essen aus.

Aber Bella!

Heute nicht mehr. Tu nicht so, als wolltest du. Thomas, ich freue mich über die Leuchter. Immer, wenn ich sie ansehe, werde ich an dich denken. Sie sollen genau dort stehenbleiben, unter dem Porträt des jungen Mannes mit Ohrring, das vielleicht ein echter Longhi ist. Sie kicherte. Jetzt gebe ich dir auch ein Andenken, aber eins, das du verstecken mußt.

Er sah, daß sie eine kleine Schere in der rechten Hand hielt. Mit der anderen ergriff sie eine Haarsträhne, schnitt sie an den Wurzeln ab und knüpfte einen Knoten hinein.

Bella, stöhnte er.

Ich wünschte, sie wären nicht grau. Jetzt komm. Ich bin halb verhungert.

Als sie ihren Kaffee tranken, war die Terrasse leer.

Die weißen Schirme machten im Wind ein klatschendes Geräusch wie Segel, die festgezurrt werden müssen. Bella fragte: Wie ist sie eigentlich, deine Frau?

Clara? Ich weiß nicht, ob ich dir das erklären kann. Es ist, als ob sich ihr Bild nicht scharf einstellen ließe, man verliert sie immer wieder aus dem Fokus. Das ist mir einmal mit einem japanischen Fernglas passiert, das ich gekauft hatte, um Vögel an der Futterstelle vor dem Fenster meines Arbeitszimmers zu beobachten. Das Glas war nicht gut genug; Billigkäufe haben mich nie zufriedengestellt. Einen Moment lang sah ich jede Einzelheit, den Augenwinkel des Finks, winzige Unebenheiten in seinem Schnabel, wenn er ihn öffnete, um ein Korn aufzupicken, und dann war er ganz plötzlich nur ein verschwommener Fleck. Clara? Sie war schön und vorzeigbar, und alles an ihr entsprach meinen Vorstellungen. Ein großes blondes Mädchen aus guter Familie ohne Geld, das sich in Manhattan ein eigenes Leben aufbaut. Zwei gute Kleider und eine nie versagende heitere Stimmung. Und nun trete ich auf, nicht ohne Glanz und natürlich eine sehr gute Partie. Sie weiß das, nimmt es aber nicht zu wichtig, weil sie zu stolz dazu ist. Wir schlafen miteinander, und danach erzählt sie mir, daß sie vorher noch nie bis zum Ende gegangen ist, aber sie macht kein Theater, verlangt keine Versprechungen. Das hat mich an die Angel gebracht!

Hast du sie geliebt?

Du könntest genausogut fragen, ob sie mich von Anfang an gelangweilt hat. Habe ich in meiner gönnerhaften Art geglaubt, es sei ganz normal, sich in der

Ehe zu langweilen? Liebe? Ich glaube, geliebt habe ich nur eine Frau, die ich nie besaß und nie verlor. Die Geliebte meines Vaters. Dich hätte ich vielleicht geliebt, wenn du es zugelassen hättest. Aber das hast du nicht. Clara – das Problem ist, daß ich ihr wahrscheinlich das Leben verdorben habe. Sie hätte auf den nächsten gewichtigen Beau warten sollen.

Wodurch hast du es verdorben?

Sie mußte erkennen, daß ich keine Achtung vor ihr hatte. Daß sie sich selbst ins Unrecht setzte, ändert nichts daran. Übrigens habe ich auch meine Mutter nicht geachtet. Und mein Sohn achtet Clara nicht.

Du hast ihn schlecht erzogen.

Indem ich ihm ein schlechtes Beispiel gab? Sicher. Aber sie hat es auch nicht besser mit ihm hinbekommen.

Liebt dein Sohn dich?

Ich denke schon, aber leicht fällt es ihm nicht.

Dann, meine ich, habt ihr, Clara und du, euch gegenseitig das Leben verdorben. Sinnlos. Möchtest du mit zu mir kommen? Nein, antworte nicht, es jetzt zu tun, wäre ein Fehler. Komm lieber am Ende des Sommers wieder.

Aber bis dahin bin ich tot oder sehr krank.

Komm wieder, auch wenn du sehr krank bist.

Er nahm den *vaporetto* zur anderen Seite, die Augen auf Bella geheftet, bis sie nur noch eine winzige Gestalt war. An den Zattere angekommen, ging er in Richtung der Dogana, Venedigs Bug, einst Stauraum für das Salz, das zu den Reichtümern des Staates gehört hatte. An Metalltischen vor den beiden Cafés aßen Touristen Pizza, aufgeweichte Sandwiches mit Schinken auf Tomaten und Eis. Andere saßen auf dem Straßenpflaster, gegen die Gartenmauern gelehnt. Junge Nordländer mit bloßem, gerötetem Oberkörper, Laufschuhe und Socken überall verstreut; Mädchen hielten Beine und Schultern in die Sonne. Häßliches Fleisch, der Geruch von ranzigem Öl, das Wasser zähflüssig wie in einer Kloake, sein eigener Körper furchtbar schwer. Weitergehen, nur weiter. Unmöglich, sich neben diese Leute zu setzen. Er wollte nicht ruhen, bis er die Dogana umrundet und Santa Maria della Salute erreicht hatte. Dann wollte er, falls die Basilika offen war, sich auf einer Bank vor der Schwarzen Madonna niederlassen und noch einen Blick werfen auf den kopflosen, blutüberströmten Leib des Goliath auf dem Deckengemälde von Tizian. Er konnte sich nicht erinnern, ob die Männer am Ruder des *traghetto* nach dem Mittagessen die Arbeit niederlegten oder am Nachmittag noch einmal ein, zwei Stunden wiederkamen. Furchtbare Einsamkeit und Erschöpfung. Hermes, du mächtiger Gott der Reisenden, schick sie an die Arbeit! Mute deinem Knecht nicht noch einmal die eisenbeschlagenen Stufen der Accademiabrücke zu, erspare ihm den Weg durch die Menge der scheuen Senegalesen, die einer wie der andere schön sind wie ein lebendig gewordener Veronese und in der dürren Wüste des Campo San Stefano zwischen ihren Waren stehen und schwatzen. Weitergehen, immer weiter. Er kam zum Bootshaus des Bucintore Ruderclubs, das letzte Haus vor der Dogana. Wie das Geläut der Vesperglocken, das gleichsam noch den Tag beweint, der scheidet, und den Pilger mit Liebe quält, so erfüllte ihn der Geruch von Lack und frischem Holz mit heftiger Sehnsucht. Die großen Tore des Boothauses standen offen. Er verharrte, um die schnittigen Rennboote und die Ruder-Achter zu bewundern, die auf ihren Gestellen schliefen, mythische Wesen, die er so geliebt hatte. Auf einem Stuhl saß ein kleiner dunkelhäutiger Mann in marineblauen Trainingshosen und einem roten T-Shirt mit dem Clubwappen und reparierte ein Ruderlager. Wieder ein Mohr, dachte Mistler. Der Mann betrachtete ihn genau. Ein Augenblick verging.

Die Boote gefallen Ihnen, bemerkte er.

Molto.

Ah, Sie sind Engländer! Ein Ruderer, nehme ich an.

Der Akzent klang nach Indien. Mistler studierte das feine schmale Gesicht des Mannes. Er war alt, älter als Mistler, gesund und sehr kräftig.

Nein, ich bin Amerikaner. Früher bin ich viel gerudert.

Das sieht man. »Früher«, das gibt es nicht bei einem Mann, der gebaut ist wie Sie und Ihre Hände hat. Er lachte. Sie sehen aus und klingen wie ein Engländer. Kommen Sie morgen wieder, wenn Sie wollen. Die Boote gehen am Sonntagmorgen raus. Mal sehen. Vielleicht ist irgendwo Platz für Sie. Wenn ein Mitglied verhindert ist, wird es für die Crew eine Ehre sein, so einen Gast aufzunehmen.

Danke. Ich reise morgen ab.

Dann das nächste Mal.

Ja, bestimmt.

Er hob die Hand zum Abschied. Unbewegt lächelte der Mann.

Minuten später, schon an der Dogana, blieb Mistler stehen und sah sich die Durchfahrt zwischen San Giorgio und der Giudecca genau an. Er kehrte um. Nächstes Mal. Und wenn das ein Zeichen wäre? Der Asiate saß wieder auf seinem Stuhl und arbeitete am Ruderlager.

Sagen Sie, fragte Mistler, diese Rennboote. Kann man die kaufen? Mit einer Crew habe ich seit meiner Jugend nicht mehr gerudert. Ich bin lieber allein auf dem Wasser. Wenn ich wiederkomme, würde ich vielleicht ab und zu mal skullen.

Die Einer sind nicht zu verkaufen. Sie müßten ein Clubmitglied so gut kennen, daß er Ihnen seinen Einer leiht.

Wie schade.

Als Mistler ein paar Schritte gegangen war, rief der Mann ihn zurück: Sir, warum sprechen Sie nur von Rennbooten? Hätten Sie auch Interesse an einem Boot ohne Ausleger, einem Wherry? Kommen Sie mit, bitte.

Mistler folgte ihm. Gedrungen und schwarzglänzend wie ein Sarg lag das Boot im Hinterraum.

So eins hatte ich als kleiner Junge, erzählte er dem Mann. Ich war damit draußen in der Bucht, dort, wo ich immer noch wohne. Es war sehr stabil. Nur war meines nicht schwarz gestrichen. Es war lackiert wie Ihre Rennbote.

Dieses ist auch sehr stabil, Sir. Der Eigner wollte es schwarz haben, wie eine Gondel. Er starb letztes Jahr. Jetzt gehört es mir.

Ja, Mistler sah die Vorteile des Bootes. Man konnte damit aufs Meer hinaus, wenn die Tage kurz wurden, am frühen Abend, ungefähr eine Stunde vor Sonnenuntergang, wenn der Wind sich legte. Das Ende der Giudecca steuerbord, aus dem Auge, aus dem Sinn geraten. Voraus liegt der Lido. An seinem Ende San Pietro in Volta, die Nachbarinsel. Zwischen beiden die enge Passage von Malamocco. Langsame Schläge, unaufhaltsam und kräftig. Schräg auf das Kielwasser von Kähnen zuhalten. Der Wind frischt auf, nach einer halben Stunde der Geruch des offenen Meeres. Die letzten Sonnenstrahlen blenden, der Bug zeigt auf die Stelle, wo der Mond aufgehen wird. Die Wasserfläche weiträumig.

Sie benutzen das Boot viel?

O nein, Sir. Ich denke daran, es zu verkaufen.

Dann verkaufen Sie es bitte mir. Und würden Sie es aufbewahren, bis ich wiederkomme?

Mit Vergnügen.

Zwei wichtige Käufe an einem Tag. Mistler griff in die Innentasche seines Blazers, wo seine Schecks steckten.

Nicht nötig, Sir. Sie können bezahlen, wenn Sie wiederkommen.

Es kann sein, daß das länger dauert. Ich möchte gleich bezahlen.

Dann treten Sie ein, dies ist mein Büro. Hier ist ein Stuhl. Machen Sie sich's bequem.

Der Bootsbauer setzte sich an die andere Seite des Schreibtischs in dem Zimmer, das schwarz war wie das Boot; seine Augen glühten. Er beobachtete Mistler beim Schreiben. Dann trug er mit langsamen Bewegungen die Transaktion in ein großes Buch ein. Mit freundlichem, aber ernstem Gesicht händigte er Mistler eine Quittung aus. Alles war vollständig in Ordnung. Mistler hatte seinen Obolus entrichtet. Diesmal würde er nicht schwarzfahren.

Lügen in Zeiten des Krieges

Roman
Aus dem Amerikanischen von Christa Krüger
223 Seiten. Gebunden
und suhrkamp taschenbuch 2546

»*Lügen in Zeiten des Krieges* ist weit mehr als nur eine abenteuerliche Geschichte über Täuschung, Überleben und glückliches Entkommen. Im Grunde erzählt dieser Roman die schreckliche Geschichte eines Identitätsverlustes ... Ein Buch, das dringend verlangt, gelesen zu werden.«

Sigrid Löffler, ORF

Wie Max es sah

Roman
Aus dem Amerikanischen von Christa Krüger
206 Seiten. Gebunden
und suhrkamp taschenbuch 2695

»Begleys kühle erzählerische Eleganz ist bewundernswert. Mit dem bisexuellen Architekten Charlie Swan ist ihm eine unvergeßliche Figur (und charmante Proust-Hommage) gelungen, mit dem Akt einer verzweifelten ›Brüderlichkeit‹, den der Zyniker am Sterbebett des schönen Jünglings Toby vollzieht, ein Bravourstück moderner, also dissonanter Liebesliteratur.«

Der Spiegel

Der Mann, der zu spät kam

Roman
Aus dem Amerikanischen von Christa Krüger
284 Seiten. Gebunden

»Und so ist das Leben, dessen Facetten Louis Begley zusammenträgt, eine Abfolge von Pastiches und Camouflagen, tragisch in ihrem Ende, aber meisterhaft in der Ausführung ... Es ist die Erfahrung einer alles verschlingenden Einsamkeit, die Begley mit jener großen Lakonie und bewegenden Intensität schildert, die schon seinen ersten Roman auszeichnete.«

Hubert Spiegel, Frankfurter Allgemeine Zeitung

Schmidt

Roman
Aus dem Amerikanischen von Christa Krüger
320 Seiten. Gebunden

»Ein Szenario, an dem Henry James seine Freude gehabt hätte.«

Angela Schader, Neue Zürcher Zeitung

»Louis Begley ist ein Meister des philosophischen Romans in der Mimikry beiläufiger Plauderei. Er betreibt die verdeckte Ermittlung unserer Lebensweise.«

Ulrich Greiner, Die Zeit